漫遊愛麗

攝影2016

（上）愛麗絲的故居2016年正在整修 。
（右上）卡洛爾1868年開始進住的二樓住處。

（右）愛麗絲小店離湯姆方院（高塔）不遠。[《鏡中》第5章]
（下）從大教堂遠望院長後院圍牆上的小門。後方的大樓是
基督堂圖書館，卡洛爾當過副館長。

吉爾福（Guildford）

（左上）卡洛爾墳墓。
（左下）吉爾福市區公園裡的愛麗絲故事塑像。
（右上）卡洛爾的故居，1868年起承租，別名「栗屋」（The Chestnut）。

林赫斯特
（Lyndhurst）

愛麗絲墳墓

德斯伯利（Daresbury）

（下）萬聖教堂（All Saints' Church）彩繪玻璃上的卡洛爾和《奇境》人物。

蘭迪諾 (Llandudno)

（上）愛麗絲於1861年隨家人第一次到這裡度假時所住的旅館，現在名叫聖特諾（St. Tudno）。[《奇境》第2章]

沃靈頓（Warrington） 廣場上的瘋茶會塑像。[《奇境》第7章]

ALICE 150

紐約愛麗絲150年紀念會場
格羅麗雅會館（the Grolier Club）
2015.10.7-8

（上）中文譯本部分，《挖開兔子洞》獲選為近代
中文譯本代表，和趙元任的作品同櫃陳列。
（左）《挖開兔子洞》的拉頁在交誼廳獨立展出。

舊金山公共圖書館
北美卡洛爾學會2017年春季大會演講
（2017.4.1）

愛麗絲身高變化圖

張華製圖

Changes of Alice's Size

Designed by Howard Chang

4呎/120公分	
4ft/120cm	
3呎/90公分	
3ft/90 cm	
2呎/60公分	
2ft/60cm	
1呎/30公分	
1ft/30cm	

第 1 章
2呎/60公分

Chapter 1
2ft/60cm

第 1 章
4呎/120公分

Chapter 1
4ft/120cm

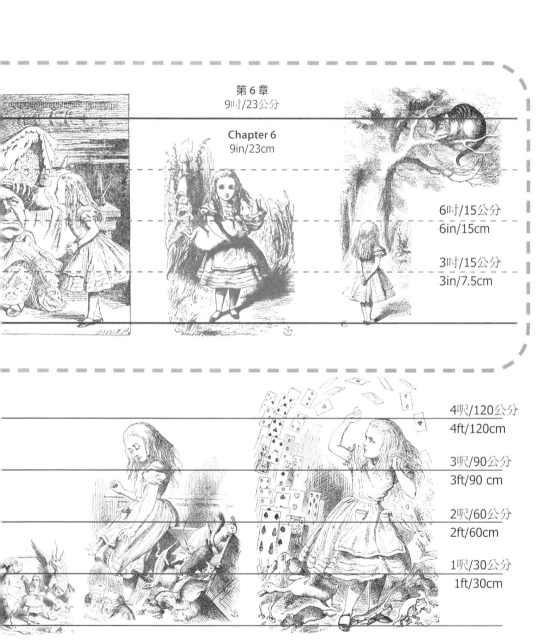

第 6 章
9吋/23公分

Chapter 6
9in/23cm

6吋/15公分
6in/15cm

3吋/15公分
3in/7.5cm

4呎/120公分
4ft/120cm

3呎/90公分
3ft/90 cm

2呎/60公分
2ft/60cm

1呎/30公分
1ft/30cm

章
cm

9-10
cm

第 12 章
4呎/120公分

Chapter 12
4ft/120cm

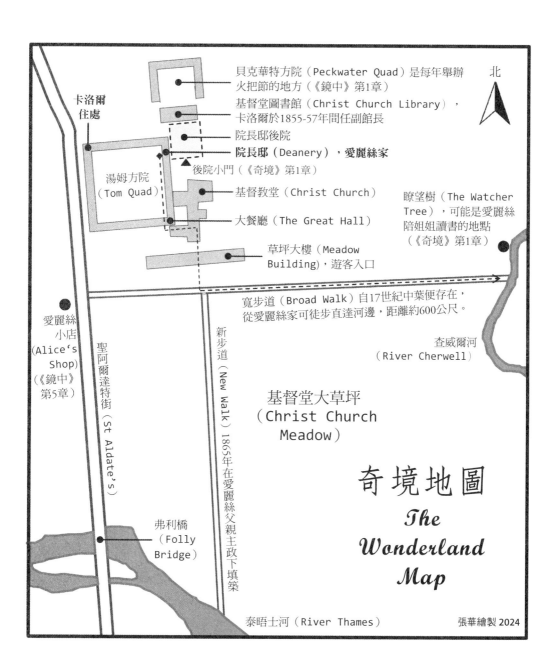

貝克華特方院（Peckwater Quad）是每年舉辦火把節的地方（《鏡中》第1章）

基督堂圖書館（Christ Church Library），卡洛爾於1855-57年間任副館長

院長邸後院

院長邸（Deanery），**愛麗絲家**

後院小門（《奇境》第1章）

基督教堂（Christ Church）

大餐廳（The Great Hall）

卡洛爾住處

湯姆方院（Tom Quad）

草坪大樓（Meadow Building），遊客入口

瞭望樹（The Watcher Tree），可能是愛麗絲陪姐姐讀書的地點（《奇境》第1章）

北

愛麗絲小店（Alice's Shop）（《鏡中》第5章）

聖阿爾達特街（St Aldate's）

新步道（New Walk）1865年在愛麗絲父親主政下填築

寬步道（Broad Walk）自17世紀中葉便存在，從愛麗絲家可徒步直達河邊，距離約600公尺。

查威爾河（River Cherwell）

基督堂大草坪（Christ Church Meadow）

奇境地圖

The Wonderland Map

弗利橋（Folly Bridge）

泰晤士河（River Thames）

張華繪製 2024

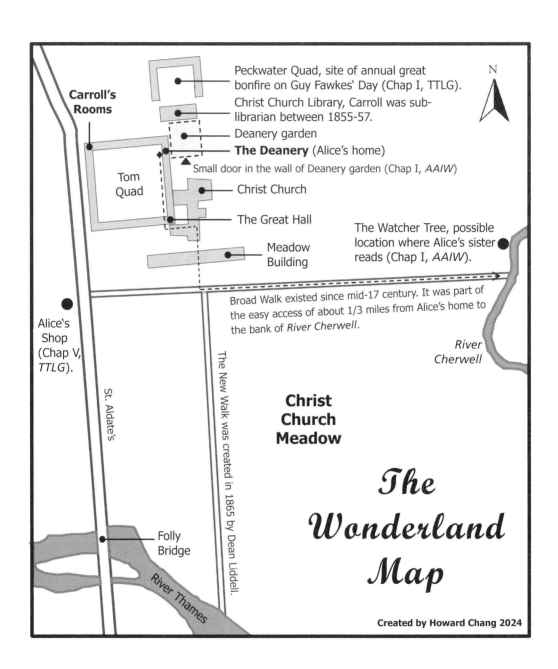

Peckwater Quad, site of annual great bonfire on Guy Fawkes' Day (Chap I, TTLG).

Christ Church Library, Carroll was sub-librarian between 1855-57.

Deanery garden

The Deanery (Alice's home)

Small door in the wall of Deanery garden (Chap I, *AAIW*)

Christ Church

The Great Hall

Meadow Building

Carroll's Rooms

Tom Quad

The Watcher Tree, possible location where Alice's sister reads (Chap I, *AAIW*).

Broad Walk existed since mid-17 century. It was part of the easy access of about 1/3 miles from Alice's home to the bank of *River Cherwell*.

River Cherwell

Alice's Shop (Chap V, *TTLG*).

St. Aldate's

The New Walk was created in 1865 by Dean Liddell.

Christ Church Meadow

Folly Bridge

River Thames

The Wonderland Map

Created by Howard Chang 2024

解讀‧愛麗絲

英國奇幻經典《漫遊奇境》與《鏡中奇遇》最新全譯注釋本
從全知角度看懂故事與角色

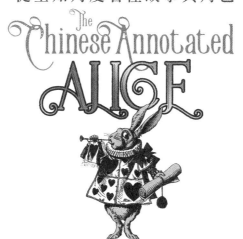

The Chinese Annotated ALICE

張華 *Howard Chang*────譯注　路易斯‧卡洛爾 *Lewis Carroll*────原著

約翰‧田尼爾 *John Tenniel*────插畫

目　次

張揚經典，華采譯注
——序張華《解讀愛麗絲》

單德興｜中央研究院歐美研究所特聘研究員

英國經典文學的中譯史上，最知名的「兒童文學」作品大抵就屬綏夫特（Jonathan Swift, 1667-1745）的《格理弗遊記》（*Gulliver's Travels*），以及卡洛爾（Lewis Carroll, 1832-1898）的「愛麗絲書」（the Alice books），即《愛麗絲漫遊奇境》（*Alice's Adventures in Wonderland*, 1865）與續作《愛麗絲鏡中奇遇》（*Through the Looking-Glass, and What Alice Found There*, 1871）。許多人小時候就看過它們，誤以為「只不過」是兒童讀物，而且因為知道故事情節，就自以為瞭解。其實，即使小道也有可觀之處，何況兒童文學豈是小道？能成為經典則更是大道！其中的細緻微妙，若無人爬梳、解讀，很可能就此帶著童年印象終其一生。殊不知《格理弗遊記》原本是諷刺文學，作者綏夫特是愛爾蘭當時重要的宗教與政治人物。而「愛麗絲書」雖為女童愛麗絲·利道爾（Alice Pleasance Liddell, 1852-1934）所寫，但作者卡洛爾在牛津大學講授數學與邏輯，看似淺白的文字暗藏多種謎題與文字遊戲，若非細說詳解，將錯失許多獨特的趣味。

《愛麗絲漫遊奇境》出版於1865年，充滿奇思幻想，並且穿插許多歌謠、打油詩與文字遊戲，此書的樂趣在此，對譯者的挑戰也在此，克服挑戰之後的成就感更在此。自問世以來不同語文的譯本不計其數。中文世界最早譯本出自語言學家趙元任1922年上海出版的《阿麗絲漫遊奇境記》，流暢細緻地再現原文趣味，不僅深受一般讀者喜愛，也普為譯者與研究者推崇。一百多年來中譯本難以勝數，有如「打擂台」般，「擂台主」為趙元任，各個譯者化身挑戰者，以致此書成為中文世界最流行的翻譯作品之一。

筆者於2015年指出，「愛麗絲書」的中譯者經常面臨三重障礙。第一重是「原文障礙」：此書最初對象是兒童，卻存在著多種文字遊戲、無稽歌謠、諧擬詩作，雖讀來有趣（有些不一定瞭解，甚至是無厘頭），卻成為譯者的挑戰、甚或夢魘。第二重是「趙譯障礙」：趙元任的中英文造詣深厚，翻譯策略恰如其分，因此成就了經典文學的經典翻譯，令人仰之彌高，鑽之彌堅。第三重是「一般障礙」：百年來許多中譯者挖空心思挑戰前兩重障礙，遂使此書在中文世界翻譯史與接受史自成傳統，成為後來者亟思

突破的考驗。

《解讀愛麗絲》則多了第四重「張華障礙」。1982年張華初遇二書中譯便深深著迷，數十年來收集諸多英文本、中譯本（含注解本）與研究資料，先後譯注、出版英漢對照插圖版《挖開兔子洞：深入解讀愛麗絲漫遊奇境》（遠流，2010）與《愛麗絲鏡中棋緣》（遠流，2011）。此番進一步結合晚近的翻譯與研究心得，以「十年磨一劍」的毅力，修訂前譯，補充譯注與資料，將兩書合體以全中文印行，不斷「以今日之我挑戰昨日之我」的精神令人敬佩。

讀者看到精心打造的譯注本，可能以為張華是英美文學科班出身。其實不然！他本職是建築工程師，多年如一日投注於愛麗絲書，體現他身為「業餘者」對此書的深情與純愛。薩依德（Edward W. Said）在《知識分子論》（*Representations of the Intellectual*）中對「業餘性」（amateurism）有如下的定義與稱頌：「不為利益或獎賞所動，只是為了喜愛和不可抹煞的興趣，而這些喜愛與興趣在於更遠大的景象、越過界線和障礙、拒絕被某個專長所束縛、不顧一個行業的限制而喜好眾多的觀念與價值。」張華正是為了喜愛、興趣，不在意名利，不拘泥成規，反而使其具有「興奮感和發現感」，成就獨特的翻譯志業，表現得比專業人更專業。

本書除了力求達到等效翻譯的兩個文本、精研細解的譯注，還有多項特色。〈前言〉標舉本書為愛麗絲中譯102年紀念之作，敘述英美的愛麗絲研究，中譯史與趙元任譯本的魅力，後來譯本不如趙譯之處，並詳述此譯注本的特色，處處以趙譯為「試金石」來檢測他人與自己的譯作，顯見是向趙譯致敬與挑戰之作。至於成敗如何，尚待有心人仔細比對、評析。張譯眼界之高、視野之闊、用心之細、工夫之深、執行之切，由此可見一斑。至於選用田尼爾（John Tenniel, 1820－1914）的插圖，意在維持「愛麗絲書」原版圖文的呈現方式。

除了譯注與〈前言〉之外，還有其他多種附文本。〈奇境地圖〉標示故事地點與相關位置；〈彩頁〉分享譯注者走訪實地的圖片；〈愛麗絲身高拉頁〉呈現主角忽大忽小的體型變化與尺寸比例；附錄一詳列引用資料，包括張華本人的中英文論文，附錄二提供譯注參考資料，附錄三臚列翻譯類參考資料，附錄四提供中譯及原文對照的雙關語翻譯、詩歌翻譯、戲仿歌譜與藏頭詩，呈現譯者為了實踐等效翻譯所運用的各種創意奇思與機靈手法。

其中最令筆者驚豔、也備受國際學者專家肯定的就是〈愛麗絲身高拉頁〉。除了一般譯者對文字的細讀、詮釋與傳達之外，工程師張華具備數學背景，對邏輯、美學與比例更是敏感，遂能見人所未見，逐一圖示愛麗絲多次的高矮變化，令人一目瞭然。此

創舉受到北美卡洛爾學會（Lewis Carroll Society of North America）矚目，於2015年《愛麗絲》出版150周年紀念的紐約會場，將張譯《挖開兔子洞》及此拉頁與趙譯同櫃展出。此外，張華多次於國內與國際研討會宣讀論文，可見其翻譯心得與研究成果獲得肯定。

綜觀《解讀愛麗絲》的多元翔實再現方式，與筆者多年提倡的「雙重脈絡化」若合符節。也就是，盡責的譯介者除了將原作置於原文的脈絡之外，也將譯作置於譯文的脈絡，並透過各種附文本提供相關訊息，小自一字一句，大至翻譯史與文學史的評價，讓讀者得以循序漸進，從基本的文字，逐步進入文句、文本、文學、文化、文明的「六文」層次。《解讀愛麗絲》一書綜合了張華四十年的興趣與鑽研成果，不僅譯文本身頗有可觀之處，附文本也旁徵博引，後出轉精，為「愛麗絲書」在中文世界、乃至於全世界的翻譯史，新添一部獨具特色的譯注本。

臺北南港

2024年3月6日

放大與縮小：
《愛麗絲》故事與我們的距離

劉鳳芯｜國立中興大學外文系副教授

　　倘若伴隨《愛麗絲・漫遊奇境＋鏡中奇遇》出現的「經典」、「注釋」等字眼道貌岸然、書中愛麗絲的古典圖像造型若即若離，那麼暫且讓我們聚焦眼下，藉幾則當代兒文、影視文本、藝文事件，談談《愛麗絲》故事與當代的關係、與我們的距離。

　　首先是德國當代圖畫作家卡特琳娜・高斯曼－漢瑟爾（Katharina Grossmann-Hensel）創作的圖畫書《不怕輸的才是贏家》（上誼，2020/2021）。話說有一群學童結束校外教學、驅車回程時，將一只獎盃遺忘在野地餐桌上，為一隻狐狸發現，突發奇想決定舉辦「年度森林大賽」，贏者可得獎盃。狐狸的公告召喚出獨角獸、小鳥、大熊、兔子、招財貓等一干森林動物好奇圍觀、躍躍欲試。這群動物七嘴八舌，既想知道比賽細節又想提供意見，無奈他們多半各說各話，少有交集。比方，獨角獸往往不顧對話脈絡，時不時就衝口嚷著「我贏我贏我贏」；而大熊也沒在聽別人講話，一逕堅持以揍人決勝負；至於招財貓，則不論是比誰最聰明或誰最愚笨，都說「選我選我」……競賽規則既已混亂，實際比賽可見一斑，甚且，賽後頒獎還突然冒出程咬金！但即使森林大賽荒腔走板，荒唐可笑，故事尾聲森林動物個個盡興而歸，都覺得自己是贏家。此故事乍看很「瞎」，其實傳神捕捉低幼兒童於現實生活的對話樣貌。而書中關於森林大賽的描述，恰是《愛麗絲漫遊奇境》書中七歲同名女孩與一群鳥獸展開之「烏龍賽跑」翻版。

　　再以日本動畫《櫻桃小丸子》為例。此動畫系列的經典神創造非旁白莫屬，因為「旁白先生」常不時吐槽，幽默揶揄動畫中每個人物的想法或行為，令人莞爾。《愛麗絲》故事亦有此神來之筆，即書中敘述者寫於刮號內的敘述，刮號內的插入語往往簡短俐落、且更多時候是針對愛麗絲行動或想法的一語道破。

　　就兒童文學角度言，由上述二近例回頭檢視《愛麗絲》故事，原來路易斯・卡洛爾早在十九世紀中葉即翻轉兒童形象、挑戰童書敘述方式。《愛麗絲》故事相當程度深化並突破兒文予人的既定印象，不僅令兒童讀者嘖嘖稱奇，亦超越童書範疇與格局，吸

引各方領域無數大讀者，是其作廣受歡迎的原因之一。

　　從圖畫書、動畫延伸至電影，再讓我們瞧瞧周星馳電影突梯誇張、亦莊亦諧的無厘／無稽（nonsense）與諧擬（parody）風格。以《西遊‧降魔篇》為例，此片仿擬文學經典《西遊記》，然唐僧玄奘於片中轉化為驅魔人陳玄奘，而其驅魔寶典竟是「兒歌三百首」。至於《唐伯虎點秋香》，片中名為「如花」的女角不僅反串，且以中指挖鼻，與其美名大相徑庭。無厘／無稽，乃藉表面看似合理、內裡實則不協調元素之組合或併置，顛覆語言組構所表達的理性邏輯。而此特色也恰是《愛麗絲》故事情節開展的關鍵，並為其樹立難以望其項背的獨特風格。以《奇境》故事開頭愛麗絲的身體變化為例，當愛麗絲的身體像超大望遠鏡一般越伸越長、幾乎看不到雙腳亦無法照顧時，此七歲女孩心裡冒出的解方竟是在耶誕節時寄雙鞋子贈予自己親愛的雙腳。藉佳節向遠方「手足」表達問候看似正常不過，不過一旦理智理解，此天外飛來的想法便倍顯荒謬，令人忍俊不止。

　　還有，讓我們回想不久前休葛蘭對李安導演的評語。2021年李導演獲英國影藝學院（BAFTA）頒贈終身成就獎，由曾經合作的休葛蘭擔任引言。這位被評為最能彰顯英式冷笑話（dry humor）的英國演員以一貫嚴肅表情，正經八百地對著鏡頭說：李安若將歷年從各影展榮獲的花圈全掛在身上，看上去就會是一團樹叢。他接著細數李安曾執導的影片，並說難以想像這些作品都出自同一人；因為臺灣以頂尖科技著稱，所以他深信臺灣島上肯定住著半打李安複製人！英式冷笑話向來搓揉玩笑、幽默、自嘲、禁忌話題等多樣元素，而在《愛麗絲》故事中，此類笑話俯拾皆是，比方說小愛麗絲自故事伊始便數度拐彎抹角拿死亡開玩笑（death joke），先是認真說自己若從屋頂上掉下來，會一聲不吭；後又喃喃若自己縮小得一點不剩，就會像蠟燭吹熄後的火苗。評者曾言，《愛麗絲》故事中這類玩笑出現次數之多，史上僅見。

　　以上所談乍看無關宏旨，卻也相關，因為舉凡真實幼童樣貌、作者吐槽筆下角色、無厘／無稽、冷笑話，在《愛麗絲》故事盡皆展現。路易斯‧卡洛爾此二作雖然已是年近百六十的書大大，但筆下的兒童形象、各式語言遊戲、觸及的人文關係，甚至諸如光學科技、物種演化、後人類、老年、女性、旅行書寫、帝國主義、瘋狂、精神分析等種種議題，至今仍以或昭然或幽微的方式呼應、牽繫著我們身處的當代，繼續不斷產生新的連結與演繹。

　　職是之故，注釋有其必要。就篇幅言，《愛麗絲》故事或屬輕小，然就書寫言，評者公認此二作密度極高；學界尚有此感，一般讀者如欲跟上愛麗絲步伐跨入奇境、穿越明鏡，更需嚮導。尤其《愛麗絲》故事對臺灣當代讀者還存在語言、風土人情，以及

世紀差異。加之，作者路易斯・卡洛爾交流往來之輩、於書中揮灑的才華、博學、玩興，在在需要提點方能看懂門道。路易斯・卡洛爾於1851年進入牛津大學就讀，主修數學輔修古典文學，並以第一名優異成績畢業，留校任教，及至1898年去世皆居住該地；換言之，作者人生大半歲月皆圍繞牛津。而作者就學和任教的基督堂學院（Christ Church）又屬菁英中菁英，是以往來無白丁。路易斯・卡洛爾興趣極廣，不僅能寫能繪能攝，不教課時間更不乏探親、避暑、前往倫敦行程，又或奔赴聆聽輿論喧騰一時的自然演化、物競天擇辯論，生活忙碌多采。欲知此般作者如何將其所思所想種種觸發轉化挹注於創作，確實需要仰賴說明。

就翻譯角度言，《愛麗絲》故事彷彿聖母峰，自上世紀初趙元任以降，無數可敬的中文譯者和學者前仆後繼競相譯詮，讓中文讀者得以洞窺究竟。這其中，張華先生即本地久負盛名的卡洛爾迷（Carrollian），猶鍾《愛麗絲》故事，對此二作懷抱歷數十年不墜之熱情。此次「漫遊者」全新注釋本展現譯者諸多翻譯巧思、文句斟酌，以及經年不倦的查考研究之功，外加結合馬丁・加德納（Martin Gardner）之諾頓版（W. W. Norton）見解，相信透過譯文與鉅細靡遺注釋之放大，當能縮小《愛麗絲》故事與我們的距離。

補充一句：依筆者個人閱讀與實際教學經驗，縮小我們與《愛麗絲》故事距離的另一方式是大聲朗讀。張先生的譯文流暢，是以讀者不妨朗聲唸出《愛麗絲》，當更有滋有味。

經典的翻譯，翻譯的經典：
論「愛麗絲學」發展為「張學」的可能性

陳榮彬｜臺大翻譯碩士學位學程副教授

　　2023年一月與七月，我陸續參加了兩場輔大跨文化研究所翻譯碩士班的畢業口試，張華老師的 *Alice* 系列小說譯本《挖開兔子洞》——一般譯為《愛麗絲夢遊奇境》或《愛麗絲夢遊仙境》——與《愛麗絲鏡中棋緣》在兩本碩士論文中都扮演重要角色，而且程宣儀〈探討張華的《挖開兔子洞：深入解讀愛麗絲漫遊奇境》注釋本〉更是以翻譯研究中深度翻譯（thick translation）、副文本（paratext）與論述重構（framing narratives）等重要概念來理解張譯在 *Alice* 翻譯史上所扮演的重要角色。如今，張老師的譯本此次重新出版後更名為《解讀愛麗絲》，以全新面貌重現在讀者面前，我想趁此契機探討一個問題：在多不勝數的兩部 *Alice* 小說中譯本當中，我們該如何看待張譯與其他譯本的不同？更深入地問：張譯在臺灣的 *Alice* 中譯史上到底扮演何種角色？甚至，這獨特的一本在未來會有何發展？

張華——譯者亦學者

　　翻譯家余光中先生曾在〈作者、學者、譯者〉一文中闡述許多譯者另有作者、學者之身分[1]。澳洲翻譯研究學者哈瑞・艾佛林（Harry Aveling）也指出，「研究」是在好奇心驅使之下而進行的新知識生產活動，而翻譯活動（尤其是文學翻譯）與研究之間的關係更是密不可分：首先，研究是許多翻譯活動的準備階段，翻譯前的資料查找是必不可少的；其次，許多譯本有不少文化與歷史面向值得研究；最後，艾佛林提出的主張是，翻譯本身可能就是一種研究。[2]這種翻譯與研究兩端兼修的狀況徹底展現於張華身上：在他的 *Alice* 譯本出版前他就已經發表過〈《愛麗絲漫遊奇境》臺灣中文全譯版本比較及探討〉、〈華文世界《愛麗絲》故事研究現況及展望〉（此兩篇發表於《兒童文學學刊》）、〈譯者與作者的罕見巧合——趙元任的《阿麗思》中文翻譯〉（發表於

1　見《翻譯乃大道，譯者獨憔悴：余光中翻譯論集》，35-44頁。

2　見 Aveling, Harry. "Translation and/as Research," Kritika Kultura 21/22 (August 2013/February 2014): pp. 164-184.

《翻譯學研究集刊》），而這些或許就如艾佛林所言，是翻譯前的準備；譯本出版後，他又寫了〈雙關語翻譯實務研究：以《愛麗絲》中譯為例〉（發表於《翻譯學研究集刊》）。如此看來，張華不只是*Alice*的譯者，更儼然是國內的「愛麗絲學」權威。

從「愛麗絲學」到「張學」

《挖開兔子洞》與《愛麗絲鏡中棋緣》在2010、2011年陸續出版，由於翻譯風格特殊、文字活潑，自有一套翻譯策略，而且對於書中許多文字遊戲、故事背景、歷史掌故、文化意涵都提出詳細說明，頗受各方矚目。2011年，就分別有顏嘉華〈從語言學門徑來理解《愛麗絲漫遊奇境記》〉（輔大跨文化研究所語言學碩士班）與佟韻玫〈文字遊戲的翻譯：以路易士·卡洛爾的《愛莉絲夢遊仙境》為例〉（雲林科技大學應外系碩士班）兩本碩論都是專門以趙元任的《阿麗思漫遊奇境記》與張華的《挖開兔子洞》兩個譯本為分析語料，顯見從語言分析與文字遊戲翻譯的角度看來，這兩個譯本無疑是最具代表性的。後來到了2020年，李芝蓉的碩論〈《愛麗絲漫遊奇境》英譯中比較研究：以趙元任與張華譯本為例〉（長榮大學翻譯系碩士班）也是如此。此外，我還發現許多造型藝術的碩論在創作時更是獨獨引用《挖開兔子洞》這個譯本，例如2014年吳雅婷融合空間、文學分析與建築設計的碩論〈愛麗絲漫遊奇境：從情境看建築〉（交大建築研究所）、2014年陳詩惠〈景深線索之透視與明暗對比——舞台空間感知深度之影響與設計應用〉（淡江大學建築系碩士班），以及2016年黃鼎鈞畢業短片〈《兔子洞》之創作論述〉（世新大學廣播電視電影學研究所），都是借用《挖開兔子洞》為分析文本甚或創作靈感來源；但這並不令人意外，因為這個譯本的特色就是完整收錄約翰·田尼爾的所有插圖，並且張華也針對其中不少圖像進行解說與分析。在目前書市上流通的幾十個*Alice*譯本，張譯可說是唯一受到此等關注的，而且我們不難想像，這種從「愛麗絲學」發展為「張學」的趨勢仍是方興未艾，充滿各種可能性。

變成經典的譯本

在文學研究中，典律化（canonization）是頗受關注的議題，因為並非所有作品都是一問世就備受歡迎，所以文學作品從不受看好發展為文學經典的過程自然是非常引人入勝，箇中種種推動典律化的因素值得仔細推敲。路易斯·卡洛爾（Lewis Carroll，本名Charles Lutwidge Dodgson）以牛津大學數學家的身分，只為了博得鄰家三位小女孩一笑而創作出*Alice*的故事，沒想到大受歡迎，讓他成為維多利亞時代的代表性作家。*Alice*的故事當然不只是兒童文學作品，因為卡洛爾的文字背後暗藏許多科學（尤其數學）、

哲學、維多利亞時代文化元素，*Alice*也成為文學跨科普的名作。（關於*Alice*與科學的關係，可參考張華在2017年發表於《科學月刊》六月號的〈《愛麗絲漫遊奇境》中的科學思想〉一文。）張華老師因為於2000年參加了一場兒童文學研討會而受編輯矚目，後來應出版社之邀出版*Alice*，中間歷經十年醞釀期，譯文背後蘊含的除了他身為工程師的嚴謹個性、翻譯過英文新聞期刊的譯者經驗、編過麥克米倫詞典的編輯功力，還有他從1980年代就開始研究*Alice*的心血結晶：這一切都讓他的譯作有別於一般的尋常譯本，具備足以跟趙元任譯本《阿麗思漫遊奇境記》比肩的充分條件——如此看來，張老師不只是翻譯了一本經典，他自己的譯本也可能追隨趙譯的腳步，成為經典之作。國內知名翻譯學者單德興博士曾說翻譯*Alice*有三大障礙[3]，其中之一就是「趙元任障礙」；往後，或許也會有「張華障礙」出現？

3　見《翻譯與評介》，45-72頁。

一百年的歷史，四十年的夙願

緒言

本書的出版，了卻了筆者四十年來逐漸形成的夙願。

所謂「愛麗絲書」（the Alice books，簡稱《愛麗絲》）包含《愛麗絲漫遊奇境》（*Alice's Adventures in Wonderland*，簡稱《奇境》）與《愛麗絲鏡中奇遇》（*Through the Looking-Glass, and What Alice Found There*，簡稱《鏡中》）兩個故事。《愛麗絲》由於蘊含大量文字遊戲，給讀者帶來無限樂趣，對譯者卻是夢魘。文字遊戲的翻譯一向是「因巧見難」（見張華2002A），作者卡洛爾深知其難，在《奇境》出版不久就親自遴選合格的譯者，出版了德語等六個語言譯本，樹立翻譯的標準。

《奇境》中文第一位譯者趙元任正是文字遊戲高手，翻譯得得心應手，對他而言反而是「因難見巧」，但也因此給《愛麗絲》譯界樹立了單德興教授（2015）所稱的「趙譯障礙」。《奇境》中譯到今年已102年，近年更由於注釋本加入，表面上看來風光熱鬧，冷靜回顧卻是危機「四」伏，這四個危機包括：

一、翻譯錯誤不斷，到近10年更是變本加厲；二、文字遊戲盛行以直譯方式解決，偏離卡洛爾及趙元任的標準；三、中文注釋信口開河、曲解原文，暗藏資訊危機；四、仿製版橫行，劣幣驅逐良幣。

而在英美研究界，加德納的注釋本經過多年增補，研究方式已趨向固定，很難帶來新的驚喜。

本書針對以上的現象，希望以多年爬梳所得，提供一個錯誤較少、翻譯角度較新的版本，同時帶來尊重智財、創新研究的風氣。筆者特製的附件：實景彩頁、愛麗絲身高拉頁、奇境地圖，以及棋譜逐步圖解，都是中英文注釋版的首創，部分附帶英文說明，也是考量英美卡洛爾學界的需求。

本書承單德興、劉鳳芯、陳榮彬三位博士級教授的推薦，倍感榮幸；承漫遊者文化責任編輯林淑雅和美術人員的鼎力支持，他們為了配合我對版面品質的要求，承受極大的技術與成本壓力，特此致謝。

愛麗絲中譯102周年紀念

1922年3月7日，《申報》出現一個廣告，宣佈《阿麗思漫遊奇境記》（以下簡稱《阿麗思》）面世，開啟了後來通稱《愛麗絲漫遊奇境》在中國的旅程。雖然這本新注釋版的版權頁上注明是「中華民國十一年一月初版」，但從這則廣告與同月12日《晨報副鐫》刊出一篇周作人（署名「仲密」）寫的同名評論文章[1]來看，《阿麗思》真正的出生月份應該是三月。時光荏苒，《阿麗思》出版到2022年已達100周年，但似乎沒受到多少人注意。本書想藉此出版的機會，向趙元任先生致上晚到的敬意，同時也對一百多年來中、英文《愛麗絲》的發展，作一個比較完整的整理。

本新注釋版是《挖開兔子洞》（以下簡稱《兔洞》）和《愛麗絲鏡中棋緣》（以下簡稱《棋緣》）兩書的綜合，為節省篇幅，本次取消了對照的原文，也改進了原來不理想的排版和若干小錯誤，最主要的是增添了不少筆者幾年來的新發現。《愛麗絲》研究，原來始自英美國家，但無法照顧非英語國家讀者的需求，本新注釋版除了滿足這個需求，也發現了一些新的作者創意。

卡洛爾和愛麗絲結緣有地利之便。基督堂學院的主要建築群是湯姆方院加上兩個較小的方院，卡洛爾自1855至1857年間擔任基督堂圖書館副館長，從辦公室的窗戶可以看到愛麗絲家的後院。和愛麗絲姐妹結成好友後，他經常到她們家陪她們玩遊戲。卡洛爾認識愛麗絲那一年，剛好買了一套問世沒幾年的火棉膠濕版攝影（Wet Plate Collodion Photography）設備，三姐妹成了他拍照的模特兒。1862年1月因為原住處拆除，卡洛爾搬到湯姆方院的西北角一樓，而愛麗絲家位於東北角，正好隔著約80公尺寬的方院，直接相對（見〈奇境地圖〉）。

這一年7月4日，卡洛爾和達克沃斯（Duckworth）牧師帶利道爾三姐妹在離她們家不遠的弗利橋（Folly Bridge）搭船遊河。卡洛爾坐在船頭、達克沃斯坐中間，兩人背著行進方向划船，面對坐在船尾的三姐妹，由愛麗絲掌舵。卡洛爾在當天的日記中記載：

「和利道爾三姐妹一起划船到[約5公里外的]葛斯托 (Godstow) 村郊遊，在岸邊喝茶，八點一刻才回到基督教堂……將近九點把她們送回院長家。」

後來他又在1863年2月10日於7月4日的對頁補注：

「那天我給她們講『愛麗絲地下歷險』的童話，還答應寫下來送給愛麗絲。現在

阿麗思漫遊奇境記
六角
北京大學教授趙元任先生用白話翻譯愛爾蘭羅素之摯友名文學家之小說成此書文筆之妙為白話文學出版以來所罕見嗜新文學者不可不讀也

商務印書館出版

1922.3.7
《申報》
廣告

---

[1]　後來收入《自己的園地》。

故事已寫好，但插圖還沒完成。」

這個90頁的手稿本只有4章，約 15,000 字，卡洛爾在1864年11月26日當成聖誕禮物送給愛麗絲，可惜這時他們的情誼已發生變化。1863年6月，愛麗絲的母親忽然阻止卡洛爾到訪，並將他寫給愛麗絲的信全部銷毀、而卡洛爾去世後6月27-29的日記也被人割除，變成不解的謎團。莫騰·寇恆（Morton Cohen）在1995出版的傳記中推測卡洛爾想向愛麗絲求婚，因而觸怒她的母親；但卡洛奈·李區（Karoline Leach）在1996年從卡洛爾家族的文件中發現一張字條，記錄了被割除的內容紀要：

'L.C.（即卡洛爾）從利道爾夫人得知，他涉嫌利用小孩追求家庭教師——他也涉嫌[字跡無法閱讀]追求Ina。[2]

文中的Ina可指愛麗絲當時14歲的大姐，也可指愛麗絲的母親，又增加了一個謎團。1970年，愛麗絲母親在6月25日帶著剛滿18歲的愛麗絲和大姐到卡洛爾的攝影棚照相，大姐神情平和，愛麗絲則表情不悅，完全不給情面，似乎印證愛麗絲才是事件的當事人。

筆者在《奇境》第3章的頒獎插圖中發現，原來不重要的鴨子忽然變成主持人，從鴨子的真身是牧師、所站的位置很像證婚人，而獎品頂針極像戒指來看，卡洛爾（度度鳥）和愛麗絲剛好站在婚禮上新郎、新娘的位置，女方家人是「鸚鵡」和「小鷹」，男方則是「各式各樣的奇怪動物」，場面安排很像婚禮。筆者把這個發現在2014年的北美卡洛爾學會會刊上發表，也被收入加德納2015年的《注釋愛麗絲：150周年豪華紀念版》（The Annotated Alice: 150th Anniversary Deluxe Edition），該書其他譯本也收入這個看法。

手稿本被作家喬治·麥克唐納（George MacDonald）看到，建議他正式出版。卡洛爾於是著手整理，擴大為約27,000字、共12章的《奇境》，同時請《笨拙》（Punch）雜誌的著名畫家約翰·田尼爾創作插畫。他的插畫補充了許多卡洛爾沒有描述到的人物、動物及場景，和引人入勝的故事相得益彰。

英美國家對《愛麗絲》故事的研究

《奇境》在1865年出版，風行一時。卡洛爾在《奇境》出版後，開始擔心書中大量文字遊戲的翻譯問題。他在1866年10月4日寫給麥克米倫出版社：「這裡（牛津）的朋友似乎認為這本新注釋版（《奇境》）無法翻譯。」後來他物色譯者，安排出版事宜，於1869年率先出版德語和法語譯本，其後義大利文（1872）、丹麥文與荷蘭文節譯本（1873）、俄文（1879）也陸續出版。到2013年統計的時候，《奇境》竟然有174

2　L.C. learns from Mrs Liddell that he is supposed to be using the children as a means of paying court to the governess – he is also supposed [unreadable] to be courting Ina'.

種語言譯本、7,609個版本。

1868年6月21日，卡洛爾的父親去世，他為七個未婚的姐妹在吉爾福（Guildford）租得新居，11月搬到湯姆方院（Tom Quad）西北角二樓，大小房間十個，面臨大街，是方院租金最昂貴的房間之一。卡洛爾以出版《奇境》所得，有能力在這房間一直住到身故。他在入住那年開始寫《鏡中》，於1871年年底出版。

《奇境》出版後前30年時間，讀者大致以童書看待，直到1898年卡洛爾在去世進入第二個30年，他的外甥柯林伍德（Stuart Dodgson Collingwood）參考其日記寫成《路易斯·卡洛爾的生平與著述》（*The Life and Letters of Lewis Carroll*）於同年出版，書中對於講故事、寫書和翻譯的經過都有描述，也轉載了一篇愛麗絲不知何時寫的短文，追述講故事的場景；翌年，柯林伍德又出版了《路易斯·卡洛爾圖畫書》（*The Lewis Carroll Picture Book*）。此外，卡洛爾的演員小朋友伊莎·鮑曼（Isa Bowman）在1899年也出版了《卡洛爾的故事》（*The Story of Lewis Carroll*），記述她和卡洛爾的交往經過，令讀者對某些背景開始有所瞭解。

在第二個30年期間，學界開始注意到《奇境》中的哲學趣味。趙元任在1922年出版的《阿麗思漫遊奇境記》譯者序裡說：

「有個英國人叫P. E. B. Jourdain的做了一本羅素哲學趣談書，他裏頭引用的書名，除掉算學的論理學書以外，差不多都是引用這部奇境記和一部它的同著者的書。」

這本書叫做《羅素的哲學》（*The Philosophy of Mr. Bertrand Russell*），出版於1918年，可見當時已有針對《愛麗絲》的專題研究出現。

第三個30年始自1828年，愛麗絲在丈夫死後，為籌措生活費，高價拍賣了卡洛爾的手稿本；接著，愛麗絲應哥倫比亞大學之邀，在1932年4月底到紐約慶祝卡洛爾百年誕辰，同時慶祝她80歲生日並接受榮譽博士學位；1934年，愛麗絲去世。這股熱潮，可從當時出版的書目看出：一本工具書類型的《路易斯·卡洛爾手冊》（*The Lewis Carroll Handbook*）在1931年出版，可見當時資料已相當豐富；1932年，又有兩本卡洛爾傳記面世[3]；1933年，第一部有聲《愛麗絲》電影上映，同年，卡洛爾的部分書信集也出版；1933及1995年，兩本從心理學角度討論《愛麗絲》的專書[4]分別出版；1948年，美國將卡洛爾手稿本送還英國，卡洛爾日記在1953年面世，研究資料日漸豐富。

《奇境》出版95年後，美國數學家馬丁·加德納（Martin Gardner，1914－2010，

3　Lewis Carroll. Walter de la Mare. 1932.；The Life of Lewis Carroll. Langford Reed. 1932

4　"Alice in Wonderland Psycho-Analyzed." A. M. E. Goldschmidt. New Oxford Outlook (May 1933)；"Alice in Wonderland: the Child as Swain." William Empson. In Some Versions of Pastoral. 1935.

坊間也譯作葛登能）綜合各家研究及發現，在1960年出版《注釋愛麗絲》(*The Annotated Alice*)，讀者稱便，成為最重要的《愛麗絲》參考資料。加德納是美國著名的業餘數學大師、魔術師、懷疑論者，雖然沒有數學博士學位，但是他在《科學美國人》(*Scientific American*)雜誌上的數學遊戲專欄歷時20多年。

《注釋愛麗絲》出版後，1971到2001年間出版了至少6個注釋本（見附錄2.1），但歐美學界甚為自制，後出版者會設法在規模或體例上避免與先出版者過分雷同。以唐諾德‧葛雷（Donald Gray）在1971年出版的注釋本為例，其主文除了兩個《愛麗絲》故事，還加上了《捕捉蛇鯊》(*The Hunting of the Smark*)；加德納1960年版的注釋條數有207條，葛雷版只有101條（《捕捉蛇鯊》不計）；加德納的附錄只有書目，葛雷的則附了許多原始文獻，例如卡洛爾的日記、愛麗絲的回憶錄與相關的論文等。

《注釋愛麗絲》出版4年後，出現一本討論《愛麗絲》各國語言翻譯的專書。美國數學家華倫‧韋弗（Warren Weaver, 1894-1978）是機器翻譯研究的先驅，1932至1955年間擔任美國洛克斐勒基金會（Rockefeller Foundation）自然科學部經理，之後成為艾爾弗‧史隆基金會（Alfred P. Sloan Foundation）副總經理。他搜集了160個《愛麗絲》譯本、共42種語言，為瞭解各種語本的翻譯情況，把《奇境》第7章文字遊戲最多的部分，就德語、法語、瑞典語、義大利語、丹麥語、俄語、日語、中文、希伯來語、匈牙利語、西班牙語（卡斯提爾語）、波蘭語、洋涇浜語和斯瓦希里語等14種譯本，邀請學者回譯成英文，並就「《愛麗絲》翻譯的主要問題」，討論包括詩歌戲仿、雙關語、自創新詞或無厘頭詞、邏輯笑話，以及「其他無法分類的卡洛爾式變造詞義」等，在1964年把研究成果總結為《多語愛麗絲：愛麗絲漫遊奇境的翻譯》(*Alice in Many Tongues: The translations of Alice in Wonderland*)一書出版。該書的回譯及討論，原則上不邀請譯者本人參與，但中文部分例外，可能是合格的中文學者難尋。不過，趙元任對自己的翻譯仍然能用客觀的態度評析，對自己翻譯的缺點並不隱瞞。

加德納與韋弗帶來的《愛麗絲》研究風潮，促使英國在1969年成立「卡洛爾學會」(Lewis Carroll Society)，接著，「德斯伯利卡洛爾學會」(The Lewis Carroll Society of Daresbury, 1970)、「北美卡洛爾學會」(Lewis Carroll Society of North America, 1974)、「日本卡洛爾學會」(1994)、「巴西卡洛爾學會」(The Lewis Carroll Society of Brazil, 2009，尚在籌備階段)、「德國卡洛爾學會」(The Dutch Lewis Carroll Society，1976成立，2016復會)也相繼成立。

加德納與韋弗的讀者群各有不同。加德納的讀者是普羅大眾，其注釋本在1990年和1999年各增修一次，號稱銷售50萬冊，是研究「愛麗絲」的權威著作。韋弗的讀者

是學者級的小眾，出版後不見增補，卻帶出搜集《愛麗絲》譯本的風氣。許多英美《愛麗絲》學者，都藏有過千本不同語言的《愛麗絲》一本。由於韋弗的遠見，曾在1930年代委託趙元任請商務印書館代為購買《阿麗思》前5版三套，此版本因而在美國保存下來，目前普林斯頓大學和摩根圖書館暨博物館（The Morgan Library & Museum）都有初版及其他版的藏本。在中國的藏書，根據封宗信的調查[5]，目前僅上海復旦大學存有《阿麗思》第一版。此外，據悉臺灣彰化的賴和紀念館藏有第二版（1923年）。

2015年，時值《愛麗絲》出版150周年，兩股力量再度合流，成為《愛麗絲》研究的高潮。加德納的愛麗絲注釋本更新為《注釋愛麗絲：150周年豪華紀念版》，韋弗的翻譯研究則由北美卡洛爾學會的林德賽（Jon A. Lindseth）、坦南鮑姆（Alan Tannenbaum）接手，召集250名國際學者編成三大冊的《奇境世界中的愛麗絲》（*Alice in a World of Wonderlands*），筆者是該書的編輯之一。

此外，該會還在10月7日至8日兩天在紐約的格羅麗雅會館（the Grolier Club）舉行《愛麗絲》翻譯國際研討會和各國譯本展覽會。中文翻譯部分由北京清華大學封宗信教授報告。譯本展覽會場有一個亞洲專櫃，中文譯本以趙元任的譯本為主軸，包括《阿麗思》的愛麗絲簽名譯本、《走到鏡子裡》的譯本及錄音CD，還有趙元任的太太楊步偉《一個女人的自傳》英譯本。筆者的《兔洞》被選為當代譯本代表。此外，只有第7章的台語《Alice e奇幻仙境》（2006高雅玲節譯）作為方言譯本展出。大會對筆者設計的長幅愛麗絲身高變化表很有興趣，不只陳列在中譯本展覽櫃，還放大輸出懸掛在交誼廳展示（見彩頁照片）。

《愛麗絲》在中國

趙元任翻譯的《阿麗思漫遊奇境記》在1922年出版，事有湊巧，同樣含有大量雙關語的《哈孟雷特》（*Hamlet*，即後來通稱的《哈姆雷特》）也由田漢翻譯、於前一年的《少年中國》雜誌發表。田漢參考坪內逍遙的日文版間接翻譯，「他很多產，少精雕細琢，所以文字往往很多砂石」[6]，偏向直譯，有時還夾雜原文，逐漸被新的譯本取代；而趙元任的翻譯筆調自然，變成當時推廣國語的好讀本（事實上，趙譯的兩個《愛麗絲》故事，都有語文教科書的功用，《阿麗思》用來推廣國語、《鏡子裏》則用來當作漢語教材），不但一面世便洛陽紙貴，而且歷經韋弗1964年和北美卡洛爾學會2015年的兩度驗證，公認為最佳譯本。

5　Lindseth 2015：187, https://www.researchgate.net/publication/281292924_Alice_in_Chinese_Translation
6　周兆祥 1981：17

《阿麗思》出版後一紙風行，坊間雖有意跟進，卻沒人敢出版類似的全譯本，只好改出節譯本。趙元任對韋弗說過，許應昶版（《阿麗斯的奇夢》，1933）和《阿麗思》很像[7]；而何君蓮譯本《愛麗思漫遊奇境記》（1936）雙關語部分經比對也有趙譯的影子，范泉《愛麗思夢遊奇境記》（1936）則坦然承認參考趙元任譯本。另有一個英語注解版《愛麗斯異鄉紀遊》（1933），編者是林漢達，只有生字注解，沒有翻譯。一直到1948年，中國才出現另一個中英對照全譯本《阿麗思漫遊記》，

《阿麗思漫遊奇境記》第一版封面及版權頁。資料來源：https://i0.wp.com/blogs.princeton.edu/cotsen/wp-content/uploads/sites/88/2016/01/1922coverColophon.768.jpg?ssl=1

譯者劉之根，偏重英語學習，採用的是直譯方式，是第一個直譯版本。

《阿麗思》出版後，趙元任並未馬上翻譯第二個故事，所以第一個《鏡中》中譯本陳鶴西是1929年的《鏡中世界》。趙元任的翻譯原本在1932年已準備就緒，不料遭逢128事變，清樣燒毀，無法出版。後來他整理殘稿，才在1968年由美國亞洲語言出版社（Asia Language Publications）以中文和國語羅馬字對照的教材形式出版，編在《中國話的讀物》（*Readings in Sayable Chinese*）第二冊裡，名為《走到鏡子裡跟跟阿麗思看見裡頭有些什麼》（簡稱《鏡子裏》），還和女兒朗讀故事製成卡式錄音帶，可能是世界上唯一由譯者親自錄音的愛麗絲故事。趙先生在1975年寫通函給朋友說：「我把[《鏡子裏》的]雙關語譯成雙關語、韻腳譯成韻腳。在《阿麗思》裡我沒有能做成這麼好。」[8]或許可以視為他的翻譯標準。

自1950年起，由於時局動蕩，《奇境》的出版也受到波及。大陸在前30年期間完全沒有新版，到1981年才出現兩個新譯本：管紹淳、趙明菲譯本《愛麗絲奇遇記》，以及陳復庵的雙語版《阿麗思漫遊奇境記》。管本採用是和趙元任相同的譯法，陳譯採用的是直譯法。

大陸的商務印書館到1988年才把趙元任翻譯的《阿麗思》和《鏡子裏》以雙語形式合併出版。臺灣啟明書局最早出版的兩個《愛麗絲》故事譯本，其實是大陸啟明書局何君蓮與楊鎮華版本的隱名翻印；1962年，臺灣才出現汪祖培編著的《愛麗斯夢遊仙

7　Weaver:113。

8　趙新那1998:448。

境》本土版。香港早期也是翻印大陸版本，主要是林漢達及劉之根的英語注解版，首個當地譯本誕生於 60 年代，分別是碧輝出版的《愛麗斯夢遊仙境》和梅綺麗翻譯的《阿麗斯夢遊仙境》，但由於兩者均未標示出版年份，難以斷定先後順序。[9]

中文譯界很早就注意到加德納的注釋本。陳復庵在其譯本的前言中提到參考加德納 1978年注釋本；吳鈞陶1996年在其譯本序中也「感謝遠在美國的錢琰文女士為我複印一厚迭有注解的原文託人帶來」。2006年，臺灣的丫亮工作室出版了《解說愛麗絲漫遊奇境》，主要參考加德納2000年版本。比較偏重英語解說，對《愛麗絲》研究的介紹有限。

筆者在2010年及2011年分別出版了《兔洞》和《棋緣》，不久在2015年出現另一個內容相似的版本。此外，加德納的《注釋愛麗絲：150周年豪華紀念版》全譯本，於2016年以《愛麗絲夢遊仙境與鏡中奇緣：一百五十周年豪華加注紀念版》為書名出版，臺灣儼然成為《愛麗絲》研究的重鎮。

趙元任的魅力

趙元任的成功之處，有一個條件是其他譯者望塵莫及的。《阿麗思》出版時正當國語推廣初期，急需國語讀本。其次，他文筆流暢易懂，不受原文拘束，尤其文字遊戲部分為達到原文效果而變動原文，更是大膽的創舉。他這種變通譯法，到1964年才由美國語言學家和翻譯家奈達（Eugene Nida）提出「動態對等」（dynamic equivalence）理論，以與按字面翻譯的「形式對等」（formal equivalence）相對。

在譯者特質方面，世界譯壇恐怕也很難找出與他相當的人才。趙元任很早就發現自己和卡洛爾非常相似，在1915年9月7日的日記上用英文寫道：「讀卡洛爾傳記，發現與我極為相似，如數學、愛情、邏輯、詭論、內向等，不過我對孩童的愛還有待培養。」[10]兩人相似的地方有：

1. 數學：趙元任在大學主修數學，和卡洛爾相同。兩人同樣以優異成績畢業；
2. 教學：兩人一生都以教書為業；
3. 日記：趙元任自14歲起終生寫日記，卡洛爾則從22歲開始；
4. 書信：趙元任常以「通函」的方式寫給朋友，卡洛爾到去世前的通信紀錄，共登記了98,721封來往信函；
5. 攝影：趙元任自19歲起開始玩攝影，一生照了四千餘張富有歷史價值的相片；

9　資料參考李雪伊2021。
10　《趙元任年譜》頁:78。

卡洛爾24歲買照相機後，一生共拍三千餘張照片，而且藝術評價頗高。

6. 戲劇：卡洛爾是劇院常客，《愛麗絲》也改編成戲劇上演。趙元任在1914年用英文編寫劇本，演出獨幕喜劇《掛號信》（*Hang Number Letter*），1927年把英國作家米爾恩的《坎伯利的三角戀愛》改編成劇本《最後五分鐘》，並親自導演。

7. 對語言及文字遊戲的愛好：兩人都喜歡文字遊戲，卡洛爾對文字遊戲的喜愛可以從《愛麗絲》看出；趙元任的自傳中也不時可以看到玩雙關語的記載。

　　此外，卡洛爾喜歡「42」這個數字，而且和趙元任有4個以西元尾數為2所構成的巧合，也相當有趣：

卡洛爾	趙元任	備註
1832年出生	1892年出生	相隔60年
1852年愛麗絲（Alice）出生	1922年長女如蘭（Iris）出生	相隔70年
1862年口述《奇境》故事	1922年出版《阿麗絲》譯本	相隔60年
1872年《鏡中》出版	1932年《鏡子裏》譯稿被焚	相隔60年

　　兩人的資料同樣豐富，卡洛爾身後出版了傳記（不只一本）、日記、書信集、攝影集；趙元任則有早年自傳、年譜和日記。

　　趙元任可能在北美卡洛爾學會成立後不久即加入。《趙元任年譜》頁520記載他在1980年（88歲）「5月4日，到海邊Burnstein家，參加一個有關Lewis Carroll的聚會，會上元任用中文朗誦了《炸脖臥[下從龍]》（三十年代元任翻譯的Lewis Carroll〈Jabberwocky〉一詩）。」經筆者查證，這位「Burnstein」的全名是山鐸·伯恩斯坦（Sandor Burstein），為當時卡洛爾學會舊金山分會會長，本身是醫生，「海邊家」是一棟靠近金門大橋的海景豪宅，5月4日則正是愛麗絲的生日。伯恩斯坦的兒子馬克（Mark）後來也成為北美卡洛爾學會會長，父子兩代的《愛麗絲》譯本藏書有三千多冊，其中有許多臺灣罕見的香港譯本。筆者因與他交換注釋本而認識，因而有幸參觀，大開眼界。加德納去世後，馬克成為注釋本的接班人。

　　趙元任在1982年2月臨終前，「本來已經訂好了今年2月初要到紐約去參加Lewis Carroll研究會的年會」（《趙元任年譜》頁542）這是他女兒的報訊。事實上，經筆者查證，當年的年會在1月28至30日舉行，日期雖然有誤，依然可以印證他對《愛麗絲》的投入，真的做到了生死不渝的地步。

中文《愛麗絲》的問題

　　《愛麗絲》和《哈姆雷特》出版至今都已超過100年，兩者的走向卻截然不同。先從譯者人數談起。根據謝桂霞2011年的博士論文，《哈姆雷特》到2003年共有16位譯者，扣除有抄襲嫌疑的譯本後有12本，年代自1921至2003年，跨越80年；至於《愛麗絲》中譯本，中港臺三地到2013年共有250多版，個別譯者141人，另有100多人是改寫、編輯、出版社譯者，還有若干不具名的譯者[11]；僅就具名的譯者而言，就比《哈姆雷特》多出100多位。再就翻譯趨勢來看，從謝桂霞2011年博士論文第115頁所舉'arms'（家徽／手臂）的雙關語，可以發現《哈姆雷特》的12位譯者在雙關語翻譯方面逐漸採取與趙元任相同的「活譯」策略；相反的，根據徐德榮及程文娟2022〈愛麗絲百年中國遊記——副文本視域下中國兒童文學翻譯思想的演變研究〉，「《愛麗絲》中雙關語的翻譯，有2／3以上的譯者選擇加注等捨棄雙關語的翻譯策略」，可見《愛麗絲》的譯者大部分正朝著與趙元任相反的方向走。

　　除了趨勢之外，比較令人擔心的是《愛麗絲》的翻譯水準始終起伏不定。筆者在2000年發表〈《愛麗絲漫遊奇境》臺灣中文全譯版本比較及探討〉、2002年發表〈譯者與作者的罕見巧合——趙元任的《阿麗思》中文翻譯〉文章，對《愛麗絲》的譯本有全面性的比較，發現翻譯錯誤甚多，甚至到了近10年，錯誤的現象似乎變本加厲。

　　本文試就趙元任的特點，和近10年出現的近代譯本比較如下：

　　一、用字淺顯，很少使用成語及文言：《愛麗絲》的本質是童話故事，趙元任深通道理，在譯文裡盡量用口語，很少用成語，《阿麗思》全書12章，僅出現14個成語，平均每章一個，例如第一章僅用了「無精打彩」一詞，而且除必要之外，也很少加入文言用語。其他譯者往往沒考慮到這層要求，形成文筆過於老練，因而失去童趣。下例趙元任完全不用成語，近代譯者則用三個之多。

　　【原文】Alice was not a bit hurt, and she jumped up on to her feet in a moment: she looked up, but it was all dark overhead; before her was another long passage, and the White Rabbit was still in sight, hurrying down it. There was not a moment to be lost: away went Alice like the wind…（《奇境》第1章）

　　[趙元任譯] <u>阿麗思</u>一點都沒有跌痛，馬上一跳就站了起來：她回頭往上頭瞧瞧，都是漆黑的；她前面又是一條長夾道，還看見前頭那個白兔子順着那條道快快地走。那是一刻亦不能緩；嗖地像一陣風似的<u>阿麗思</u>亦跟着跑去了……

11　詳見Lindseth 2015: 130-197。

[近代譯者] 愛麗絲毫髮無傷，立刻跳起來站穩腳步。往上看看，頂上一片漆黑。往前看看，又是一條長長通道，白兔先生身影若隱若現，還在匆忙奔走。愛麗絲眼見機不可失，風也似的追了上去……。

另外一種情況則是濫用成語，扭曲原意：

【原文】Come, hearken then, ere voice of dread,

　　　　With bitter tidings laden,

　　　　Shall summon to unwelcome bed

　　　　A melancholy maiden!（《鏡中》序詩）

[趙元任譯]

　　　來聽罷，啊！別等那怕人的聲兒，

　　　滿懷著可恨的狠心腸，

　　　可憐把個好好兒的女孩子的魂兒

　　　硬叫了去上那不想上的床。

[近代譯者]

　　　快來聆聽唯恐錯過，

　　　歲月蹉跎青春不再，

　　　落得寂寞獨守空閨，

　　　小姑獨處抑鬱而終！

二、理解正確，很少誤譯：理解正確是翻譯的基本，趙元任的翻譯幾乎沒有錯誤，其他譯者的錯誤卻層出不窮：

【原文】and round the neck of the bottle was a paper label, with the words 'DRINK ME' beautifully printed on it in large letters.（《奇境》第1章）

[趙元任譯] 瓶頸上繫着一個紙條子，上頭寫着很好看的大字「喝我」。

[近代譯者] 瓶口繫著一紙標籤，印著漂漂亮亮的大字「喝我！」

[說明]英文'print'除了「印刷」之意，還有「用印刷體書寫」的意思，趙元任已正確翻譯，坊間許多譯本卻都犯了這個錯誤，不因時間而有所改善。

【原文】The white knight is sliding down the poker. He balances badly.（《鏡中》第1章）

[趙元任譯] 那白馬武士在那通條上望下出溜吶，他的身子很不穩。

[近代譯者] 白棋騎士從火鉗上滑下來，無法保持平衡。

[說明]'Poker'是通條或撥火棒，不是「火鉗」（tongs）；'balances badly'只是坐得搖

搖晃晃，「無法保持平衡」就摔下來了。

三、**雙關語翻譯**：雙關語翻譯是趙元任的拿手好戲，近代譯者趨向直譯，甚至有時還誤解原文的意思：

【原文】"I had to kick him, of course," the Knight said, very seriously. "And then he took the helmet off again——but it took hours and hours to get me out. I was as fast as——as lightning, you know."（《鏡中》第8章）

[趙元任譯]「我得使勁踢啊，自然。那麼他把盔摘下來了——可是不知道費了多少鐘頭才把我弄出來的。我在裏頭長得牢得像——像老虎那麼牢了。」

[近代譯者]「當然啦，我不得不踢他，他才脫下頭盔。可是，我卻花了好幾個鐘頭，才從裡面爬出來，妳知道嗎，我動作迅速得像——像閃電一般。」

[說明]'fast'有兩層意思，「快速」和「牢固」。原文故意把兩者混為一談，變成「牢得像閃電一樣牢」。近代譯者顯然沒把原文意思弄清楚。

同樣可能對讀者造成危害的，是品質不佳的中文參考資料。

趙元任的譯本假如作為參考資料，最好不要採用1950以後的版本，因為這些版本都受到不同程度的修改，已非趙元任翻譯的原貌。其中影響比較大的是1988年北京商務印書館出版的《阿麗思漫遊奇境記：附阿麗思漫遊鏡中世界》，由方平編輯，在序言上說明「做了慎審的局部改動」。目前發現受到影響的有思果《阿麗思漫遊奇境記》選評，還有《趙元任翻譯研究》，這些版本參考的其實是經過方平修改過的文字，尤其是雙關語翻譯方面。肖毛校對的電子檔《阿麗思漫遊奇境記》也是商務1988年版。

另一本要注意的是大陸出版的《劉易斯‧卡羅爾傳》，譯自英國愛德華‧維克林（Edward Wakeling）所著《*Lewis Carroll: The Man and His Circle*》。書中翻譯錯誤甚多，僅舉出一個比較明顯的例子：

such as this example written in her mother's hand

以下是寫在她媽媽手掌上的一段祈禱語

這句話一看邏輯就有問題：寫在手掌上的字，兩百年後怎麼還看得到？"written in her mother's hand"意思應該是「他媽媽的筆跡」。

中文注釋版雖然歷史只有十來年，卻也開始出現問題。有一個注釋版說Lewis Carroll這個筆名只用於《愛麗絲》，這是憑空想像；又說《鏡中》1897年版取消棋譜，則是別有用意的操作。所以讀者應慎選版本，或多加比對資料。

有關新注釋本《解讀愛麗絲》的說明

筆者出版《兔洞》和《棋緣》經過約30年的準備。前20年自1980年初開始，只是出於興趣，在有意無意間搜集中文譯本和英文參考資料；到了2000年發現資料充足，因而有了集結成書的想法，於是開始進入實質的研究，並將研究所得撰文發表：

一、2000年發表〈《愛麗絲漫遊奇境》臺灣中文全譯版本比較及探討〉，針對臺灣出版的中文全譯版本，配合香港、大陸版本比對分析，探討理想中譯本之可能。

二、2001年發表〈《華文世界愛麗絲》故事研究現況及展望〉，透過國外對《愛麗絲》故事研究的現況，比對檢視華文世界在過去80年間內對《愛麗絲》研究的成果，並提出推廣研究的建議。

三、2002年發表〈從「因巧見難」到「因難見巧」——談雙關語的圖解、分析與翻譯〉，搜集雙關語的翻譯佳例，對其類別及處理方式加以整理說明，並把雙關語的結構以圖示方式提出具體的分析工具，以為翻譯之參考。

四、2002年發表〈譯者與作者的罕見巧合——趙元任的《阿麗思》中文翻譯〉，整理趙元任先生翻譯《阿麗思漫遊奇境記》的經過及技巧，發現趙元任和卡洛爾的特點「巧合得令人訝異」。

《兔洞》和《棋緣》出版後頗受歡迎，其中的愛麗絲身高變化拉頁，受到北美卡羅爾學會的注意，在2015年愛麗絲面世150周年紀念研討會的紐約會場中，《兔洞》被選為當代譯本的代表，和趙元任的《阿麗思》並列，而拉頁也在會場的交誼廳中展示。

2015年出現一個近似版本，參考的注釋內容亦步亦趨，超過百分之二十，除了兩項比較特殊之外，每一類別都無法倖免，以下的例子依出現順序排列，方便讀者比對：

一、翻譯知識

[兔26] Weaver:85討論本書各種語言版本，歸納出各國語言譯本翻譯仿擬的三種方式：一、從譯入語中另選一首讀者熟識的詩加以模擬，效果最好，丹麥文、法文、德文、希伯來文、匈牙利文、俄文譯本都採取這種方式；二、按仿擬原文直接翻譯，效果較差；三、譯者自行寫一首詩來取代。

二、愛麗絲典故

[兔初版63] 注15. 愛麗絲在1861年復活節未滿9歲時第一次隨家人到北威爾斯的濱海小鎮蘭德諾（Llandudno）度假。父親在這裡買地蓋了一間屋子，作為度假和招待賓客之用……見丹崎克彥／妻美蓮。

三、英國歷史

[兔67] 注17. 威廉一世（約1027－1087）原是法國諾曼第公爵，於1066年征服蘇格

蘭，愛麗絲的故事比威廉征服英格蘭晚了近800年。

四、邏輯討論

[兔121] 注9. Heath p.54說明這句話常成為討論「三段論」、「中項不周」錯誤的例證。這裡的三段論是：「所有蛇都吃蛋／愛麗絲吃蛋／所以愛麗絲是蛇」，所謂「中項不周」指的是「吃蛋」這個「中項」無法涵蓋所有吃蛋的動物，所以不能推論愛麗絲也是蛇。

五、地方典故

[兔147] 注3. 插圖中愛麗絲癱坐在椅子上，是不合禮儀的姿勢。查爾斯王子和黛安納王妃於1984年在卡洛爾出生地附近的沃靈頓（Warrington）鎮撥款設了真人大小的瘋茶會雕像場景（見謝金玄2003 p. 27、丹崎克彥／婁美蓮 p. 61），供遊客歇息。愛麗絲坐得筆直，才是維多利亞時代乖女孩的樣子。

六、維多利亞制度

[兔201] 注16. 英國在1870年頒布教育法之前……許多貧苦兒童為了生計無法上學，少數僅能上教會設立的週日學校（Sunday School）或貧民學校（Ragged School）……家境好的則上昂貴的公校（public school），如卡洛爾。

七、英語文法和成語解說

[棋77] 注19. 英文有"as dry as biscuit"的說法，表示「乾透了」。'Biscuit'在英國英文是硬的小餅乾，相當於美國英文的'cookie'或'cracker'。美國英文的biscuit則指發酵的軟麵包，外硬內軟，相當於英國的「司康」（scone）。

八、維多利亞時代新事物及學說

[棋103] 注3. 杜莎夫人蠟像館（Madame Tussauds）於1835年在倫敦成立，當時門票6便士，是12本《鏡中》的價錢（6先令一本）。蠟像館常讓真人與一模一樣的蠟像並排在門口招徠顧客，和兩兄弟有點像。

九、個人閱讀心得

[棋161] 注3. ……華倫（Robert Penn Warren）在1946年以All the King's Men (國王的人馬) 一書獲得普立茲獎獎；《華盛頓郵報》記者伍德華（Bob Woodward）與伯因斯坦（Carl Bernstein）共同撰書報導美國水門事件，書名：All the President's Men (總統的人馬)（1976）也改自此句。美國歷史學家韋德（Doug Wead）在2004年則以All the Presidents' Children（總統的兒女）為書名，敘述美國第一家庭的悲劇與輝煌。

十、筆者創見

[棋221] 注10. 白騎士頻頻摔馬，似乎暗指當時剛流行的腳踏車。1870年（本新注

釋版出版的前一年）大小輪腳踏車（Penny- farthing bicycles)）面世，前輪直徑最大達160公分，騎者坐在高輪頂端的軸心附近，重心不穩，只要碰到石頭、車轍或急煞車就很容易往前摔下來，而且經常是頭上腳下，當時有個叫法 "taking a header"（摔個倒栽蔥）或簡稱 "header"（倒栽蔥），和騎士向前摔馬的情形相同。兩輪同樣大小的安全腳踏車到1884年才上市。見維基百科。

十一、英國器物及食物

[棋269] 注18. 英文 'plum-pudding' 字面意義為「梅子布丁」，但並不含梅子（Plum pudding has never contained plums），而是葡萄乾。

十二、中文譯本資料

[兔274－279] 附錄四《奇境》中文譯本、[棋313－315] 附錄三《鏡中》中文譯本。

幸而未被仿製的部分只有以下兩項：

十三、《兔洞》愛麗絲身高變化
十四、《棋緣》西洋棋說明

《兔洞》和《棋緣》出版後，筆者即積極參加國際性研究活動：

一、著作及演講

（一）"*Seek it with a Thimble*"（〈頂針的啟示〉）：就《兔洞》第3章注釋中討論度度鳥與愛麗絲類似婚禮場面的題材，這篇報告後來被摘要納入加德納2015年《注釋愛麗絲：150周年豪華紀念版》，頁38（陳榮彬中文譯本，頁95），以及王安琪譯注版（頁159）。

（二）"*The Chinese Doublets*"（中文變字遊戲）：卡洛爾發明的變字遊戲（Doublets），規則是每次換一個字母，以達到規定的字為目的。例如：

原文考題：Evolve MAN from APE.（由APE〔猿〕變字為MAN〔人〕）

答案：APE → are → ere → err → ear → mar →MAN.

筆者發明的中文版，改為每次換一個中文部件，例如上面由「猿」變「人」的考題，答案：猿→園→囚→人。

這篇報告後來被摘要納入《路易斯・卡洛爾小冊子，第五卷：遊戲、謎語與相關作品》（*The Pamphlets of Lewis Carroll Vol.5: Games, Puzzles, & Related Pieces*），克里斯多夫・摩根（Christopher Morgan）編纂（2015），頁378－379。

（三）2012年起加入北美卡洛爾學會《奇境世界中的愛麗絲》中文翻譯版本新注釋版的編輯行列，該書在2015年10月出版。

（四）"*Further Evidence on the Banning of a Chinese Wonderland*"（〈《奇境》被禁的進一步證據〉），討論坊間和網路上盛傳的《愛麗絲》中譯本被禁的懸案。結論是確有此事，因為消息來源出自趙元任本身，時間應該是在1929至1931年間何鍵擔任湖南省省主席期間。

（五）舊金山演講

2017 4月1日，筆者應北美卡洛爾學會之邀在舊金山市立總圖書館科悅廳（Koret Auditorium）發表半小時的演講，講題為"*The Chinese Annotated Alice*"（中文愛麗絲注釋版）。

（六）〈雙關語翻譯實務研究：以《愛麗絲》中譯為例〉：接續2022年的雙關語翻譯研究，將翻譯《愛麗絲》的經驗整理發表。

（七）〈「起承轉合」觀念用於翻譯的探討〉：綜合多年的翻譯經驗，討論翻譯前輩在翻譯中的「起承轉合」運用。

二、參訪英國《愛麗絲》相關景點

2016年5月，筆者實現了多年的願望，以3周時間自助旅行參訪《愛麗絲》的故鄉英國（見彩頁），參訪了：

（一）牛津（Oxford）：故事的發源地，主要是基督堂學院。卡洛爾和愛麗絲都住在基督堂學院的湯姆方院，重要的景點有卡洛爾住處、愛麗絲住處、愛麗絲小店、大餐廳，入口處掛有卡洛爾的畫像，彩繪玻璃還有卡洛爾和愛麗絲的畫像。從基督教堂可以看到愛麗絲家的後門。

（二）吉爾福（Guildford）鎮：位於牛津東南方約70公里，有火車可達。卡洛爾在父親死後就在這裡租屋安置6位未婚的姐妹。他把房子叫做「栗屋」，經常過來住，晚年在這裡過世，葬在附近的山坡墳場（The Mount Cemetery）。鎮中心一個傍水的小公園裡有愛麗絲看到兔子的銅像，郊區另有一座愛麗絲穿過鏡子的銅像。

（三）林赫斯特（Lyndhurst）鎮：位於牛津南方約100公里。愛麗絲的墳墓在聖米迦勒暨諸天使堂（St Michael and All Angels Church）

（四）蘭迪諾 (Llandudno) 半島：愛麗絲一家常去度假的半島，她父親在這裡建了一棟別莊，轉過幾手後倒塌。半島現在以愛麗絲作為吸引觀光客的主題。

（五）德斯伯利（Daresbury）村：距離沃靈頓約7公里，卡洛爾的父親在1827至1843年間在當地的諸聖教堂（All Saints' Church）當過牧師，教堂的彩繪玻

璃上有卡洛爾、愛麗絲和一些角色的畫像。

（六）沃靈頓（Warrington）鎮：鎮中心的廣場上有一座瘋茶會石像，供遊客和愛麗絲、帽匠、三月兔、睡鼠拍照留影。

《解讀愛麗絲》綜合了《兔洞》和《棋緣》出版後的心得，將兩書合併為一，除了增補資料，也做了一些改變：（1）增加彩頁及奇境地圖，（2）增加新的注釋，（3）補譯〈假髮黃蜂〉，（4）取消中英對照，（5）將西洋棋的棋譜分別移到各章節內，方便閱讀。

本書的特點分為注釋和翻譯兩大類，說明如下：

【注釋方面】
凡是非參考加德納的注釋，皆以星號（＊）區別。

一、私人典故
[頁056]　注13＊「去過海邊一次」隱藏著一段故事，加德納並未說明。愛麗絲在1861年第一次到英國威爾斯北邊的蘭迪諾半島度假，他們一家7口加上5名僕從住進現在名叫聖特諾（St. Tudno）的旅館，剛好遇到人口普查而留下紀錄。1862年，她的父親在在西灣買地蓋了一間度假屋，命名「西隅別莊」（Penmorfa，威爾斯語的意思是西海角），有證據顯示愛麗絲在1863年去度過假，因寫信給父親祝壽而留下紀錄，還留下據信是同年拍攝的照片。1864年，三姐妹又在度假屋由畫家威廉·布萊克·里奇蒙（William Blake Richmond）留下畫像。後來度假屋易手後改建成旅館，經常舉辦愛麗絲活動，可惜在2009年拆除。蘭迪諾現在成為以愛麗絲為主題的觀光勝地。（部分新增資料）

[頁057]　注19＊……「征服者威廉」是關鍵詞，1863年2月5日愛麗絲在蘭迪諾「西隅別莊」度假時寫信給爸爸，祝賀他79歲生日，因為他「出生在征服者威廉的時代」。

二、地方典故
[頁042]　注3＊愛麗絲家離河邊很近，都在安全的步行距離範圍內。從她家往南走出湯姆方院，就可看到寬廣的基督堂草坪（Christ Church Meadow），左轉沿著寬步道（Broad Walk）往東走，可以到查威爾河(River Cherwell)，岸邊有一顆大樹叫瞭望樹（The Watcher Tree)．走出湯姆方院後繼續往南沿著白楊步道(Poplar Walk)走，則可到達泰晤士河（River Thames）。

[頁177] 注3* 這情節有事實根據。卡洛爾入學基督堂學院時，第一個住處貝克華特方院（Peckwater Quadrangle），正是牛津每年舉辦火把節的地點，見Collingwood 1898:47。愛麗絲家的後院和貝克華特方院中間只隔了一座基督堂圖書館（Christ Church Library），小孩就近撿樹枝有合理的地緣關係。

三、維多利亞時代新事物及學說

[頁186] 注11*這句話可能引用了1864年出版的法國科幻小說《地心冒險》（Voyage au centre de la Terre）的結局情節：探險隊用炸藥開路，激烈的震動引發火山爆發，使他們被火山的氣流噴上地面。

四、插圖新發現

[頁145] 注10*[插圖] ……圖下方中間有一個不明物體，經辨識出來是木製的脫靴器（boot jack），用時把靴後跟插進凹槽，另一隻腳踩住木板便可脫出。

五、英文文法

[頁061] 6.*兔子問了一個複雜的文法問題，老鼠顯然答不出來，只好用「你應該知道」混過去。「覺其」的原文是'find it'。'find'在英文有「發現」與「覺得」兩層意思，兩者都可接'it'，但文法功能不同。老鼠的'find'作「覺得」解，'it'是虛詞，用來帶出補語「勢不可逆」（原文advisable）；鴨子說的'find'作「發現」解，後面的'it'是實詞，代表青蛙、蚯蚓等。

六、英式英文

[頁179] 注5*原文Wednesday week。英式英文對「下星期三」有兩種叫法：說話時間如在本星期三以後，「下星期三」叫'next Wednesday'；說話時間如在本星期三以前，「下星期三」就叫'Wednesday week'。Gardner 2000:138注1利用這個字的特性，推論卡洛爾設定的11月4日應該是1862年，因為這一天是星期二，剛好在星期三之前，符合'Wednesday week'的定義。

[頁119] 注15*兔子不可能聽錯，而是在暗示愛麗絲應該改變說法。西方禮節，聽到人家遭遇不幸，應該先表示惋惜，而不是打聽細節。兔子採用的是「暗示糾正法」（implicit correction），例如學生把蘋果說成橘子，老師會說：「你說的是蘋果嗎？」學生會意，便會改說：「是的，我說這是蘋果。」

七、維多利亞時代用餐時間

[頁103] 注4* Gardner 2000:75注10說明，《奇境》完成之後，5點鐘下午茶才流行起來。愛麗絲姐妹有時在6點吃茶，那是小孩的晚餐（Supper）。

Wakeling2015:15提到卡洛爾的姨媽露西為他編的家庭雜誌教區長雜誌（Rectory Magazine）寫的急徵女傭諧趣廣告，說明他家用餐的時間如下：早餐（Breakfast）9點、午餐（Luncheon）12點，主餐（Dinner）下午3點、茶餐（Tea）下午6點、晚餐（Supper）晚上9點。《鏡中》第4章則提到哈啦兄弟打完架後6點鐘用餐（have dinner）。

八、維多利亞餐宴上菜順序

[頁315]　注20*正式西餐有五道菜，依序是開胃菜、湯、沙拉、魚盤、肉盤、點心。愛麗絲到時只剩下肉盤和點心兩道菜。

【翻譯方面】

為方便討論，本書分為「敘事修辭翻譯」與「趣味修辭翻譯」兩大類，觀念類似奈達的「形式對等」與「動態對等」。

一、敘事修辭翻譯：

指一般的敘述性文字，本書遵循趙元任的標準，盡量少用四字成語，也注意避免夾雜文言，以下是一些比較特殊的考量：

（一）語體：卡洛爾筆下人物的腔調變化多端，主要集中在《奇境》第3章：

　　1. 教科書體："William the Conqueror, whose cause was favoured by the pope, was soon submitted to by the English." （《奇境》第3章）

　　[張華譯]「征服者威廉倡議舉兵征討國外，深獲教王嘉許，不久即征服英格蘭。」

　　2. 議事體："I move that the meeting adjourn, for the immediate adoption of more energetic remedies--" （《奇境》第3章）

　　[張華譯]「本席動議散會，另籌更為積極之救濟措施。」

　　3. 獻詞體："We beg your acceptance of this elegant thimble." （《奇境》第3章）

　　[張華譯]「謹獻上精美頂針一枚，敬請笑納。」

其他還有方言體（《奇境》第4章）、宮廷體（《奇境》第8章）、法規體（《奇境》第12章）、新聞體（〈假髮黃蜂〉）等，不再一一詳述。

（二）人名翻譯：以下的人名翻譯與一般翻譯不同：

   1. Prima, Secunda, Tertia出現在《奇境》序詩，代表愛麗絲三姐妹，原文為拉丁文，有莊重的味道，本書譯為「大公主」、「二公主」、「三公主」。

   2. [頁109]22*卡洛爾第三次把愛麗絲姐妹的名字改裝放進故事裡。故事中三姐妹名字的原文是Elsie（就是L. C.，大姊 Lorina Charlotte的縮寫）、Lacie（把Alice重新排列的結果）、Tillie（小妹Edith的小名叫Matilda，簡稱Tillie）。一般中譯都採音譯，例如趙元任譯為「靄而細」、「臘 細」、「鐵梨」，本譯改為「愛絲」、「麗絲」、「愛麗」，大致保留原音，並以「愛麗絲」三字重複排列組合，譯的是利用人名玩遊戲的創意。

（三）普通詞彙的特殊考量

[原文]

   "'First, the fish must be caught.'"

   That is easy: a baby, I think, could have caught it.

   "Next, the fish must be bought."

   That is easy: a penny, I think, would have bought it. "（《鏡中》第8章）

[趙元任譯]

   「先麼，魚得要逮來。」

   這不難，一個孩子，我想，就能逮他來。

   然後魚得要買來！'

   這不難，一個蚌子，我想，就能買他來。

[張華譯]

   一種水裡動物，

   奶娃都抓得住；

   市場價錢不貴，

   一個便士買回。

[說明]大部分譯本都把fish直譯為「魚」，趙元任當時沒有注釋本可參考，情有可原。但這首詩謎的謎底是「牡蠣」，中文裡「牡蠣」不屬魚類，用在謎語場合變成錯誤的提示，所以改譯為「水中動物」。

二、趣味修辭翻譯：

趣味修辭包括雙關語、前韻、前韻，以及需要採用雙關語翻譯技巧、照應兩層詞義與形式或規律的修辭格，如仿擬、飛白（即語詞誤用）、回文、轉品、析字、塗改、別解、方言、合成詞等。這些詞類因為牽涉語言特性的運用，所以翻譯經常需要換例，無法用嚴復的「信」來規範。本書遵循趙元任的標準，把雙關語譯成雙關語、押韻譯成押韻，不拘泥字面意思，以達到效果為目的。本類的修辭格，摘要略舉幾項說明：

（一）雙關語

[原文]

`You are not attending!' said the Mouse to Alice severely. `What arc you thinking of?' `I beg your pardon,' said Alice very humbly: `you had got to the fifth bend, I think?'

`I had not!' cried the Mouse, sharply and very angrily.`A knot!' said Alice, always ready to make herself useful, and looking anxiously about her. `Oh, do let me help to undo it!' （《奇境》第3章）

[趙元任譯]

那老鼠說到這裏，對阿麗思很嚴屬地道，「你不用心聽着，你想到哪兒去拉？」

阿麗思很謙虛地道，「對不住，對不住，你說到了第五個灣灣儿勒，不是嗎？」那老鼠很兇很怒地道，「我沒有到！」

阿麗思道，「你沒有刀嗎？讓我給你找一把罷！」（阿麗思說着四面瞧瞧，因為她總喜歡幫人家的忙）

[張華譯]

老鼠忽然屬聲對愛麗絲說，「你沒注意聽！你在想什麼？」

愛麗絲非常恭敬地說：「對不起，我想您已講到第五個彎了？」

「還有一大截！」老鼠又氣又急，大聲說。

愛麗絲一向熱心助人，認真地四面張望說：「一個大『結』？快讓我來幫您解開！」

（二）押韻（rhyme）：原文押韻中譯也與趙元任相同，盡量押韻。例如《鏡中》第6章有一首長達40行的詩，每兩行押韻，前八句如下：

In winter, when the fields are white,
I sing this song for your delight——

In spring, when woods are getting green,
I'll try and tell you what I mean:

In summer, when the days are long,
Perhaps you'll understand the song:

In autumn, when the leaves are brown,
Take pen and ink, and write it down.

[趙元任譯]

在冬天，正是滿地白，
我唱這歌儿是為你來——

到春天，正是滿樹青，
那我就慢慢儿告訴你聽。

在夏天，正是日子長，
你也許懂得一兩行。

到秋天，正是葉子乾，
拿筆跟墨，把這個寫完。

[張華譯]

冬天到了山野白，
我唱個歌儿你開懷——

春天到了樹葉青，
我說心事給你聽。

夏天到了白天長，
仔細聽好不要忙。

秋天到了樹葉黃，
請你寫下不要忘。

（三）藏頭詩（acrostic）

原文共21行，串連每行第一個字母便是愛麗絲的全名：Alice Pleasance Liddell；本中譯利用全詩分7節的結構，改為各節第一字串成「愛麗絲漫遊奇境」。這也是《愛麗絲》中譯版的創舉。見《鏡中》最後的跋詩（頁326）。

（四）戲仿（parody）

戲仿是採用現有的歌謠加以改寫，目前所有中譯本都用直譯的方式，本書是唯一採用中文讀者熟識的詩歌加以模擬。簡譜請見附錄4.3。

第一部
愛麗絲漫遊奇境

序詩

1. 這天是1862年7月4日星期五，卡洛爾和達克沃斯（Duckworth）牧師帶利道爾三姐妹在離她們家不遠的弗利橋（Folly Bridge）搭船遊河。卡洛爾坐船頭，達克沃斯坐中間，兩人背著行進方向划船，面對著坐在船尾的三姐妹，由愛麗絲掌舵。途中卡洛爾應愛麗絲要求說了《奇境》的故事，後來又應愛麗絲要求寫了下來。卡洛爾在當天的日記中記載：「和利道爾三姐妹一起划船到[約5公里外的]葛斯托（Godstow）村郊遊，在岸邊喝茶，八點一刻才回到基督教堂……將近九點把她們送回院長家。」（卡洛爾住處和愛麗絲家只隔著一個近80公尺寬的方院）後來他在1863年2月10日又在7月4日的對頁上頭補注：「那天我給她們講『愛麗絲地下歷險』的童話，還答應寫下來送給愛麗絲。現在故事已寫好，但插圖還沒完成。」這份90頁的手稿本來名為《愛麗絲地下歷險》，卡洛爾在1864年11月26日把它送給愛麗絲，可惜這時兩人已經因

在那金黃色的午後時光**1**，
　　小船悠遊河上。
小小**2**力道兒以小小的技巧
　　划動雙槳前航。
小小手兒裝模作樣，引得
　　船兒東漂西蕩。

啊！在這如夢似幻的時刻，
　　三個殘酷的小孩
求講故事，不管我氣息柔弱，
　　連羽毛都吹不動！
但可憐一個聲音，怎敵得過
　　三張嘴巴齊說？

霸道的大公主**3**急急發出命令：
　　「現在就給我說！」
溫柔的二公主輕輕說出希望，
　　「故事裡怪話要多。」
三公主聽故事總不安份，
　　沒一分鐘插嘴一次。

忽然間三人都靜了下來，

　　　　沉醉在冥想之中。

夢中的小孩在幻境裡漫步，

　　　　新鮮事兒真多。

小鳥小獸都成了聊天的好朋友——

　　　　是真是假難分。

故事總有窮盡，靈感泉源

　　　　也有枯竭的時候，

說故事的人急得沒辦法，

　　　　想要暫時停下：

「下回再講——」「下回到了4！」

　　　　快樂的聲音齊叫。

奇境的故事就這樣展開，

　　　　一段接著一段，

古怪的情節慢慢出現——

　　　　直到故事結束。

於是轉舵回家，滿船歡樂，

　　　　在西斜的夕陽下。

愛麗絲！請收下這童稚的故事，

　　　　以你輕柔的手

放到童年夢境裡珍藏，繫以

　　　　回憶的神祕絲帶，

就像朝聖人帶回的乾枯花環，

　　　　來自遙遠的地方。

故疏遠。愛麗絲本人和達克沃斯日後都有撰文記述遊船經過。Gardner 2000:9注1記載，有讀者向倫敦的氣象局查考，發現當天的天氣其實「寒冷多雨」，但就情理來看似乎有問題，因為假如天候不佳，愛麗絲家人不會讓小孩冒雨出門，眾人也不可能上岸喝茶。參閱卡洛爾當天的日記，也沒有下雨的記載。

2. Gardner 2000:9注2說明詩中出現了三次little（小小），和愛麗絲的姓「利道爾」（Liddell）有諧音的雙關意思。1932年卡洛爾百年誕辰紀念時，愛麗絲發表口述回憶錄，也描寫了三個小孩學划船的情境，見Gray:276。

3. 卡洛爾外甥柯林伍德的著作《路易斯·卡洛爾的生平與著述》1898:96引用愛麗絲的回憶，說明「大公主」（Prima）是指大姐洛琳娜（Lorina Charlotte），當時13歲；「二公主」（Secunda）是指愛麗絲，10歲；「三公主」（Tertia）指三妹伊迪斯（Edith），8歲。愛麗絲還有兩個妹妹，後來也在《鏡中》故事裡出現。

4. 這個情節在第7章又再出現一次，由帽匠充當霸道的大姐、三月兔當小妹，愛睡覺的睡鼠就是卡洛爾。

第1章
鑽進兔子洞

1. *愛麗絲的全名是愛麗絲・普里仙斯・利道爾（Alice Pleasance Liddell），推算書中年齡為7歲。愛麗絲這名字很受喜愛，當時維多利亞女王的第二個女兒愛麗絲公主（Princess Alice Maude Mary）乖巧伶俐，深得民眾喜愛，因此許多女孩都取名Alice。卡洛爾也認識許多叫做愛麗絲的女孩。

2. *愛麗絲只有一個姐姐洛琳娜，當時13歲，比現實中的愛麗絲大3歲，比故事中的愛麗絲大5歲。

3. *愛麗絲家離河邊很近，都在安全的步行距離範圍內。從她家往南走出湯姆方院，再左轉沿著17世紀中就存在的寬步道（Broad Walk）往東走，可以到查威爾河（River Cherwel），岸邊有一顆大樹叫瞭望樹（The Watcher Tree），可能是愛麗絲陪姐姐讀書的地方。另一條路徑則是沿1865年才填築的新步道（New Walk）往南走，可到達泰晤士河（River Thames）。兩條路徑全程都約600公尺，走路不到10分鐘。

愛麗絲 **1** 和姐姐 **2** 坐在河邊 **3**。姐姐在看書，她沒事可做，開始覺得無聊。她向姐姐的書本瞄了一兩眼，沒有插圖、也沒有對話，心想：「沒有插圖又沒有對話，這種書有什麼用？」

她心裡正在盤算（其實只是勉強打起精神在想，因為天氣好熱，把她弄得昏昏沉沉），編花環好玩雖好玩，但要爬起來採雛菊花又覺得太麻煩，這時一隻紅眼白毛的兔子突然從她身邊跑過。

在野外看到小白兔本來沒有什麼稀奇，甚至聽到兔子自言自語地說：「糟糕！糟糕！我快遲到了！」也不覺得有什麼不尋常（後來她回想，那麼奇怪的事，當時居然覺得很自然）。不過，等看到兔子確確實實從背心口袋裡掏出一隻懷錶來，看了看又急忙往前走，愛麗絲馬上跳了起來，因為她忽然想到，從來沒見過兔子穿著背心，而且口袋裡居然還掏得出懷錶來。她好奇心起，跑過田野追了過去，剛好看到牠鑽進籬笆底下的一個大兔子洞。

愛麗絲緊跟著往下跳，想都沒想回頭怎麼出得來。

兔子洞前半段是直的，像隧道一樣，過不久忽然往下急彎 **4** 。愛麗絲還來不及想，人已經往下掉，像掉進一口很深很深的井。

要不是井很深，就是愛麗絲掉得很慢，因為她一面下降，一面還可以從容地往四面看，猜想接下來會發生什麼事。她想看底下是什麼地方，可是底下太暗，看不出來；再看看四周的牆壁，滿是櫥櫃和書架，這裡那裡還掛著地圖和圖畫。她經過一個架子的時候，隨手拿下一個瓶子，標籤寫著「帶皮橙子醬」，可惜是空的，使她非常失望。她不想扔掉瓶子，怕會砸死底下什麼人 **5** ，所以趁著飄過一個櫥櫃的時候，設法把瓶子放進去。

愛麗絲心想：「這下可好了！跌得這麼深，下次滾下樓梯 **6** 就沒什麼大不

4. *《愛麗絲漫遊奇境》的原名是《愛麗絲奇境歷險記》（*Alice's Adventures in Wonderland*），所以故事中有許多驚險場面，愛麗絲跌下深洞是第一個，但以違反地心引力的方式化解；第12章紙牌兵群起攻擊是最後一個。

5. Gardner 2000:13注2說明，愛麗絲其實無法把瓶子往下丟，因為兩者都是自由落體，就算愛麗絲放手，瓶子只會和她同時落地。卡洛爾在《希薇亞及布蘭諾》

（*Sylvie and Bruno*）一書的第8章也討論過相同的課題。

6. 愛麗絲父親在1843年和友人合力編纂了一本《希英辭典》（*A Greek-English Lexicon*），用收到的版稅建了這座很堂皇的樓梯，稱之為「辭典樓梯」（the Lexicon Staircase）。愛麗絲在1932年口述回憶道：「父親去基督堂[上任]時，叫人在樓梯轉角和走廊欄杆的柱頭都安裝一隻木雕獅子。」獅子是利道爾家族的族徽。圖片參見 Christina Bjork1993:22。

7. *當時的兒童教科書說地球半徑是4,000英里（約合6,400公里），愛麗絲是對的。

8. 在維多利亞時代，上流社會的女孩會在家裡跟家庭教師上課。愛麗絲家的教室在二樓的兒童室（Nursery Room），從窗戶可以看到後院圍牆上的小門。

9. 卡洛爾出版這故事時，國際還沒公認的經度，直到19年後（1884）「國際本初子午線大會」才將英國格林尼治定為經度起點。緯度則是以赤道為自然起點。「經度」（longitude）、「緯度」（latitude）對小孩都是超齡的詞彙。

10. 這個觀念出自當時流行的「重力火車」（gravity train）話題，Gardner

了啦！家裡人會想我多勇敢啊！不過，哪怕從屋頂上掉下來，我會一聲都不吭！」（這倒很可能是真的。）

掉呀掉呀掉，難道會永遠掉個沒完？她高聲地說：「不知道現在掉了幾英里了？我一定快掉到地中心了，讓我想想看：應該有四千英里**7**。」（愛麗絲在教室**8**的課本裡學到這一類東西，雖然現在沒有人在聽，不是賣弄學問的好機會，可是背一遍還是很好的練習。）「對，應該有這麼遠，不過不知道到什麼『經度』、『緯度』了？」（愛麗絲根本不知道什麼是「經度」、「緯度」**9**，只覺得這些字眼說起來很偉大）。

過沒多久，她又說話了：「不知道會不會穿過地球！**10**要是從一群頭下腳上走路的人裡冒出來，那才好玩呢！我想他們叫做『對遮人』**11**。」（這回她心想還好沒人在聽，因為好像有點不對勁）「不過，總得問問他們這裡是什麼國家，你知道**12**。『請問太太，這裡是紐西蘭，還是澳洲**13**？』」（說著就想屈膝行禮。想想看，一面往下掉，一面行屈膝禮，你做得到嗎？）「可是這樣問，她會認為我是個沒知識的小孩！不行，不能問，還是自己找找看，什麼地方寫著國家的名字好了。」

掉呀掉呀掉，愛麗絲閒著沒事，過不久又說起話來：「黛娜今晚一定很想我！」（黛娜**14**是她的貓）「希望他們到了喝茶時間，會記得倒一盤牛奶給牠喝。黛娜，親愛的貓咪！真希望你和我一塊下來！半空中雖然沒有老鼠，不過可以抓蝙蝠。蝙蝠很像老鼠，但不知道貓吃蝙蝠嗎？」這時候她有點睏，開始做夢似地喃喃自語：「貓吃蝙蝠嗎？貓吃蝙蝠嗎？」有時候又變成「蝙蝠吃貓嗎？」反正兩個問題都回答不了，所以誰吃誰也無所謂**15**。她模模糊糊好像睡著了，夢見和黛娜手牽手走著，正很認真地問：「黛娜，老實告訴我，你吃過蝙蝠嗎？」忽然間「砰」的一聲掉在一堆枯枝乾草上，不再往下掉了。

愛麗絲一點也沒受傷，馬上站了起來。她抬起頭來看，上面一片漆黑，前面是一條好長的走道，還看得到白兔正急忙地往前走。她一刻也不耽擱，一陣風似地跑過去，剛好趕上兔子要轉彎，還聽見牠說：「我的耳朵、我的鬍子呀，實在太晚啦！」愛麗絲本來離兔子很近，但轉過彎來，兔子已不見了，面前是一個又長又低矮的大廳，頂上掛了一排燈，把大廳照得通亮。

大廳四面都是門，可是都上了鎖。

2000:13注4指出，卡洛爾在《希薇亞及布蘭諾的結局》（*Sylvie and Bruno Concluded*, 1893）第7章也提過它，即挖一條筆直的隧道通過地球，火車藉著重力往下走，根本不需燃料。到了地心時速度最大，之後向上速度減小，到達對側地面時速度為零。根據計算，重力火車穿越地球的時間為2530.30秒，約42.2分鐘，詳見維基百科Gravity train詞條。

11. 她想說的是'antipodes'（對蹠地），指住在地球兩端的人腳底相對。這對愛麗絲是超齡詞彙，所以她在原文中誤說出字形相似的'antipathy'（反感）。本書中譯讓愛麗絲把「蹠」（注音ㄓˊ，漢語拼音zhí）錯讀為「遮」。

12. Gardner 2015:14指出這是愛麗絲第一次說"you know"這樣的「不必要的插入語」（needless interjection），她在書中至少說過30幾次，其他角色說超過50次。像這種不必要的口頭禪，本書只選擇性譯出。

13. 紐、澳的地理位置大致位於英國所在位置的地球正下方，兩地分別於1851和1863年發現金礦，形成一股淘金熱，是當時的熱門話題。

14. 根據愛麗絲的口述回憶錄（1932），她們家搬到牛津時養了兩頭虎斑貓，公的

叫Villikens（維力根），母的
叫Dinah（黛娜）。

15. 英文中，「貓」（cat）和
「蝙蝠」（bat）拼字相似，
只差一個字母。

16. *小門15英寸合38公分。
這個門高和她在第8章進入花
園時的身高有相對的關係。
愛麗絲在第8章的身高是1英
尺（12英寸）。卡洛爾在手
稿本中設定的門高是18英
寸，進入花園時的身高是15
英寸，也相對合理。身高12
英寸（即30公分，也是現代
芭比娃娃的尺寸），才是標
準的1英尺娃娃屋規格。顯然
卡洛爾有意把身高調整成標
準娃娃屋的尺寸。

愛麗絲跑過來、跑過去，一道道門試，
卻都打不開，最後只好愁眉苦臉地走到
大廳中間，不知道怎樣才能走出去。

她忽然看到一張三條腿的小桌子，
通身是玻璃做的，桌面上什麼都沒有，
只放了一把小小的金鑰匙。愛麗絲一看
到就想，也許可以打開哪一扇門。可是
拿來一試，天哪！不是鎖孔太大，就是
鑰匙太小，沒有一扇打得開。不過她再
試一遍的時候，發現一片先前沒注意到
的矮布簾，簾後有一扇小門，約十五英
寸**16**高，她把鑰匙插進去一試，哈，不大
不小，剛剛好**17**！

愛麗絲打開門**18**，看到一條小通道，
比老鼠洞大不了多少。她跪下來，順著
通道望過去，看到一座
從來沒見過這麼可愛的
花園。她好想走出這
昏暗的大廳，到鮮艷
的花壇和清涼的噴泉
裡去走走，可是門洞太
小，連頭都鑽不過去。
可憐的愛麗絲想：「就
算頭過得去，沒有肩膀
也不行。唉，真希望能
像伸縮望遠鏡般縮小就
好了！我想應該有辦法

做到，只要知道開頭怎麼做就行了。」
愛麗絲見過這麼多奇怪的事情，已經開始覺得幾乎沒有什麼事情真正辦不到的了。

　　愛麗絲心想站在小門前空等好像不是辦法，就回到桌前，希望能再找到一把鑰匙，要不然，一本教人怎麼像伸縮望遠鏡般縮小的書也好。這回她看到桌上有一個小瓶子（愛麗絲說，「先前明明沒有的。」），瓶頸上綁了一張標籤，上面寫著**19**兩個漂漂亮亮的大字：「喝我」**20**。

　　看到「喝我」當然很好，可是聰明的小愛麗絲可不會說喝就喝。她說：「不行，我得先看清楚，上面是不是有『毒藥』的字樣。」因為她讀過一些有用的小書**21**，小孩子因為不肯記住朋友教的簡單規矩而燙傷、被野獸吃掉，或碰到別樣不好的事情。比如說，燒紅的撥火棍棒抓久了會燙傷**22**；手指頭割得太深會流血；而且千萬要記得，瓶子要是上頭有「毒藥」的字樣，裡面的東西喝多了，遲早會和你過不去。

　　不過，她看到瓶子上沒有「毒藥」的字樣，就大膽喝了一口，覺得味道很香（像是櫻桃餅、牛奶蛋糕、鳳梨、烤火雞、太妃糖和熱奶油麵包混合起來的

17. [插圖] 圖中的愛麗絲金髮披肩，和愛麗絲本人蓄黑色短髮不同。愛麗絲的口述回憶錄（1932）說明，卡洛爾和插畫家約翰・田尼爾曾為書中的愛麗絲是否應該照真人的樣子來畫，有過多次討論和草稿，最後決定還是不依照原型人物，見Grey p.277。除了外貌，愛麗絲的習慣衣著也和畫中人不同。我們從卡洛爾為愛麗絲拍的相片可以看到，愛麗絲都是穿著長裙、長袖，極為保守。

18. 愛麗絲家後院的圍牆上有一道小門可以直接通到大教堂，但不准小孩通過。卡洛爾學界都相信這道園門就是故事中的小門。筆者參訪大教堂時，曾蒙教堂的人員熱心引領帶出室外遠眺。

19. 原文是"beautifully print-ed on it in large letters." Printed這字雖簡單，卻是《奇境》中容易翻錯的字之一。趙元任已正確譯為「上頭寫着很好看的大字」，但後世還是有人譯為「印著漂漂亮亮的大字」。這個用法很常見於表格，"please print" 的意思是「請用印刷體填寫」，相當於中文「請用正楷填寫」。下一條注釋的藥瓶標籤說明，同樣佐證了標籤上的字是手寫的。

20. Gardner 2000:16 注8：

味道），於是一口氣把整瓶喝都光了。

* * * * *
* * * *
* * * * * **23**

「感覺好奇怪呀！我一定是像望遠鏡一樣縮小了！」愛麗絲說。

她果然縮小了，只有十英寸高**24**，大小剛好可以走過小門。一想到可以走進那可愛的花園，她不禁露出燦爛的笑容，不過她還是沒馬上走，要等一會，看看會不會繼續縮小。愛麗絲有點擔心：「說不定最後縮得一點都不剩，就像蠟燭吹熄後的火苗一樣，不知道那時會變成什樣子？」於是她努力想像火苗在蠟燭吹熄後的樣子，卻怎麼都想不起來，因為她從來沒見過這種東西。

過了一會，等覺得再沒有什麼變化了，她決定馬上走進花園裡。不過，可憐的愛麗絲！她走到門口才發現忘了拿

「維多利亞時代的藥水瓶既沒有旋紋蓋，瓶身也沒有標籤，瓶子用軟木塞塞住，標籤綁在瓶頸上。」似不正確，當時的藥瓶標籤其實有兩種：貼在瓶身上的是印好的永久性標示，包含藥名、藥效、儲藏方式等基本資料，另外還有一張是綁在瓶頸，是藥房配藥時依照醫生處方用手寫上的。

21. 維多利亞時代有許多小開本的書，都是以勸導小孩要聽話為宗旨，往往以不聽話的悲慘下場作為警告。

鑰匙，回到桌邊卻發現怎樣也拿不到！她隔著玻璃可以清清楚楚地看到鑰匙放在桌面上，想順著桌腳爬上去，結果桌腳太滑，爬不上去。她左試右試，還是沒辦法，累得沒有氣力，坐在地上哭了起來。

哭了一會，愛麗絲對自己厲聲說：「好啦，這樣哭有什麼用！我勸你馬上停下來！」她對自己的勸告通常都很有道理（不過很少照做），有時罵得太兇，把自己都罵哭了。她記得有一次還想打自己的耳光，因為她在和自己玩槌球的時候作弊。這個古怪的小孩非常喜歡裝成兩個人，但這時她想：「唉，變得這麼小，連做一個像樣的人都嫌不夠，哪能裝成兩個人！」

過沒多久，她看到桌子下有一個小玻璃盒子，就打開來，發現裡面有一塊很小的蛋糕，上面用葡萄乾漂漂亮亮排成兩個字：「吃我」。愛麗絲說，「好吧，吃就吃。吃了變大，就拿得到鑰匙；吃了變小，就可以從門下鑽過去。反正怎樣都可以到花園去，管他變大變小**25**！」

她咬了一小口，就著急地問自己：「變大？變小？」一面把手放在頭上，看看往那個方向長**26**，可是一點都沒變，

22. 燒紅的撥火棍一碰就會燙傷，不必「抓久」。這是英式「淡化法」（understatement），故意把嚴重的事用很輕鬆的口吻說出來。「手指頭割得太深」、「毒藥喝多了會過不去」都是。

23. 星號表示變化。

24. ＊10英寸合25公分，Gardner 2000:11注10根據顧戴克（Selwyn Goodacre）寫的〈奇境中的愛麗絲身高〉（*On Alice's Changes in Size in Wonderland*）一文，說明她的身高有12次變化，但加德納並未把12次都注明出來。本書逐次算出高度，並做成拉頁，成為本書的特點。筆者根據「兒童平均身高」（Average Child Height，見https://www.onaverage.co.uk/body-averages/average-child-height）資料，查出7歲英國女孩的正常身高是3英尺11.7英寸，取整數4英尺（120公分），剛好和變化的主軸身高1英尺成整數比。

25. 卡洛爾常在書中加入一些不合邏輯的糊塗話來製造笑料，吃蛋糕如有變化應有變大、變小和不變三種可能，愛麗絲沒把第三種可能性考慮進去。

26. Gray:391引用皮契爾（George Pitcher）的話，認為人沒辦法用自己的手量自己長高還是縮小，因為手和

身體同時在變，需要有客觀的標準，例如用尺量或和另一個人相比。第2章愛麗絲用桌子量身高，才是一般正確的做法。

使她覺得很意外。平時吃塊蛋糕本來就不會有什麼變化，但愛麗絲已習慣了奇奇怪怪的事情，正常的情形反而顯得單調乏味。

於是她大口吃了起來，很快就把蛋糕吃完。

*　*　*　*　*
*　*　*　*
*　*　*　*　*

第2章
眼淚池

「**更**來更奇怪，更來更奇怪了1！」愛麗絲叫道（她驚訝得一時連話都說得奇奇怪怪。）「我現在就像一支超大望遠鏡，越伸越長2！再見，我的腳！」（她低頭一看，幾乎看不到雙腳，因為太遠了。）「唉，可憐的雙腳，現在誰給你們穿鞋穿襪呀？我是一定做不到了！你們這麼遠，我沒辦法再照顧了，你們要好好照顧自己。不過，我要對他們好一點，要不然，我想往東，他們卻往西邊走！這樣好了，每年聖誕節3，我來送他們一雙鞋。」

於是她就自己盤算著禮物該怎麼送。她想：「鞋子得派人送去，可是給自己的腳送禮好奇怪！地址寫起來就更怪了：

壁爐前地毯

爐檔4附近

愛麗絲的右腳先生5收

愛麗絲敬贈

1. *Curious（奇怪的）是3音節字（cu-ri-ous），比較級應是more curious，愛麗絲誤用2音節的變化規則，說成curiouser。這個錯字現在成為《奇境》的代表之一。

2. [插圖]愛麗絲只是脖子變長。在基督堂大餐廳的壁爐裡有一對柴架（firedog），造型就像長脖子的女孩，傳說是靈感的來源。

3. *聖誕節在當時還是新的習俗。維多利亞女王的王夫亞柏在1840年婚後引進德國慶祝聖誕節的習俗。英國在1843年發行了世界上第一張聖誕卡。

4. *爐檔（fender）是放在壁爐和地毯間的金屬框架，用以防止熱碳和碳渣掉出壁爐外。愛麗絲把爐檔附近當成郵寄的永久地址，可能是實情，因為她在《鏡中》第一章裡說：「這裡沒人會叫我離開壁爐遠一點。」

5. 愛麗絲的腳怎會是「先生」？Gardner 2000:21注1引用顧戴克的意見，把腳稱為「先生」可能是法語習慣，因為法語的'pied'（腳）在文法上是陽性，與主人的性別無關。

6. *9英尺合274公分，相當於一層樓高度，這是愛麗絲第2次變化。田尼爾的插畫中脖子伸得比較長。

唉呀，我在胡說些什麼呀！」

這時候頭碰到了房頂，她已將近九英尺 **6** 高了。她馬上拿起金鑰匙，急忙走向花園門邊。

可憐的愛麗絲！她現在只能側著身躺下來，用一隻眼睛看門外的花園，更不要說走出去了。她坐在地上，又哭了起來。

愛麗絲說，「你好丟臉，這麼大的女孩了，」（她說得一點沒錯）「還這樣哭個不停！現在馬上給我停，我告訴你！」可是她還是照樣哭，流下好幾十加侖眼淚，在身邊積成一個大約四英寸 **7** 深的池塘，淹沒了大半個廳子。

過了一會兒，遠處叭噠叭噠傳來輕微的腳步聲，她趕緊擦乾眼淚，看看是誰來了。原來是兔子，穿得很體面，一手拿著一雙羔皮白手套，另一隻手拿著一把大扇子。牠一面匆忙地走，一面喃喃自語：「噢！公爵夫人，公爵夫人！讓她等這麼久，她不殺人才怪！」愛麗絲正在著急，看到誰都想求救，所以一等兔子走近，就怯畏畏地低聲說：「麻煩您，先生……」兔子嚇了一大跳，丟下手套和扇子，一溜煙往暗處跑，有多快就跑多快。

愛麗絲拿起扇子和手套，大廳很

熱，她一面搧風，一面說話：「怪怪！今天每件事都真古怪！昨天事情還滿正常的，是不是我昨晚變了？讓我想想看：今早起床的時候，我是不是原來的樣子？感覺真的好像有點不一樣。可是，要是我變了，那接下來的問題是：

『我到底是誰 **8**？』啊，這個謎題可難了。」於是她把認識的同年齡小孩都想了一遍，看看她會是變成了哪一個。

「我一定不是艾達，」她說：「因為她的頭髮又長又捲，我的頭髮卻一點彎曲都沒有。我也一定不是梅寶，因為我什麼都懂，她呀，哼，她只懂那麼一點點！再說，她是她，我是我；而且——天哪，好難唷！我來看看以前懂的東西，現在是不是還一樣記得。

7. *4英寸合10公分。

8. *卡洛爾喜歡的題材之一就是遊戲。「我是誰」（Who am I）其實是維多利亞時代流行的團體遊戲，現在還有人在玩。規則是在參加遊戲的人額頭或背部貼著寫上人名的紙條，猜時靠對方的提示猜出人名。愛麗絲這時好像給自己提示，例如「頭髮又長又捲」、「認識的同年齡小孩」等。

9. 英國的傳統乘數表最高乘到12x12，依愛麗絲的乘法：4x5=12, 4x6=13, 4x7=14，最高只能乘到4x12=19，所以永遠到不了20，見Gardner 2000:23注4。另一種比較複雜的算法，是以進位計算：

4x5=12（20的18進位）

4x6=13（24的21進位）

…

4x12=19（48的39進位）

10. *卡洛爾喜歡的另一個題材是仿擬當時流行的歌曲或詩歌，但因年代久遠，原文有些已不可攷，加德納對《愛麗絲》研究的功勞之一，就是把所有被仿擬的詩歌原文找出來。Garedner 2000:23 說明這是第一首仿擬詩，原詩模仿以撒·華茲（Isaac Watts）於1715年出版的教誨詩〈誡懶惰與胡鬧〉（Against Idleness and Mischief）。中譯依其創意，用中文童謠《小蜜蜂》仿擬，題材和被仿的原詩相似，同樣以蜜蜂為例勸人勤勞。原歌詞如下（簡譜見附錄4.3）：

嗡嗡嗡，嗡嗡嗡，
大家一齊勤做工，
小蜜蜂，小蜜蜂，
做工興趣濃。

天暖花開勤做工，

四五十二、四六十三、四七……哪！這樣乘怎麼才能乘到二十9呀！乘數表沒什麼了不起，試試地理好了。倫敦是巴黎的首都，巴黎是羅馬的首都，羅馬是……不對，全都錯了，我確定！我一定變成了梅寶！我來背《小蜜蜂》10看看。」於是她就像在學校一樣，雙手交叉放在腿上，開始背了起來，可是聲音又啞又怪，背出來的字也和從前背出來的不一樣：

「嘩啦啦，嘩啦啦，
　　尼羅河裡洗尾巴。
小鱷魚，小鱷魚，
　　金鱗片片刷。

張大嘴巴伸開爪，
　　歡迎小魚來玩耍，
哼哈哈，哼哈哈，
　　進來別害怕。」

可憐的愛麗絲含著淚說，「我知道這些字都不對，看來我一定變成梅寶了，那就得住在那又破又小的屋子裡，玩具少得可憐，功課又沒完沒了。不行，我打定主意：要是我是梅寶，我就待在這下面！就算他們在上面對我說：

『上來吧，寶貝！』也沒用，我只要抬頭問他們：『先告訴我，我是誰？要是我喜歡那個人，我就上去；要不然，我就一直留在這裡，等變成別的人再說。』——可是，天哪！」她忽然間淚汪汪地哭了起來：「多希望他們會來看我！我真受不了一個人待在這裡！」

她說話時低頭看看手，發現一隻手竟然戴上了白兔的手套。她想：「怎麼可能戴得上的？我一定又在變小了。」於是站了起來，跑到桌邊去量，發現大概只有二英尺11，而且還在快速縮小。她馬上發現是手裡的扇子在作怪，就趕快把扇子丟掉，還好來得及，沒縮得一點不剩12。

「好險，差點沒命！」愛麗絲說。突然間的變化簡直把她嚇壞了，不過發現自己還活著，又高興起來。「現在可以去花園啦！」她以最快的速度跑到小門邊，可是，天哪！小門又鎖上了，金鑰匙照舊放在玻璃桌上。可憐的小女孩想，「事情愈來愈糟了，我從來沒這麼小過，從來沒有！真是糟透了，糟透了！」

正說著她忽然腳下一滑，嘩啦一聲掉在鹹水裡，一直淹到下巴。她第一個念頭是掉進了海裡。「這樣就可以搭火車回家了。」她自言自語說 （愛麗絲這

冬天不怕饑和凍，
嘐嘐嘐，嘐嘐嘐，
不做懶惰蟲。

11. *2英尺合60公分，此時愛麗絲的身高只有正常身高的一半。有個注釋本看到數字就認為是第3次身高變化，顯示其不瞭解判斷的原則，因為這個尺寸一秒鐘都沒有停留，還在快速變小，是一個雖具體卻無實質意義的數字。筆者推斷愛麗絲的身高變化次數，是以變化後有無情節為準，第三次變化設在稍後愛麗絲跌下眼淚池，這個身高橫跨第3章到第4章中段，發展出豐富的情節，這種變化才有計次的意義。書中對兔子的身高沒有交代，由愛麗絲2英尺時戴得上白兔的手套推論，可以推論白兔的身高是60公分。

12. *這是愛麗絲第3次變化，縮到多小沒有說明，但可以假定她身軀高度4英寸來推算。筆者根據魯米斯（Andrew Loomis）的《得心應手的人像繪畫》（*Figure Drawing: For All It's Worth*）一書，算出7歲小孩的身高比例是6.4個頭高（成人的理想身高比例是8頭身），整體身高的算式是x/4 =6.4/5.4，x=4.75（英寸）或4-3/4英寸，相當於11.85公分。愛麗絲以這個身高橫跨第3章到第4章中段，發展出許多情節。

麼大去過海邊一次**13**，以為每個海灘都一樣**14**，海裡有很多「游泳車」**15**，沙灘上有小孩用木鏟在挖沙玩，還有一排出租房子，房子後面就是火車站）。不過，她不久就知道是掉進了眼淚池裡，她九英尺高時哭出來的**16**。

愛麗絲游來游去，一面找出路，一面說，「剛才不應該哭得那麼厲害的！一定是哭得太厲害才被罰淹在自己的淚水裡！真是天下奇聞，一點都不誇張！不過，今天什麼事都奇奇怪怪。」

這時她聽到不遠的地方有什麼東西在划水，就游了過去，看到一頭大動物，起初還以為不是海象就是河馬，但想到自己已經變得很小，立刻看出不過是隻老鼠，和她同樣掉進水裡的。

愛麗絲想，「和這隻老鼠講話不知道有沒有用？這裡什麼事情都奇奇怪怪，我想這老鼠一定會說話。不管怎樣，試試看總不會有壞處。」於是她開口問道：「老鼠啊，你知道怎麼游出去嗎？我已經游得很累了，老鼠啊！」（愛麗絲覺得和老鼠說話應該這個樣

13. ＊「去過海邊一次」隱藏著一段故事，加德納並未說明。愛麗絲在1861年第一次到英國威爾斯北邊的蘭迪諾半島度假，他們一家7口加上5名僕從住進現在名叫聖特諾（St. Tudno）的旅館，剛好遇到人口普查而留下紀錄。1862年，她的父親在在西灣買地蓋了一間度假屋，命名「西隅別莊」（Penmorfa，威爾斯語的意思是西海角），有證據顯示愛麗絲在1863年去度過假，因寫信給父親祝壽而留下紀錄，還留下據信是同年拍攝的照片。1864年，三姐妹又在度假屋由畫家威廉‧布萊克‧里奇蒙（William Blake Richmond）留下畫像。後來度假屋易手後改成旅館，經常舉辦以愛麗絲為主題的活動，可惜在2009年拆除。蘭迪諾現在成為以愛麗絲為號召的觀光勝地。

子。她從來沒和老鼠說過話，但記得在哥哥**17**的拉丁文文法課本裡看過這樣的東西：「主格：老鼠，領格：老鼠的，與格：給老鼠，受格：老鼠，呼格：老鼠啊**18**！」）老鼠用懷疑的眼光看著她，小眼睛好像眨了一下，沒說話。

愛麗絲想，「也許牠聽不懂英國話，我敢說牠一定是法國老鼠，跟著征服者威廉一起來的。」（她雖然讀過歷史，但弄不清楚什麼事情在多久以前發生）**19**於是改用法語說：「烏黑馬嘎德**20**？（我的貓兒在哪裡？）」這是她法文課本的第一句話。老鼠聽了一跳跳出水面，嚇得渾身發抖。愛麗絲生怕傷害到這隻小動物，急忙喊道，「啊，真對不起！我忘了你不喜歡貓。」

老鼠激動地尖聲叫道：「誰喜歡貓？要是你是我，你會喜歡貓嗎？」

愛麗絲用安撫的口氣說，「噢，我想不會，別生氣。不過我想和你談談我的貓咪黛娜，只要你見過牠，我想你會喜歡貓的。牠又安靜又可愛，」她不停地說，有點自言自語，一面在池子裡懶洋洋地游著，「常乖乖坐在壁爐邊打呼嚕，舔舔爪子、洗洗臉——抱在懷裡軟綿綿的好舒服——而且還是抓老鼠的高手——啊，真對不起！」愛麗絲叫了起

14. *愛麗絲只去過一個海灘便推論所有海灘都是一個樣子，犯了「輕率推廣」（hasty generalization）的邏輯謬誤。

15. 游泳車（bathing machine）是一種密閉小型馬車，泳者上車換好衣服後，車子會被拉到淺灘處，讓泳客從面海的門直接下水，避免穿著泳裝被別人看到。

16. 這段其實改寫自1862年6月17日的另一次遊船，途中遇到雨，只好到卡洛爾的朋友家烘乾。見Grey: 260。

17. *愛麗絲有一個哥哥亨利（Edward Henry），卡洛爾在1856年幫他補習過數學。

18. *拉丁文參考趙元任的譯法。

19. *威廉一世（William I，約1027－1087）原是法國諾曼第公爵，於1066年征服英格蘭。愛麗絲的故事比威廉征服英格蘭晚了近800年。1863年2月5日愛麗絲在蘭迪諾「西隅別莊」度假時寫信給爸爸，祝賀他「797歲生日」（實際是52歲），因為他「出生在征服者威廉的時代」。因此可以推論，老鼠的原型就是指愛麗絲的爸爸，湊齊了第三章主要動物的真身。

20. *法文"Où est ma chatte?" chatte是母貓。

21. *100鎊是很高的價錢，卡洛爾在1856年買全套照相設備才花15鎊；他當數學講師的一年所得是300餘鎊，見Collingwood:64。

22. *Green:255 認為，「貓和狗」可能是指1862年6月17日那場掃興的大雨。因為「傾盆大雨」在英語裡叫做「下貓下狗」（It's raining cats and dogs）。

來。這回老鼠全身的毛都豎了起來，愛麗絲覺得真的把牠得罪了。「要是你不喜歡，我們就不再談牠好了。」

老鼠叫道，連尾巴尖都在發抖。「誰跟你是『我們』！好像我很想談這件事似的。我們全家都恨透了貓，齷齪、卑鄙、下流的東西！不要再讓我聽到這名字！」

愛麗絲急忙改變話題：「我真的不再提啦！那你……你喜歡……喜歡狗嗎？」老鼠不回答，於是愛麗絲熱心地說：「我家附近有一隻小狗，讓我告訴你！那是一隻小獵狗，眼睛好亮，一身棕色的毛，又長又捲！只要把東西丟出去，牠就會追過去叼回來，而且會站直身子要東西吃，還會玩許多把戲，花樣多得很，我連一半都說不上。牠是一個農夫養的，農夫說這狗很有用，可以賣一百鎊**21**！他說那狗會把老鼠咬得死光光……糟糕！」愛麗絲傷心地喊了起來：「又把牠得罪了！」因為那老鼠正在拚命游開，攪得滿池子都是水花。

於是她在後面輕聲細氣地說：「親

愛的老鼠！請回來吧。要是你不喜歡的話，我們就不談貓、也不談狗了！」老鼠聽了這話，轉過身來，慢慢游回她的身邊，臉色蒼白（愛麗絲想，被氣白的），抖著聲音低聲說：「我們上岸吧，等我把身世告訴你，你就會明白為什麼我那麼痛恨貓和狗了**22**。」

真的是該上岸了，因為池裡已擠滿了落水的鳥獸：有一隻鴨子、一隻度度鳥**23**、一隻鸚鵡、一隻小鷹，還有各式各樣的奇怪動物**24**。於是愛麗絲帶頭，大家跟著游上岸。

23. Gardner 2000:27注10，說明度度鳥是一種產於印度洋模里西斯（Mauritius）島上不會飛的鳥，在17世紀被人類捕殺絕滅。卡洛爾和愛麗絲姐妹常去的牛津大學博物館裡有一隻度度鳥的殘骸，還有一幅油畫。卡洛爾有口吃的毛病，常把自己的姓「杜森」（Dodgson）唸成「度度杜森」（Dodo-Dodgson），所以自稱度度鳥（Dodo）。據卡洛爾說明，Dodgson讀如D-O-D-S-O-N，詳Jones:71。趙元任譯為「多基孫」，其後的譯本也多譯為「道奇生」之類。

24. ＊這些動物指1862年6月17日出遊的人物：鴨子（Duck）指達克沃斯（Duckworth）牧師，鸚鵡（Lory）和小鷹（Eaglet）是愛麗絲大姐洛琳娜（Lorina）和小妹伊迪思（Edith）的諧音。根據卡洛爾的日記，這次遊船還有卡洛爾的兩個姐姐芬尼（Fanny）和伊莉莎白（Elizabeth），以及姨媽露西（Lucy），成了其他「各式各樣的奇怪動物」。見Green:255。

第3章
烏龍賽跑和委屈的故事

1. *鸚鵡（Lorry）是愛麗絲的大姐洛琳娜（Lorina），比她大3歲。

2. *以自己的年齡大證明懂得比較多，邏輯上犯了「濫訴權威」的謬誤，但以小孩來說，年齡大當然學得多些，似乎還能成立。

3. Gardner 2000:30注1根據葛林（Roger Lancelyn Green）的意見，認為這個權威十足的老鼠是影射愛麗絲三姐妹的家庭教師碧麗克特（Prickett），但若按照筆者第2章的推論，應是指其父親亨利·利道爾（Henry George Liddell）。他是基督堂學院的院長，權威更高。

4. *原文dry有「枯燥」和「乾燥」雙關之意。

他們聚集在水邊，樣子非常狼狽，鳥兒的羽毛拖到地面，野獸的毛貼在身上，全都濕得淌著水，又生氣、又難受。上岸後第一個問題當然是怎樣把身體弄乾，大家於是就商量起來。愛麗絲沒多久很自然就和牠們談得很熟，好像從小就認識似的。她甚至和鸚鵡[1]爭辯了好久，最後鸚鵡生氣了，只說：「我年紀比你大，當然比你懂得多[2]。」愛麗絲可不答應，因為她不知道鸚鵡有多大，鸚鵡又怎樣都不肯說出來，兩人就再也沒講話。

老鼠像是大夥中有點身份的人物[3]，這時喊道：「大家都坐下來，聽我說話！我會讓你們很快乾燥起來！」於是大家坐下來圍成一圈，讓老鼠站在中間。愛麗絲熱切地望著牠，覺得要是不趕快把身體弄乾，一定會感冒得很厲害。

老鼠神氣十足地說：「啊哼！大家都準備好了嗎？我來唸一段枯燥的東西考考你們，一定把你們『烤』得又乾又燥[4]。請大家安靜：『征服者威廉倡

議舉兵征討國外，深獲教王嘉許，不久即征服英格蘭。英格蘭年來群龍無首，內憂外患，無時或已，習以為常。愛德溫與莫卡，即莫西亞伯爵與諾森比亞伯爵 5……』」

「呃！」鸚鵡叫了一聲，打個冷顫。

「對不起！」老鼠說，皺著眉頭，但口氣還是非常客氣：「你說什麼？」

「我沒說！」鸚鵡急忙答道。

老鼠說：「我還以為你在說話。聽我繼續唸：『愛德溫與莫卡，即莫西亞伯爵與諾森比亞伯爵，亦公開擁護；甚且，忠貞愛國之坎德勃利大主教史迪根，亦覺其……』」

「『掘』什麼？」鴨子說。

老鼠有點不耐煩地回答：「覺其 6，你應該知道『其』代表什麼吧？」

鴨子回答說：「我當然知道『其』代表什麼。我掘東西的時候，掘的不是青蛙就是蚯蚓。到底大主教掘到了什麼東西？」

老鼠不理會他，趕忙接著唸下去：「『……覺其勢不可逆，乃偕同亞瑟陵 7 王求見，尊之為王。威廉登位之初尚知節制，但其諾曼部屬漫無法紀……』現在覺得怎麼樣了，親愛的？」牠轉身問愛麗絲。

5. 這章用了三種特別文體，這一段是教科書體，敘述威廉在1066年哈斯丁之役（The battle of Hasting）征服英格蘭的故事。

6. *兔子問了一個複雜的文法問題，老鼠顯然答不出來，只好用「你應該知道」混過去。「覺其」的原文是 'find it'。'find'在英文有「發現」與「覺得」兩層意思，兩者都可接it，但文法功能不同。老鼠的'find'作「覺得」解，'it'是虛詞，用來帶出補語「勢不可逆」（原文advisable）；鴨子說的'find'作「發現」解，後面的'it'是實詞，代表青蛙、蚯蚓等。

7. *亞瑟陵（Edgar Atheling，約1052－1126）於哈洛王1066年10月戰死後被推為新王，登基時才約14歲，約8週後就向威廉投降。

8. *度度鳥說的是正式議事用語，與一般英語不同，例如move（動議）、meeting adjourn（散會）、remedies（救濟措施）等，所以小鷹聽不懂。

9. Caucus指地方黨團會議，借自美國印地安語，見Gardner 2000:31注2。故事中的賽跑雜亂無章，所以譯為「烏龍賽跑」。趙元任改譯為「闔家歡賽跑」，其他譯本有譯為「委員會賽跑」、「黨團賽跑」之類。

愛麗絲擔心地回答道：「還是一樣濕，聽了也沒乾些。」

這時度度鳥站了起來，嚴肅地說：「既然如此，本席動議散會，另籌更為有效之救濟措施……」

小鷹說：「別說外國話了**8**！你的話我一大半聽不懂，我想你自己也聽不懂！」小鷹低著頭偷笑，有的鳥兒還笑出聲來。

度度鳥不高興地說：「我說的是，要把身體弄乾，最有效的方法是來一場烏龍賽跑**9**。」

愛麗絲問道，「什麼是烏龍賽跑？」倒不是她想知道，而是度度鳥這時停了下來，像在等人接話，可是沒人開口。

度度鳥說，「這個嘛，說也說不清楚，最好實際來做。」（或許你也可以在冬天自己試試看，讓我告訴你度度鳥是怎麼做的。）

牠先劃出跑道，約略成圓形（牠說，「確實的形狀不重要。」）大家在跑道上站好，想站哪裡就站哪裡，也沒人喊「一、二、三、跑！」想跑就跑，想停就停，所以實在不容易說賽跑什麼時候結束。大家跑了大約半個小時，身體已很乾了，度度鳥突然喊：「比賽結束！」於是大家圍住牠，喘著氣問道：

「到底誰贏了？」

這個問題沒好好想可答不上來。度度鳥一隻手指支著前額(這姿勢常常可以在莎士比亞的畫像上看到)，站著想了很久，大家靜悄悄地等著。最後牠說：「大家都贏，通通有獎！」

「誰來給獎？」大家齊聲問。

「還有誰，當然是她，」度度鳥說，手指著愛麗絲。於是大家馬上圍著她，七嘴八舌地叫道：「獎品！獎品！」

愛麗絲不知道該怎麼辦，慌忙中把手伸進口袋，摸出一盒糖果（還好沒浸到鹹水），就把它當獎品分給大家，不多不少，剛好每人一顆。

「可是她自己也應該有個獎，」老鼠說。

「那當然，」度度鳥很嚴肅地說。「你口袋裡還有什麼東西？」牠轉頭問愛麗絲。

「只剩一個頂針10了。」愛麗絲傷心地說。

10. *頂針是做女紅時保護手指的工具，維多利亞時代的女孩從小便要學習針線，接觸頂針並不奇怪。當時有一種叫做「找頂針」（Find the thimble）的室內遊戲，玩法是先把頂針放在不顯眼但可以看到的地方，再讓小孩進來找，以先找到者為勝，獎品就是頂針。這也許可以說明愛麗絲為何身上有頂針。

11. 這段是文謅謅的致辭體。

12. *[頁63插圖]這時愛麗絲高11.85公分。盛傳卡洛爾曾向愛麗絲求婚，但迄今無法證明。不過1863年6月愛麗絲的母親禁止卡洛爾到訪，同時將他寫給愛麗絲的信全部撕毀（見Gray:278愛麗絲兒子的代筆敘述），而卡洛爾6月27到29三天的日記遭後人銷毀，都令人覺得其中有蹊蹺。維多利亞時代女孩的合法結婚年齡是12歲，1863年6月愛麗絲剛滿11歲。假如把頂針看成戒指，這場景簡直就是一場婚禮的家家酒。原來不重要的鴨子忽然站在中間，權威的老鼠反而退居幕後，安排有些反常。但如從鴨子的真身是牧師來看，所站的位置恰是證婚人的位置，卡洛爾（度度鳥）和愛麗絲剛好站在婚禮中新郎、新娘的位置，女方家人是「鸚鵡」和「小鷹」，男方則是「各式各樣的奇怪動物」，場面安排很像婚禮。筆者於2014年在北美卡洛爾學會的會刊《騎士信函》（the Knight Letter）上發表看法，見Chang 2014:15-18，獲收入2015:38註2及中譯版、西班牙譯版。

13. 原文：C and D。C代表cat，D代表dog。

「拿給我。」度度鳥說。

於是大家又團團圍著她，度度鳥嚴肅地把頂針頒給她，說：「謹獻上精美頂針一枚，敬請笑納11。」大家聽完都歡呼起來12。

愛麗絲覺得整件事非常荒唐，可是見到大家都這麼認真，只好忍住不笑。她想不出話來回答，便鞠了一個躬，接過頂針，努力裝出嚴肅的樣子。

接下來是吃糖果，又是一陣吵鬧和混亂。大的鳥抱怨連味道都還沒嘗到，小的鳥卻吃得噎住了，得靠別人在背上拍兩下，才喘過氣來。大家吃完了糖，又繞成一圈，請老鼠再給大家說說話。

愛麗絲說，「你答應過把你的歷史告訴我；還有，你為什麼恨……『喵喵』和『汪汪』13。」她小聲補充說，怕又得罪了牠。

老鼠嘆了一口氣，轉身對愛麗絲說：「我的故事和尾巴一樣14，又長又委屈！」

愛麗絲好奇地低頭看看老鼠尾巴：「你的尾巴倒是很長，可是為什麼又說委屈呢？」老鼠說故事的時候，愛麗絲還在想著這問題。她聽到的故事大概是這樣子15：

「發利狗兒
　在壁櫥，遇
　　到一隻老
　　　鼠：『咱
　　倆去上法
　　庭，我要
　　　把你控訴
　　　——走走
　　　不許你耍
　　賴，我們
　　定要審個
　　明白。因
　　為今天早
　上，我實在
　閒得發呆
　。』老
鼠向壞
　狗說道
　　：『這樣
　　　的審判
　　　不好，
　　　　沒有法
　　　　官也沒
　　　　有陪審
　　　　，你我
　　　　不過白
　　　耗。』『
　　法官我
　　做陪審
　　我當，』
狡滑
　的老
　　狗有
　　　主張：
　　　『我
　　　　一人
　　　　審完
　　　全案，判
　　　你去
　　上天
　　堂
　。』」

14. 這段話是《奇境》五大棘手雙關語的第一個，原文tale（故事）和tail（尾巴）是諧音雙關語，中文沒有這個諧音，上下文也不容許換例，趙元任譯為「委屈」和「尾曲」。

15. *這首圖像詩非常著名，兩位紐約的中學生在1989年發現這詩採用所謂「尾巴韻」（tail rhyme）格律，也就是每節兩行押韻，第三行特長，與下節的第三行押韻，見Gardner 2000:35注4。中譯也採用尾巴詩的形式，各節各自押韻，全詩開展如下：

> 「發利狗兒在壁櫥，
> 遇到一隻老鼠：
> 『咱倆去上法庭，我要
> 　把你控訴——
>
> 走走不許你耍賴，
> 我們定要審個明白。
> 因為今天早上，我實在
> 　閒得發呆。』
>
> 老鼠向壞狗說道：
> 『這樣的審判不好，
> 沒有法官也沒有陪審，
> 　你我不過白耗。』
>
> 『法官我做陪審我當，』
> 狡滑的老狗有主張：
> 『我一人審完全案，判
> 　你去上天堂。』」

老鼠忽然厲聲對愛麗絲說，「你沒注意聽！你在想什麼？」愛麗絲非常恭敬地說：「對不起，我想您已講到第五個彎了？」

「還有一大截！」老鼠又氣又急，大聲說。

愛麗絲一向熱心助人，認真地四面張望說：「哪裡有一個大『結』16？快讓我來幫您解開！」

老鼠說，站起來往外走：「我什麼結都沒有，胡說八道，氣死我了！」

可憐的愛麗絲解釋道：「我沒這個意思！您太容易生氣了！」

老鼠沒回答，只哼了一聲。

「請回來，把故事講完！」愛麗絲在牠背後叫，大家也跟著齊聲說：「是呀，請回來！」但老鼠只是不耐煩地搖搖頭，走得更快了。

等老鼠走得不見人影，鸚鵡嘆了口氣說，「可惜牠不肯留下來！」一隻老螃蟹17趁機對女兒說：「乖女兒！你要記住這個教訓，千萬不要發脾氣！」小蟹說，口氣不很耐煩：「別囉嗦了，媽！您能惹得連牡蠣都忍不住要發脾氣！」

「希望黛娜在這裡，真的！」愛麗絲大聲說，沒存心說給誰聽：「牠有辦

16. *這段話是《奇境》四大棘手雙關語的第二個。原文（had）not（還沒到）和(a) knot（打結）是諧音雙關語，而且knot又暗示前文的tail（尾巴）「打結」，構成趣味的複合雙關。這句話不好翻，趙元任先生譯為：「我沒有到！」／「沒有刀？……」；吳鈞陶（1996譯文版）譯為「我沒到這一節!」／「你打了一個結？」也大致符合原文的要求。

17. 螃蟹在英文裡代表容易抱怨發怒的人，牡蠣是不愛開口的人。

法馬上把老鼠弄回來！」

「誰是黛娜呀，能不能冒昧問一下？」鸚鵡**18**說。

愛麗絲一向很喜歡談她的寶貝貓兒，就熱心地說：「黛娜是我家的貓咪，牠抓老鼠的本事，你想都想不到！還有呀，我希望你能看到牠抓小鳥的樣子！喏，就這樣，只要牠看到，一口就吃掉！」

這些話引起一陣很大的騷動。有的鳥兒馬上匆匆走開，一隻老喜鵲**19**非常小心地包好身體，說：「我真的應該回家了，晚上的空氣對我的嗓子不好！」一隻金絲雀顫聲呼喚孩子們：「走吧，小寶貝！你們都該上床睡覺啦！」牠們用不同的藉口先後都走了，不一會只剩下愛麗絲一人。

她憂愁地自言自語：「剛才不提黛娜就好了！這裡好像沒人喜歡牠，不過我相信牠是世界上最好的小貓！噢，親愛的黛娜！不知道能不能再見到你！」說到這裡，可憐的愛麗絲又哭了起來，因為她覺得又孤單又沮喪。不過，過了不久，她又聽到遠處叭噠叭噠傳來輕微的腳步聲，她熱切地張望，希望老鼠回心轉意，回來把故事講完。

18. *注意：真實生活中，鸚鵡是愛麗絲的大姐，黛娜本來就是大姐的愛貓，所以鸚鵡的問話是明知故問。卡洛爾以實際生活和故事人物的混淆來逗愛麗絲姐妹。

19. *喜鵲指饒舌的人，金絲雀以歌聲優美著名。

第4章
兔子派來小比爾¹

1. 原文標題是 "The Rabbit Sends in A Little Bill"，根據 Heath:37的注釋，這句話是當時商家和錢莊收帳時的幽默用語，bill指帳單，意思是「信差送上小帳單」。

2. 雪貂善於鑽洞，英國人專門訓練用來抓兔子和老鼠。

3. ＊瑪麗安是當時英國常見的傭人名字，打雜女傭（maid of all work）大多數是十三、四歲的女孩，是基本幫傭。根據《維多利亞網頁》（*The Victorian Web*）的說明，維多利亞時代城市有錢人的傭人約有20人，鄉間則高達40人；愛麗絲婚後共有15個傭人，見Bjork:84、婁美蓮:38。從後文看來，兔子的傭人不少。

來的是白兔，踱著小步慢慢走，一面焦急地東張西望，好像在找東西。愛麗絲聽到牠在喃喃自語：「公爵夫人！公爵夫人！我親愛的爪子！我的毛和鬍鬚呀！她一定會把我殺了，就像雪貂²一樣無情！不知道我把東西掉在哪裡了？」愛麗絲馬上猜出牠在找扇子和手套，就好心地幫牠四處找，可是哪裡都找不到，自從她掉進眼淚池以後，整個場景好像都變了，大廳連同玻璃桌、小門全都消失了。

愛麗絲在東找西找，不久就被兔子發現了。兔子生氣地對她叫：「瑪麗安³，你在這裡幹嘛？快點跑回家，幫我拿一副手套和一把扇子來！趕快去！」愛麗絲嚇得趕緊照牠指的方向跑，根本沒想到要對牠解釋是牠搞錯了。

她邊跑邊對自己說：「牠把我當成牠的女傭了，等牠發現我是誰的時候，一定會嚇一大跳！不過，我最好還是幫牠把扇子和手套拿過來——我是說，要是找得到的話。」說著來到一棟整潔的

小房子，門上有一塊擦得雪亮的銅牌，上面刻著：「白兔寓」。她沒敲門就進去，快步跑上樓梯 **4**，深怕遇到真的瑪麗安，東西還沒找到就被趕出來了。

愛麗絲對自己說：「說起來可真怪，居然給一隻兔子跑腿！我想下次就輪到黛娜差遣我啦！」她開始想像：「『愛麗絲小姐！快點過來，準備出去散步啦！』『我馬上就來，奶媽！我在看著老鼠洞等黛娜回來，免得老鼠跑掉了。』可是，我想，要是黛娜這樣使喚人，他們一定不會讓牠待在家裡的！」

這時候，她走進一間整潔的小房間，窗邊有一張桌子，上面正如她想像，放著一把扇子和兩、三副小白色羔皮手套。她拿起扇子和一副手套，正要走出房間，看到鏡子旁邊有一個小瓶子。雖然瓶子這回沒有繫著「喝我」的標籤，她還是不客氣拔開瓶塞，湊到嘴邊就喝。她對自己說，「每次吃喝些什麼東西，一定會發生好玩的事，不知道喝了這一瓶會怎樣。真希望會讓我變大，這麼小早就膩了！」

她果真變大了，而且變得比想像的快得多。還沒喝完半瓶，頭已頂到天花，她只好彎下腰來，免得脖子折斷。她趕緊放下瓶子，對自己說：「夠

4. *樓梯踏步約是身高的十分之一（也就是正常情況為15到18公分），假如兔子是60公分高，則牠家裡的踏步大約是6公分，現在愛麗絲只有11.85公分，只比階梯稍高，應該很難爬得上去。

了……不要再長高……都已經走不出門口了……剛才真不該喝那麼多的！」

現在後悔已來不及了！她還是不停地長，只好跪下來；又過了一會，連跪都沒地方，只好躺了下來，一隻手肘頂著門，另一隻手彎過來抱著頭。她還是不停地長，最後沒有辦法，就把一隻手伸出窗外，一隻腳往上翹伸進煙囪 **5**，對自己說：「再長我也沒辦法了，到底我會變成怎樣啊？」

愛麗絲運氣還算不錯，小瓶子的藥力已發揮到底，身體不再長大了。不過她還是很不舒服，而且看來沒辦法離開這房間，難怪心裡發愁。

可憐的愛麗絲想：「在家裡要舒服得多，不會一下變大一下變小，也不會讓老鼠、兔子使來喚去。真希望沒鑽進兔子洞……不過……不過……說也奇怪，你知道，竟會遇到這種事！不知道發生過什麼事情，才會變成這樣！以前讀童話的時候， 還以為不是真的，現在竟然就在故事裡！童話裡應該有一本我的故事，應該有的！等我長大以後，我要寫一本……可是我現在已經長大了，」她傷心地加了一句：「至少在這裡，已經大得沒地方可以再長了。」

「不過，不長大就不會變老，這倒

是好事，不會變成老太婆，可是又一直要念書！噢，這我可不喜歡！」

她自問自答起來：「噯，傻愛麗絲！這裡怎可以念書？看，人都快裝不下了，哪裡還有地方放課本！」

她就這樣一直講，先裝成一個人，然後裝成另一個，兩個人談得好熱鬧。過了一會，她聽到外面有聲音，就停下來聽。

那聲音說：「瑪麗安！瑪麗安！快把手套拿來！」樓梯傳來一陣細碎的腳步聲，愛麗絲知道是兔子來找她，嚇得渾身發抖，把房子震得不停晃動，根本忘了她比兔子大了將近一千倍，沒有理

6. 黃瓜棚是一種木製嵌玻璃的矮小型溫室，用以種黃瓜。

7. 蘋果長在樹上，如何能挖？根據Gardner 2000:41注8的說明，「愛爾蘭蘋果」（Irish apple）指的是馬鈴薯。

8. *卡洛爾以戲劇手法安排不同腔調的角色出場製造笑料，包括這裡的派德，以及後文的蛙侍衛、假海龜、鷹頭獅等。根據Gardner 2000:41注8的說明，派德（Pat）這名字說明他是愛爾蘭人，滿口土腔，把your honour（老爺）講成yer honour、arm（手臂）講成arrum，中文依笑話「老闆的娘」延伸，分別譯為「老的爺」、「手的臂」。下文的「是啊」（sure）也是他的口頭禪。

由怕牠。

不久兔子來到房門外，想要開門，可是門向內開，被愛麗絲的手肘頂死了，沒辦法推開。愛麗絲聽到牠對著自己說：「繞到旁邊爬窗進去好了。」

愛麗絲心裡說，「你可辦不到！」她靜等了一會，感覺兔子走到窗下，突然張手抓了一把，沒有抓到什麼，卻聽到一聲細細的尖叫聲加上跌倒聲，還有一陣玻璃破碎的嘩啦聲。從聲音聽來，兔子大概跌在黃瓜棚**6**一類的東西上面。

接著傳來的是一陣生氣的叫聲，那是兔子的聲音：「派德！派德！你在哪裡？」接著是一個她從沒聽過的聲音：「是啊，我在這裡！在挖**7**蘋的果**8**，老的爺！」

兔子生氣地說：「挖什麼蘋果，胡說八道！來！把我拉上來！」（又一陣玻璃破碎聲。）

「告訴我，窗子那邊是什麼東西？」

「是啊，那是一隻手的臂，老的爺！」（他把「手臂」說成「手的臂」。）

「手臂？你這笨蛋！誰見過這麼大的手臂？看，把整個窗子都塞滿了。」

「是啊，都塞滿了，老的爺。不過大雖大，到底還是一隻手的臂。」

「好吧，不管怎樣，手臂不該在那裡，去把它弄走！」

過了老半天沒有動靜，愛麗絲只是不時聽到幾句低聲說話：「是啊，我不喜歡這東的西，老的爺，一點也不喜歡！」「照我的話做，膽小鬼！」她再張開手掌，又憑空抓了一把。這回聽到兩聲細細的尖叫，和又一陣玻璃破碎聲。愛麗絲想：「這裡的玻璃棚真多！不知道牠們下一步要做什麼！要是牠們想把我

從窗子拉出去，倒真希望牠們有辦法做到！我真的不想在這裡待下去了**9**！」

等了一會，沒再聽到聲音，最後傳來嘎嘎的手推車聲和吵雜的人聲。她聽出牠們在說：「還有一個梯子呢？」「啊，我只帶一個來，另一個在比爾那邊。比爾！把梯子搬過來，老弟！放這裡，把梯架在牆角上⋯⋯不對，先綁在一起，要不然一半高度都不到。這就可以了，別挑剔啦。」「這裡，比爾！抓

9. [插圖]Gardner 2000:41注7指出，許多卡洛爾學者已注意到，這時白兔的背心有格子紋，第一章開頭的兔子背心是素色的。

好繩子，屋頂受得了嗎？」「小心！那塊瓦片鬆動……啊，掉下來啦！下面當心頭！」（一大聲碎裂聲）「喂，誰幹的？」「是比爾，我想」「誰來爬下煙囪？」「不，我不去！你去！」「我才不幹！」「叫比爾去吧。」「喂，比爾！老爺叫你爬下煙囪10去！」

愛麗絲對自己說：「看來比爾非爬煙囪不可了？牠們好像什麼事都推給比爾做11！要是我，給再多好處都不幹！這壁爐雖然窄得可以，不過我想還可以稍微踢他一腳！」

於是她把伸進煙囪裡的腳盡量往底下縮，只聽見一隻小動物（她猜不出是什麼動物）窸窸窣窣地爬過來，她想：「這就是比爾了！」就用力一踢，等看好戲。

她先聽到一陣齊聲的喊叫：「比爾飛出來了！」接著是兔子一人的聲音：「快接住牠，籬笆那邊！」隨後一片安靜，再來又是一陣七嘴八舌：「把牠的頭扶起來……拿白蘭地來……別嗆到牠……好些了嗎，老弟？發生什

麼事？說來聽聽！」

最後傳來一個細小微弱的吱吱聲（愛麗絲想，「那是比爾。」）：「呃，我根本不知道。不要了，多夏12，好些了……我現在頭腦好亂，不知道怎麼說……我只知道，有個彈簧人般的東西把我頂了一下，我就像火箭般飛起來了！」

「你飛得像火箭，老弟！」有人說。

「沒辦法，看來只好燒房子了！」只聽兔子說。愛麗絲聽了拚命大叫道：「你們敢燒房子，我就叫黛娜來抓你們！」

這話一出，馬上一片死靜，愛麗絲心想：「真不知道牠們再來會做什麼！牠們頭腦靈光的話，會來拆屋頂。」過了幾分鐘，牠們又忙碌起來，愛麗絲聽到兔子說：「先來一車夠了。」

「一車什麼？」愛麗絲想，可是不用多猜，就見到小石子雨點般飛進窗子來，有些還打在她臉上。愛麗絲對自己說，「鬧夠了，」接著大叫：「你們給我停！」這一喊，外面又是一片死靜。

愛麗絲注意到，奇怪，小石子落到地上竟然都變成小蛋糕，於是她想到一個好主意：「要是我吃一塊蛋糕，身體一定多少會變。現在我已經大得不能再

10. *卡洛爾寫比爾爬煙囪，大概是以掃煙囪的小孩為藍本。十九世紀窮人家小孩，仗著瘦小的身軀從事掃煙囪的工作，骯髒而危險，常有死傷。和《奇境》同列三大幻想文學的《水孩兒》（*The Water-Babies*, 1863），便是以掃煙囪小孩的淒涼遭遇為骨幹，卡洛爾寫的則是喜劇版。

11. *"Let Bill do it."是一句成語，許多做雜項工作的人（Handyman Services）都自稱Bill。

12. 他把thank you說成thank ke。

13. *這裡沒有說出身高，根據下一章，愛麗絲此時是3英寸（7.5公分）高，這是愛麗絲第5次變化，上樓時是11.85公分，下樓時只有7.5公分，要怎麼下樓梯其實有問題。

14. Gardner 2000:45 注9引用讀者的發現：小狗是書中唯一沒有和愛麗絲說話的動物。

大，所以一定是變小。」

於是她吃了一塊蛋糕，很高興發現立刻開始縮小了。一等小到可以走出門口**13**，她就跑到屋外，一大群小鳥小獸正在外頭等著。可憐的小蜥蜴比爾站在中間，兩隻天竺鼠攙著牠，正拿著一瓶什麼東西給牠喝。愛麗絲一出現，大夥都向她衝過來。她拚命跑開，很快就安全逃到一座濃密的森林裡。

愛麗絲在林子裡沒目的地走著，對自己說：「第一件要做的事，就是變回原來的大小；第二件事，就是找路到那可愛的小花園裡去。我想這計畫沒有更好的了。」

這計畫聽起來的確又理想又簡單，只不過有一個困難：該往哪裡走才對。她在森林中焦急地東張西望，忽然聽到頭頂上一聲又尖又細的吠叫，急忙抬起頭來看。

那是一隻很大的小狗兒**14**，正睜著圓滾滾的眼睛看著她，輕輕伸出一隻腳，想去碰她。愛麗絲用安撫的口吻

說，「可愛的小東西！」努力對牠吹口哨，其實心裡非常恐慌，生怕小狗肚子餓了，一口把她吃掉。

她無意中拿起一根小樹枝向小狗伸過去，小狗馬上騰空跳起來，輕叫一聲，高興地撲向樹枝，擺出追咬的樣子。愛麗絲躲到一棵大薊草後面，免得被牠撞倒。她從草的前面出現，小狗又向樹枝撲過來，衝得太急，一跟斗翻了過去。愛麗絲覺得這樣很危險，像和拖車壯馬玩一樣，隨時會被馬踩到，就又繞到薊草的後面。小狗開始接二連三追咬樹枝，向前衝一小步，又後退一大步，啞著聲音吠叫個不停，直到最後跑不動，坐在老遠的地方，喘著氣，舌頭掛在嘴外，大眼睛半開半闔。

愛麗絲覺得這是逃跑的好機會，於是拔腿就跑，一直跑到力也沒有、氣也喘不過來、小狗的吠聲也遠得快聽不到了，才停下來。

「不過那小狗還真可愛！」愛麗絲說，靠在一株毛茛上休息，還拿了一片毛茛葉**15**當扇子。「真想教牠一些把戲，要是……要是我有平常那麼大就好了！糟了！差點忘了要變回原來的大小！讓我想想……我該怎麼辦？或許該找些什麼吃的喝的，可是最大的問題，還是吃

15. *從「歷險」的角度來看，愛麗絲這時又遭遇危險。毛茛（buttercup）是四月間開黃花的植物，在英國、美國、中國都有，高30到80公分，全株有毒，皮膚接觸後有燒灼感，會引起皮疹和水皰。

喝些什麼東西？」

　　最大的問題當然是「什麼東西」。
愛麗絲向四周的花花草草打量了一番，
看不出有什麼像是可以吃可以喝的。她
身旁長著一棵大蘑菇，和她差不多一樣
高。她繞著蘑菇前後左右都看過了，才
想起也許該看看上面有什麼東西。

　　她伸長脖子，踮起腳尖順著蘑菇邊
緣向上看，一抬眼就和一雙眼睛相對。
那是一條藍色的大毛蟲，坐在蘑菇上
面，手抱著胸，靜靜地抽著土耳其水煙
筒，對愛麗絲和身邊的事物完全不理不
睬。

第5章
毛毛蟲的指導[1]

毛毛蟲和愛麗絲靜靜地對望了好一陣子[2]，最後毛毛蟲把嘴裡的水煙拿下來，慢吞吞、懶洋洋地對她說：

「你是誰呀？」毛毛蟲問。

一開始口氣就不對，愛麗絲有點畏縮地說：「我……我現在也不知道，先生。早上我起床的時候，還知道我是誰，可是，後來好像變了好幾回。」

毛毛蟲嚴厲地說，「這話怎麼講？你自己解釋！」

愛麗絲說，「先生，我自己解釋不來，因為我現在不是我自己，您知道。」

「我不知道。」毛毛蟲說。

愛麗絲禮貌地說，「我大概沒辦法說清楚，因為連我自己也弄不明白。再說，一天裡大大小

1. ＊「指導」的原文是Advice，一般作「忠告」、「建議」解，但老師、醫師等的專業建議也叫Advice。本章「毛毛蟲的Advice」應是指他臨走前「一邊讓你變大，一邊讓你變小。」這句類似醫生的指導或囑咐。

2. *依照維多利亞時代的規矩，小孩必須等大人先開口說話才能說話，見第6章。

3. 這是很不禮貌的問法，參考第8章王后問：「你叫什麼名字？小孩？」

4. 原文是"I can't remember things as I used──"依照文法，愛麗絲沒說出來的字是介係詞to。這句話似乎描述愛麗絲忽然想起一個文法規定：句子不可以介係詞結尾（No sentence should end in a preposition.），於是把嘴邊的介係詞吞回去。這個規定模仿拉丁文法，咸信源自17世紀詩人約翰‧德萊頓（John Dryden）。英國前首相邱吉爾（Churchill）非常反對，傳說他曾仿照這個規定，諷刺性地說：「這種胡說我無法忍受。」（This is the sort of nonsense up with which I will not put.）。

小變了好幾回，人都搞糊塗了。」

「那不會。」毛毛蟲說。

愛麗絲說，「也許您還沒發現這種感覺，哪一天您忽然變成蛹，又再變成蝴蝶，您一定會覺得很奇怪吧？」

「一點也不會。」毛毛蟲說。

愛麗絲說，「也許您的感覺不一樣，我只知道，我會覺得很奇怪。」

毛毛蟲輕蔑地說，「你！你是誰3？」

對話又回到原點。毛毛蟲說話老是那麼短，把愛麗絲惹得有點生氣。她抬起頭、繃著臉說，「我想您應該先告訴我您是誰。」

「為什麼？」毛毛蟲說。

又是一個不好回答的問題。愛麗絲一時想不出什麼好理由，毛毛蟲也好像非常不高興，於是她轉身就走。

毛毛蟲在她背後叫道，「回來！我有重要的話要說！」

愛麗絲覺得好像有點希望，就轉身走回來。

毛毛蟲說：「別發脾氣。」

「就這句話嗎？」愛麗絲說，盡量忍住脾氣。

「還有。」毛毛蟲說。

愛麗絲想反正沒事做，不妨等一等，也許牠會說出些值得一聽的話來。

可是毛毛蟲只管抽煙，一句話也不說，過了一會兒，才伸開抱胸的手，把水煙從嘴裡拿出來，說：「覺得身體變了，是不是？」

「大概是變了，先生。」愛麗絲說，「我現在記起來的東西，和從前記的不一樣——**4**而且大小也沒十分鐘就變一次大小！」

毛毛蟲說，「什麼東西記的不一樣？」

愛麗絲傷心地說，「我想背《小蜜蜂》，結果背出來的字全都走樣了！」

毛毛蟲說，「背〈威廉爸爸您老了〉**5**來聽聽看。」

愛麗絲於是手疊著手，背了起來：

「威廉爸爸您老了，
白髮知多少；
日夜不停倒栽蔥，
　老大不小這樣通不
　　通？」

「從小倒立到現在，
習慣沒有改。
年少還怕傷腦筋，
　如今頭腦空空不擔
　　心。」

5. 卡洛爾這首戲仿詩是他的傑作之一，Gardner 2000:49注3說明它改自英國詩人騷塞（Robert Southey）的〈老人的福氣和得福的原因〉（*The Old Man's Comforts and How He Gained Them*），中譯採用李後主的〈虞美人〉，作為戲仿的藍本：

春花秋月何時了，
往事知多少！
小樓昨夜又東風，
故國不堪回首月明中。
雕欄玉砌應猶在，
只是朱顏改。
問君能有幾多愁？
恰似一江春水向東流。

「威廉爸爸您老了，
體重也不小；
進門還玩翻跟斗，
為何您有這般好身
手？」

威廉白髮搖一搖：
「當我年紀小，
塗這藥膏保輕靈，
你要一盒賣你一先
令。」

「威廉爸爸您老了，
牙齒沒多少；
烤鵝連骨啃乾淨，
訣竅請您說來聽一
聽？」

威廉回想「年輕時，
立志當律師，
常和太太勤辯論，
練得一口肌肉強又韌。」

「威廉爸爸您雖老，
眼睛還真好；
鰻魚頂鼻真靈巧，
請問祕訣能否教一教？」

「答三問四人還在，

囉嗦性不改。

問你到底幾時走？

踢你一個冬瓜滾下樓！」

「背得不對。」毛毛蟲說。

愛麗絲怯怯地說：「大概是很不對，有些字變了。」

「從頭到尾都不對。」毛毛蟲肯定地說，說完又靜了下來。

過了幾分鐘，還是毛毛蟲先說話。

「你想變多大？」牠問道。

「噢，倒不一定要多大，」愛麗絲急忙回答，「不過，沒人喜歡老是變來變去，您知道。」

「我不知道 **6**。」毛毛蟲說。

愛麗絲不作聲。長了這麼大，從來沒有被人這麼不停頂撞過，她覺得快要發脾氣了。

「現在滿意嗎？」毛毛蟲說。

愛麗絲說，「呃，我倒希望稍微大一點點，先生，要是您不介意的話，三英寸 **7** 高實在小得可憐。」

「三英寸好得很！」毛毛蟲生氣地說，挺直身子豎了起來（不多不少，正好三英寸高）。

「可是我不習慣這麼高！」愛麗絲

6. *愛麗絲的「你知道」（you know）只是口頭禪，毛毛蟲照字面來解，帶有頂撞的味道，愛麗絲就生氣了。Yaguell:13從語言角度分析，認為「你知道」這類話是phatic words（交際語詞），用以保持對話不致中斷，其他類似功能的用語有 'I see', 'Oh dear!', 'Right!', 'Really?'等。

7. *3英寸合7.5公分，比信用卡長向豎起來（8.56公分或3.37吋）還矮1公分。

8. ＊美國迷幻搖滾合唱團「傑弗遜飛機」（Jefferson Airplane）於1966年推出歌曲《白兔》（White Rabbit），第一節歌詞以這段話為藍本：

One pill makes you larger
And one pill makes you small,
And the ones that mother gives you
Don't do anything at all.
Go ask Alice,
When she's ten feet tall.

一顆讓你變大，
一顆讓你變小，
但媽媽給的藥丸，
一點也沒有效。
去問愛麗絲，
當她十呎高的時候。

後來，「去問愛麗絲」又成為小說書名、電影名和性教育網站的名稱。

9. ＊愛麗絲吃蘑菇，事實上也是冒險，因為有些蘑菇有毒，可能導致幻覺，甚至會致死。毛毛蟲抽水煙、愛麗絲吃蘑菇，都令人聯想到吸毒，所以坊間也盛傳卡洛爾有吸毒的習慣，英國卡洛爾學會已鄭重否認。

哀求地說，一面暗地裡想：「希望毛毛蟲不要那麼愛生氣！」

「久了就會習慣。」毛毛蟲說著把水煙放回口裡，又抽了起來。

這回愛麗絲耐心等著，看牠什麼時候再開口。過了一、兩分鐘，毛毛蟲把水煙從嘴裡拿出來，打了兩個呵欠，抖抖身子，爬下蘑菇，鑽到草叢裡去，一面　爬，一面自顧自說著：「一邊讓你變大，一邊讓你變小8。」

愛麗絲心想，「什麼東西的一邊？什麼東西的另一邊？」

「蘑菇的。」毛毛蟲說，像是聽到愛麗絲高聲在問似的，說完就不見蹤影。

愛麗絲納悶地向蘑菇打量了一會，想分出哪邊是哪邊，可是蘑菇圓圓的一圈，實在分不出來。最後她伸長雙手，環著蘑菇一手剝了一小塊。

「現在哪邊是哪邊？」她想，把右手的蘑菇咬了一小口9，看看會有什麼效果，結果才一吞進去，就感覺下巴給什麼東西大力撞了一下，原來竟碰到腳10了！

她被突然的變化嚇了一大跳，可是又覺得要趕快想辦法，因為她還在快速縮小，於是趕緊咬另一塊蘑菇。她的下巴和腳靠得好緊，幾乎張不開嘴；她後來還是勉強掙開了，吃了一小口左邊的

蘑菇。

*   *   *   *   *
*   *   *   *
*   *   *   *   *

「好了，頭又可以動了！」愛麗絲高興地說，可是馬上又嚇了一跳，因為肩膀不見了。她低頭一看，看到好長一根脖子[11]伸到底下老遠一片葉海裡。

愛麗絲說，「那一片綠色是什麼東西呀？肩膀跑到哪裡去了？還有，可憐的雙手怎麼也不見了？」她搖搖雙手，看不出動靜，只見下面的樹葉微微晃動。

看來手沒辦法舉到頭上來，於是她就彎頭下去找，很高興發現脖子可以上下左右彎曲，就像蛇一樣。底下不是別的地方，正是她剛才走過的樹林。她把脖子彎了兩彎，形成優美的曲線，正準備伸進葉子叢裡去，忽然聽到腦後一陣尖銳的颼颼聲，她急忙回頭，只見一隻大鴿子正朝她臉上撲過來，用翅膀猛力拍打她。

「蛇！」鴿子尖叫。

愛麗絲氣憤地說，「我不是蛇！走開！」

「蛇，我偏要說蛇！」鴿子又說，可是聲音低多了，還略帶哽咽地加了一

10. *這是愛麗絲第6次變化，這次是不平均收縮，身體不見了，只剩下頭和腳，她原來的身高只有3英寸，現在更小了。

11. *這是愛麗絲第7次變化，高度比樹還高，只有脖子變長。

句：「什麼方法都試過了，就是沒有一樣能叫牠們滿意！」

愛麗絲說，「你在說什麼？我一點都聽不懂！」

「我試過樹根、試過河邊，還試過籬笆，」鴿子繼續說，不理愛麗絲，「但是這些蛇！就是沒辦法讓牠們滿意！」

愛麗絲越聽越糊塗，但是她知道，不讓鴿子說完是插不上嘴的。

鴿子說，「光孵蛋就夠麻煩啦，還得提防蛇，從白天防到晚上！唉！都三個星期沒闔過眼了！」

「好可憐喔。」愛麗絲開始有點明白了。

鴿子繼續說，聲音越來越高，成了尖叫聲：「我剛搬到樹林裡最高的樹頂，以為這下總算擺脫牠們了，卻又彎彎曲曲從天上下來。哼，蛇呀！」

愛麗絲說，「可是我不是蛇，我跟你說！我是……我是……」

鴿子說，「好！那你是什麼？看得出你在編謊話！」

「我……我是個小女孩。」愛麗絲有點猶豫，因為她想起這一天裡變了那麼多次。

鴿子用非常藐視的口吻說，「說得

倒真像！小女孩我見多了，從來沒有一個像你脖子這麼長的！不對，不對！你是蛇，賴也沒有用。我知道你還想告訴我，你一隻蛋都沒吃過！」

「我當然吃過蛋，」愛麗絲說，她是一個非常誠實的孩子。「你知道，小女孩也和蛇一樣吃很多蛋。」

鴿子說，「我不信，要是她們吃蛋，我只能說她們也是蛇12。」

這種說法愛麗絲想都沒想過，一時答不上來，鴿子趁機又加了一句：「反正我知道你在找蛋，不管你是女孩還是蛇，對我都一樣。」

愛麗絲急忙說，「對我可很不一樣，事實上我不是在找蛋；就算找蛋，我也不要你的，因為我不吃生蛋。」

「好，那就滾！」鴿子生氣地說，又飛回巢裡孵蛋。愛麗絲費了不少氣力才在樹叢裡蹲下來，因為脖子常被樹枝絆住，不時要停下來解開。過了一會兒，她想起手裡還拿著蘑菇，就很小心地咬咬這塊、咬咬那塊，一下子變高、一下子縮小，終於變回平常的高度13。

她已經好久沒有這麼正常過，剛開始還感覺有點怪，不過沒幾分鐘就習慣了，又像平常那樣自己說話起來：「好啦，現在計畫完成了一半！變來變去把

12. *這段話常成為討論「三段論」（syllogism）謬誤的例證。黃煜文:305說明鴿子的邏輯是：

1. 無論是什麼，只要吃蛋就是蛇（大前提）
2. 愛麗絲吃蛋（小前提）
3. 因此，愛麗絲是蛇（結論）

由於大前提可以看出明顯是錯的，所以結論也是錯的。

13. *這是愛麗絲第8次變化，她的平常身高約是4英尺即120公分。愛麗絲前兩次吃蘑菇都是身體局部變形，這次以後都是均勻變化。

14. *4英尺合120公分，相當一個小孩的身高，是大型娃娃屋的大小。

15. *9英寸合22.5公分。這是愛麗絲第9次變化。

人都搞糊塗了！真不知道下一分鐘會是什麼樣子。不管怎樣，現在總算變回原來的大小，下一步就是去找那個美麗的花園，可是該怎麼做呢？」說著忽然來到一片空曠的地方，有一棟大約四英尺**14**高的房子。愛麗絲想，「不管什麼人住在裡面，像我現在這麼大，走進去一定把他們嚇個半死！」於是又拿起右手的蘑菇來吃，等到縮成九英寸**15**高，才小心地向房子走去。

第6章
豬和胡椒

她對著房子站了一、兩分鐘,正想著下一步該怎麼做,突然間一個穿著制服的侍衛 **1** 從樹林裡跑著出來(他穿著侍衛的制服,所以愛麗絲認為是侍衛,要是只看臉,會說是魚),大力叩門。另一個穿著制服的侍衛開門出來,圓臉大眼睛,就像青蛙一樣。愛麗絲注意到這兩個侍衛都戴著捲曲的假髮,灑滿了髮粉。她很好奇他們在做什麼,就稍微走出樹林偷聽。

魚侍衛從胳膊下拿出一封幾乎有他那麼大的信 **2** 來交給蛙侍衛,很嚴肅地說:「王后邀請公爵夫人打槌球。」蛙侍衛也以同樣嚴肅的口吻回答,只是字樣變換了一下:「公爵夫人受王后邀請打槌球。」

兩人接著相對深

1. *侍衛(footman)是維多利亞時代有錢人家的氣派代表,一般身材較高、相貌端正,穿著漂亮的制服、戴假髮、灑香粉,主要做隨車侍衛、應門、服侍餐桌或送信的工作。約翰・拉斯金(John Ruskin)在《前塵往事》(*Praeterita*)第54頁提到,愛麗絲家的侍衛是複數,可以推論至少有兩人。

深一鞠躬，頭碰頭，假髮纏在一起。

愛麗絲看到這情景，忍不住笑了起來，只好跑進樹林裡，免得被他們聽到。等她回頭再偷看時，魚侍衛已經走了，剩下蛙侍衛坐在門邊的地上，望著天空呆呆地出神。

愛麗絲怯畏畏地走到門口，敲了敲門。

蛙侍衛說，「敲門根本沒用，有兩個原因：第一，你和我一樣都在門外；第二，他們在裡面吵鬧得很，沒人聽到你敲門。」裡面的確吵鬧得很厲害，有人不停嚎叫、打噴嚏，還有不時打碎東西的聲音，像是盤子或鍋子之類。

愛麗絲說，「那麼，請告訴我，我要怎麼進去？」

侍衛不理會她，繼續說，「要是門在你我中間，敲門也許還有點意思。假如你在裡面敲門，我就可以開門讓你出來。」牠說話時眼睛一直朝著天看，愛麗絲覺得牠非常沒禮貌。她對自己說，「也許牠沒辦法，眼睛長在頭頂上，但至少應該回答我的問題──我該怎樣進去？」她大聲再說一遍。

蛙侍衛繼續說，「我要坐在這裡，一直坐到明天……」

就在這時候，門打開了，一個大盤

子朝侍衛的臉飛過來，差點打到鼻子，砸到他背後一棵樹，碎成一片片。

「……也許到後天。」侍衛的口氣還是沒變，像沒發生什麼事一樣。

「我該怎麼進去啦？」愛麗絲又說一遍，聲音提高了些。

蛙侍衛說，「你可以進去嗎？這是第一個問題。」

他說的沒錯 **3**，不過愛麗絲不喜歡人家對她這樣說話。她自言自語地說，「真討厭，這裡的動物真愛辯，都快把人氣瘋了！」

蛙侍衛好像認為這是練習講話的好機會，稍微改了字樣，又說：「我要坐在這裡，來來去去，一天又一天。」

「可是我該怎麼進去呢？」愛麗絲說。

「你想怎麼做都可以。」蛙侍衛說著吹起口哨來。

愛麗絲急得跳腳說，「唉，和他說話沒用，真是白痴！」自己推開門就進去。

門打開來是一間大廚房，滿屋子煙霧。公爵夫人 **4** 坐在廚房中間一張三腳凳上，抱著一個嬰孩，廚娘彎身在爐上的大鍋攪拌，鍋裡好像滿是湯。

「湯裡的胡椒一定放得太多了！」

3. 愛麗絲的問話裡夾帶了「我有權進去」這個意思，被侍衛點破，難怪惱火。這種謬誤一般稱為複合問題（complex question），也即在問題中隱藏了預設的觀點，對方一旦回答，就等同承認這些隱藏的觀點是真的。例如問人家：「你什麼時候不再打老婆？」就暗藏對方經常打老婆的陷阱，一不小心就會上當。愛麗絲的情況和我們問電影院的驗票員：「我該怎麼進去？」一樣，驗票員會先看你有沒有票，再告訴你怎麼進去。

4. [插圖]圖中的公爵夫人很醜，Gardner 2000:60注1說明造型可能模仿16世紀芬蘭畫家康坦・馬西斯（Quentin Matsys） 1525~1530年的畫作「醜陋的公爵夫人」。

5. *嘴巴笑得幾乎碰到耳邊。原文 "grin(ning) from ear to ear" 是一句成語。

6. *維多利亞時代的規矩，小孩必須「看得到、聽不到」（Children are to be seen but not heard），沒得到允許，不得先開口，類似台語「囝仔有耳無嘴」。

7. 笑得像柴郡貓（Grin like a Cheshire Cat）是英國19世紀流行的一句成語，因本書而流傳下來。柴郡（Cheshire）是卡洛爾的出生地。

愛麗絲對自己說，一面不停地打噴嚏。

空氣裡的胡椒味實在太重，連公爵夫人也不時打噴嚏。至於那個嬰孩，不是打噴嚏就是嚎叫，沒有片刻休息。廚房裡只有兩個不打噴嚏，就是那廚娘和一隻大貓。貓兒偎在爐子旁，笑得好大，嘴角幾乎碰到耳邊5。

「能不能請問一下，」愛麗絲有點膽小地問，因為她不知道先開口說話合不合規矩6，「為什麼您的貓會笑？」

公爵夫人說，「因為牠是柴郡貓，沒聽過『笑得像柴郡貓』7嗎？豬！」

最後一個字口氣好兇，讓愛麗絲嚇了一大跳。不過她馬上發覺公爵夫人罵的是嬰孩，不是自己，於是膽子又大了起來，就接著說：

「我不知道柴郡貓會一直笑，說真的，我根本不知道貓會笑。」

公爵夫人說，「貓都會笑，而且大都愛笑 **8** 。」

「我從來不知道這件事。」愛麗絲很有禮貌地說，為了和公爵夫人談得來而很開心。

公爵夫人說，「你不知道的事情可多了，這是事實。」

愛麗絲不很喜歡這種口氣，心想最好換個話題。她正在找話題的時候，廚娘把湯鍋從火上端開，接著把拿得到的東西通通往公爵夫人和嬰孩身上丟，先是爐具，接著是一陣雨般的鍋子、盆子、盤子。公爵夫人根本不理會，打到身上也沒反應；嬰孩本來就叫得很厲害，也看不出是不是被打痛了。

「噢，拜託小心點！」愛麗絲喊著，嚇得直跳腳。「哎呀，他的寶貝鼻子完了！」一隻特大號的平底鍋緊挨著小孩的鼻子飛過去，差點把鼻子削掉。

公爵夫人啞著嗓子低吼道，「要是每個人只管自己的事，地球會轉得快一

8. *公爵夫人在自我矛盾，前面說只有柴郡貓才會笑，後面又說所有貓都會笑。

9. ＊原文裡公爵夫人聽到 'axis'（地軸）就想到 'axes'（斧頭）。又，公爵夫人說「砍掉她的頭！」（Chop off her head!）和第8章王后說「殺她的頭」（Off with her head!）有明顯的層次差別。

10. ＊Gardner 2000:62注4說明，卡洛爾根據大衛・貝茲（David Bates）1848年的童詩 "Speak Gently"的戲仿，中譯戲仿採用寧波有「百年童謠」之稱的《搖啊搖，搖到外婆橋》，因為年代久遠，版本很多，採用的版本是：

搖啊搖，搖到外婆橋，
外婆叫我好寶寶。
糖一包，果一包，
還有餅兒還有糕。

些。」

「地球轉得快沒什麼好處，」愛麗絲說，很高興有個機會稍微賣弄一下知識，「想想看，地球轉快了，白天和晚上會變成什麼樣子？您看，地球自轉一圈要二十四個鐘頭……」

公爵夫人說，「什麼鐘頭9、斧頭？砍掉她的頭！」

愛麗絲緊張地看了廚娘一眼，看她有沒有執行命令的意思。廚娘正忙著攪湯，好像根本沒聽到，於是愛麗絲又繼續說：「我想是二十四個鐘頭，或者是十二個鐘頭，我……」

公爵夫人說，「好啦，別煩我！聽到數字頭就大！」說著開始唱催睡曲10哄小孩，每唱一句就把孩子大力搖一下：

「搖啊搖，搖到外婆橋，
外婆罵你壞寶寶。
又愛哭，又愛鬧，
光打噴嚏不睡覺。」

合唱
（廚娘和嬰孩一起唱）：
「哇！哇！哇！」

公爵夫人唱到第二段時，不停把嬰

孩用力抛上抛下，可憐的小傢伙嚎啕大哭，愛麗絲幾乎連歌詞都聽不清楚：

「搖啊搖，搖到外婆橋，
外婆打你壞寶寶。
別撒野，別撒嬌，
聞了胡椒就睡覺。」

合唱
（廚娘和嬰孩一起唱）：
「哇！哇！哇！」

公爵夫人把嬰孩丟給愛麗絲說，「給你！願意的話就抱他一下！我和王后約好打槌球，得去準備了。」說完急急忙忙走出廚房。廚娘從後面向她扔了一隻平底鍋，但是沒打中。

愛麗絲幾乎抱不住嬰孩，因為他長得很奇怪，手腳向四面伸張開來，「真像個海星。」她想。小傢伙像蒸汽機一樣不停呼嚕呼嚕響，身子不斷一伸一縮，一時之間還真沒辦法抓得住。

後來她想出辦法，知道怎麼抱（就是把他像打結一樣糾在一起，再抓緊右耳朵和左腳，他就伸不開了），馬上就往屋外走**11**。愛麗絲想，「要是不把孩子帶走，不出一、兩天，她們一定會把他

11. *卡洛爾很喜歡這幅插圖，不但把它燙金印在《奇境》的紅色封面，還在1888年用來印製「奇境郵票夾」（The Wonderland Postage-Stamp Case）出售，郵票夾的圖片見Hinde:150。

12. 「蓄意謀殺」（murder）在這裡具有法律意義，對愛麗絲是超齡的字彙，所以很得意地提高聲調說了出來。

整死的。把他留下來，不就等於『蓄意謀殺』12？」最後一句話她說得好大聲，小傢伙咕嚕了一聲，像是在回答（這時他已經不打噴嚏了）。愛麗絲說，「別咕嚕，說話不是這個樣子。」

嬰孩又咕嚕了一聲，愛麗絲擔心地看了看他的臉，想知道是怎麼回事。只見他鼻子翹得好高，不像人鼻，倒像個豬鼻子；眼睛也變得很小，不像嬰孩的大眼睛。愛麗絲不喜歡他這副長相。「也許他在哭。」愛麗絲想，就再看看他的眼睛有沒有眼淚。

沒有，一滴眼淚都沒有。愛麗絲嚴肅地說，「親愛的，假如你想變豬，我就不理你了，知道嗎！」小可憐又抽泣了一聲（或是咕嚕了一聲，很難分得出來），兩人默默又走了一段路。

走了不久，愛麗絲正在想：「不行，回家的時候帶著這傢伙該麼辦？」他又咕嚕了一聲，聲音好大，愛麗絲不放心地看看他的臉。這次一點都錯不了，不折不扣是隻豬，她覺得再抱著就太奇怪了。

於是她把小豬放下，看著

牠很快跑進樹林裡，不禁鬆了一口氣。愛麗絲對自己說，「等牠長大了，不是奇醜的人，就是很漂亮的豬，我想。」她把認識的小孩一個個想了一遍，看看哪一個變成豬會好看些。當她正想到「只要有人知道怎樣把他們變成……」忽

然嚇了一跳，柴郡貓正蹲在不遠的大樹枝上。

　　那貓對愛麗絲只是笑，看起來好像很和氣，愛麗絲想，但看到牠的長爪子和滿嘴牙齒，心想還是對牠尊敬些好。

　　「柴郡貓咪，」她膽怯地說，不知

13. *[插圖] 圖中的大樹，傳說就是愛麗絲家後院的大栗樹。《幼兒版愛麗絲》（*The Nursery 'Alice'*）裡指出，愛麗絲抬著頭、雙手背在後面，是當時學生背書時的標準姿勢。

14. 卡洛爾善於利用成語打造角色，帽匠和三月兔是從"Mad as a hatter"（瘋如帽匠）"Mad as a March hare"（瘋如三月兔）這兩句成語逆構而來。前者出現在19世紀中葉，據推測是帽匠長期接觸水銀中毒而得名；後者是從兔子三月發情、行為不正常而來。

15. *Heath:62問，如果貓是瘋子，牠說的話可信度大有問題，所以牠可能不是瘋的；反過來，假如貓不瘋，牠說的話可以相信，則牠又是瘋的。

道這樣叫牠喜歡不喜歡。不過牠嘴笑得更大了。「還好，牠現在心情很好。」愛麗絲想，就繼續說：「請告訴我，我該往哪邊走**13**？」

貓說，「那得看你想往哪裡去。」

愛麗絲說。「我不一定要去哪裡……」

貓說，「那走哪條路都一樣。」

「……只要能走到什麼地方。」愛麗絲又補了一句。

貓說，「喔，沒問題，只要走得夠遠，一定會到得了什麼地方。」

愛麗絲覺得這話也沒什麼不對，就改問別的問題：「這附近都住些什麼人？」

「朝那邊走，」貓揮了揮右爪子，「住著個帽匠；往那邊走，」又揮揮另一隻爪子，「住著一隻三月兔。他們都是瘋子，找哪個都一樣**14**。」

愛麗絲說，「我不想到瘋子堆裡去。」

貓說，「啊，那可沒辦法，這裡全是瘋子。我是瘋子，你也是瘋子**15**。」

愛麗絲問道，「您怎知道我是瘋子？」

貓說，「你不瘋，就不會到這裡來。」

愛麗絲覺得牠的話沒什麼道理，不

過還是繼續問：「您又怎麼知道您是瘋子呢？」

貓說，「我先問你，狗是不瘋的，你同意嗎？」

愛麗絲說，「我想是的。」

貓接著說，「好，那麼，狗生氣時就吠，高興時就搖尾巴。可是我卻是高興時就吠，生氣時搖尾巴，所以我是瘋子。」

愛麗絲說，「那是打呼嚕，不是吠。」

貓說，「你愛怎麼叫都可以。你今天會和王后玩槌球嗎？」

愛麗絲說，「我很想，可是到現在還沒有人邀請我！」

「你會在那裡見到我。」說完突然消失了**16**。

愛麗絲倒不覺得非常意外，怪事見得多，她已經習慣了。她的目光還沒離開貓蹲過的地方，貓又突然出現了。

貓說，「還有，那孩子怎樣了？我

16. [插圖]Gardner 2000:68注10說明，卡洛爾在《幼兒版愛麗絲》第9章中說：「要是你把這頁揭開一角，便可看到前頁的愛麗絲正在看著這貓的笑嘴，而且和原來看到貓兒一樣，一點都不害怕。」顯然有意製造「紙上電影」的效果。有些版本沒注意到這個要領，加德納身後出版的Gardner 2015:80也沒把位置對好。

17. *原文：Did you say 'pig' or 'fig'？（你說的是「豬」還是「無花果」？）'pig'和'fig'只差一個子音，本書參考趙元任，譯為「豬」／「書」，也是一個聲母的差異。這句話是很好的翻譯觀念考驗。卡洛爾親選的法文譯者亨利·布耶（Henri Bué）把這句譯為《M'avez-vous dit porc, ou porte？》（你說的是「豬」還是「門」？），趙元任和他的觀念完全相同。有的譯者堅持照原文直譯，譯成「你剛才說的是『豬』還是『無花果』？」

18. 英國的小房子常把烟囱放在左右兩端，真的頗像兔耳朵。

差點忘了問。」

「變成豬了。」愛麗絲若無其事地回答，好像貓是正常出現的。

「我就知道他會變豬。」貓說著又消失了。

愛麗絲等了一會兒，希望還能看到牠。過了一、兩分鐘，看牠沒再出現，就朝三月兔住的方向走去。她對自己說，「帽匠見多了，還是找三月兔好玩些。現在是五月，也許牠不會太瘋——至少沒三月的時候那麼瘋吧。」正說著，她一抬頭又看見貓蹲在樹枝上。

「你剛才說的是『豬』還是『書』？」貓問[17]。

愛麗絲回答：「我說『豬』。請您不要變得那麼快，一下子出現，一下子不見，頭都被您搞昏了。」

「好吧。」貓說，這回消失得非常慢，先從尾巴尖消失，最後只剩下笑嘻嘻的嘴巴，空蕩蕩地掛在空中，過了好一會才不見。

愛麗絲心想，「怪怪！有貓沒有笑看多了，有笑沒有貓卻是頭一回看到！」

沒走多遠，她就見到三月兔的房子。她一看就確定，是因為兩根煙囱[18]像長長的耳朵，屋頂還鋪著兔毛。房子很大，她一時不敢走近，就咬了些左

手裡的蘑菇，等身體長到二英尺**19**高再走過去，不過還是有點膽怯。她一面走、一面後悔：「要是牠瘋得厲害怎麼辦？剛才應該去找帽匠的！」

19. *2英尺合60公分，這是愛麗絲第10次變化，是標準一呎洋娃娃的兩倍大。

第7章
瘋茶會

1. *這一章的題材很豐富。主要形式是「家家酒」，搭配餐桌禮儀禁忌，還有大量語言遊戲。華倫·韋佛特別選本章的後半部作為討論各國愛麗絲翻譯的樣本，見Weaver 1964。

2. [插圖] 三月兔頭上纏了一些稻草，卡洛爾在《幼兒版愛麗絲》中說代表兔子是瘋的，但不知道原因。

屋前一棵大樹，樹下有張桌子，已經擺好了餐具1。三月兔2和帽匠3坐在桌邊喝茶4，一隻睡鼠坐在他們中間，睡著了5，兩人把牠當墊子，手擱在牠身上在隔空交談6。愛麗絲想，「睡鼠一定很不舒服，不過睡著了，可能牠也無所謂。」

桌子很大，三個人卻擠在一角。

他們看見愛麗絲走過來就大叫，「沒位子！沒位子！」愛麗絲生氣地說，「位子多得很！」說著在桌子一頭的大扶手椅坐了下來 **7**。

三月兔殷勤地問，「喝點酒吧。」

愛麗絲往桌子上一看，除了茶，什麼也沒有，就說，「我沒看到酒。」

三月兔說，「的確沒有酒 **8**。」

愛麗絲生氣地說，「沒酒還請人家喝，好沒禮貌 **9**。」

三月兔說，「沒人請就坐下來，同樣沒禮貌。」

愛麗絲說，「我不知道這是你們的桌子，擺的位子比三個人多得多。」

帽匠說，「你的頭髮該剪了**10**。」他一直好奇地看著愛麗絲，現在才開口。

愛麗絲板著臉說，「你不該當面批評人家，這樣很不禮貌。」

帽匠睜大了眼睛聽著，聽完突然說：「為什麼烏鴉像書桌**11**？」

愛麗絲想，「好呀，好玩的來了！好高興他們開始出謎語，」於是大聲地說，「我相信我猜得出來。」

三月兔問，「你的意思是說你想你可以找出謎底嗎？」

愛麗絲說，「一點也不錯。」

三月兔繼續說，「你怎麼想就應該

3. *Gardner 2000:69注1用相當長的篇幅討論帽匠的原型人物，卻沒注意到Collingwood 1898:47已說明原型是卡洛爾讀大學時在大餐廳的桌友之一，只是沒說明姓名。田尼爾的帽匠造型非常經典，加德納說許多人相信他是參照當時英國首相迪斯雷利（Benjamin Disraeli）的造型，但並無根據。哲學家羅素（Bernard Russell）也長得很像插畫中的帽匠，趙元任2017:235記錄，一次在屋頂花園請羅素和他女友吃飯，「我冒昧地說道，那天羅素拍的照片很像《阿麗斯漫遊奇境記》裡頭的帽匠，羅素說，沒那麼古怪吧！我請讀者看看那張照片，自己下個判斷。」帽匠帽子上的標籤是標價，10/6代表10先令6便士，後來有人把10月6日定為帽匠日。

4. *Gardner 2000:75注10說明，《奇境》完成之後，5點鐘下午茶才流行起來。愛麗絲姐妹有時在6點吃茶，那是小孩的晚餐（Supper）。Wakeling 2015:15提到卡洛爾的姨媽露西為他編的家庭雜誌教區長雜誌（Rectory Magazine）寫的急徵女傭諧趣廣告，說明他家用餐的時間如下：早餐（Breakfast）9點、午餐（Luncheon）12點，主餐（Dinner）下午3

點、茶餐（Tea）下午6點、晚餐（Supper） 晚上9點。《鏡中》第4章則提到哈啦兄弟打完架後6點鐘用餐（have dinner）。

5. *睡鼠是是夜行性動物，白天幾乎都在睡覺，晚上才開始活動。

6. *趙元任解釋說：「原文 *Talking over its head* 是雙關語，只得用雙關語譯牠。」他譯為「在牠背後說話」。其實這句片語只借字面意思，似乎沒有說壞話的雙關意思。

7. *[插圖]愛麗絲不經邀請就直接入座，而且癱坐在首位上，是不合禮儀的姿勢。查爾斯王子和黛安娜王妃於1984年在卡洛爾出生地附近的沃靈頓鎮撥款設了真人大小的瘋茶會雕像場景（見謝金玄2003:27、丹崎克彥／婁美蓮:61），供遊客歇息。愛麗絲坐得筆直，才是維多利亞時代乖女孩的樣子。

8. *英國茶會不供應酒類，而且愛麗絲年齡太小也不能喝酒。

9. *這是常見的「你也一樣」（you too）謬誤，受到對方的指責，經常以對方犯了其他錯誤作為反駁。

10. *這句話非常經典。趙元任在《早年自傳》:102中記述：「在牛津街，在我身後走的男孩高叫：『嘿，那個

怎麼說。」

愛麗絲急忙回答，「我是呀，至少……至少我說的就是我想的……都一樣。」

帽匠說，「一點都不一樣！這樣一來，你也可以說：『我吃的都看到』和『我看到的都吃』也一樣了！」

三月兔加了一句：「那你也可以說，『我拿得到的都喜歡』和『我喜歡的都拿得到』也是一樣嘍**12**！」

睡鼠也加了一句，像在說夢話：「那你可以說，『我睡覺時都呼吸』和『我呼吸時都睡覺』也是一樣囉！」

帽匠說，「對你倒是一樣。」談到這裡話停了，大家靜了一會。愛麗絲努力在想烏鴉和寫字桌的謎語，卻想不出來。

後來還是帽匠打破沉默，問愛麗絲，「今天是幾號？」他從口袋裡掏出來懷錶，不安地看著，搖了一搖，又拿到耳邊聽。

愛麗絲想了想說，「四號**13**。」

帽匠嘆了口氣說，「慢了兩天！」他生氣地看著三月兔，加了一句，「告訴過你，不可以加奶油的。」

三月兔畏縮地說，「這是最好的奶油！」

帽匠咕噥著說，「沒錯，可是一定也混了麵包屑進去，你不該用麵包刀上奶油的。」

三月兔洩氣地拿起錶來看，放到面前茶杯裡浸了一下，又拿起來看看，想不出別的話，只是重複說：「這是最好的奶油，你知道。」

愛麗絲一直好奇地在他背後看著。她說，「你的錶好奇怪，只報日子，卻不報鐘點！」

帽匠咕噥著說，「為什麼要報鐘點？你的錶會報年嗎？」

愛麗絲毫不猶豫地回答，「當然不會，因為報年要很久才動一次。」

帽匠說，「和我的情形正一樣。」

愛麗絲被弄糊塗了，帽匠說的明明是一句正常話，可是卻不知道在說什麼。「我不太懂你的意思。」她盡量用禮貌的口氣說。

「睡鼠又睡著了。」帽匠說，在牠的鼻子上倒了一點熱茶。

睡鼠不耐煩地甩了甩頭，閉著眼睛說：「是呀，是呀，我也正想這麼說。」

帽匠說，「謎語猜出來了嗎？」又轉向愛麗絲。

愛麗絲回答，「沒有，我認輸了，

傢伙需要理髮！』」

11. 這是英文常見的猜謎方式的一種，主要的形式是"Why is A like B?"（為什麼A像B？）謎底往往是諧音雙關語。卡洛爾寫時並沒有標準謎底，後來1896年再版時，在序文提出答案：Because it can produce a few notes, tho they are very flat; and is nevar put with the wrong end in the front!（因為烏鴉可以發出聲音[用來寫字]，雖然非常平板，卻不會頭尾顛倒）。注意：他故意把never寫成nevar，逆看就成了raven（烏鴉）。見Gardner 2000: 72注4。

12. *黃煜文:309說明，「如果某個陳述為真，則該陳述倒轉過來不一定為真。」並引用卡洛爾的教材：「所有蘋果都是紅的，但無法因此推導出所有紅色的事物都是蘋果。」

13. *Gardner 2000:73注6說明，愛麗絲在上一章說：「現在是5月」，這裡說「4號」，合起來剛好是她的生日，但沒說出她幾歲。《鏡中》第5章，愛麗絲說她七歲半，因此可以推斷她在故事中是7歲，實際上1862年說故事時她已10歲。卡洛爾在手稿版書末所貼的愛麗絲照片，也是她7歲時的照片。

14. Beat time原意是打拍子，按字面解則成了拍打時間。

15. *原文：We quarrelled last March。'last'是一個陷阱，大部分中譯本以中文的思考觀念譯為「去年三月」其實不正確。金隄《等效翻譯探索》1998:110說：「以說話時間為星期三為例……last Saturday是『上星期六』，可是last Monday卻是『本星期一』」。在諸多其他譯者當中，目前所知只有吳鈞陶正確譯為「在今年三月裡」，趙元任則簡單譯為「我同時候嘲了嘴勒」。

16. *美國數學家及機器翻譯先驅華倫·韋弗在1964年出版研究《愛麗絲》翻譯的專

謎底是什麼？」

帽匠說，「我根本不知道。」

三月兔說，「我也不知道。」

愛麗絲厭煩地嘆了一口氣說，「我覺得你們該把時間拿來做有用的事，淨出些沒有謎底的謎，簡直是浪費時間。」

帽匠說，「如果你跟我一樣和時間是好朋友，就不會叫它『時間』，可以叫他『老哥』了。」

愛麗絲說。「我不懂你的意思。」

帽匠得意地搖一搖頭說，「你當然不懂！我敢說你從來沒有和時間講過話！」

愛麗絲小心地回答：「我想沒有，不過我上音樂課的時候，總是按著時間打拍**14**的。」

帽匠說，「啊！問題就出在這裡，他老哥最討厭人家拍打。和他交情好的話，他會叫時鐘照你的意思做。譬如說，早上九點鐘要上課了，只要悄悄對他說

一聲，時鐘就會『喇』一下轉到一點半，吃飯時間到了！」

（三月兔小聲對自己說，「真希望現在就是吃飯的時間。」）

愛麗絲一面說一面想，「太好了，可是……那時候我應該還不餓。」

帽匠說，「剛開始也許還不餓，不過你可以叫時鐘一直停在一點半，想停多久就多久。」

愛麗絲問，「你是這樣安排的嗎？」

帽匠搖搖頭，傷心地說，「我沒辦法！我們今年**15**三月鬧翻了——在他沒發瘋以前…」（用茶匙指著三月兔，）「……那時我在紅心王后的大音樂會上演唱**16**：

　　『一閃一閃傻呼呼**17**，
　　滿天都是小蝙蝠，』

你大概聽過這首歌吧？」

愛麗絲說，「我聽過另外一首，和它有點像。」

帽匠繼續說，「後半段是這樣唱的：

　　『掛在天邊裝迷糊，

書《多語愛麗絲》，選定從下段的戲仿詩起到「沒想就不要講」作為討論的依據。中文部分是趙元任的譯本，由趙元任自己評論。

17. Gardner 2000:74注8說明這首詩戲仿珍‧泰勒（Jane Taylor）1806年的《星星》（*The Star*），曲調取自法國民謠《啊！讓我告訴您，媽媽》（*Ah! Vous dirai-je, Maman*，簡譜見附錄四）。原詩歌頌北極星的功勞，充滿宗教意義，中文已有標準譯本《小星星》，但把北極星改為滿天星。此處依照原文全詩翻譯如下：

一閃一閃小星星，
什麼做來亮晶晶，
掛在天上放光明，
好像鑽石閃不停。

紅紅太陽已下西，
大地罩在黑暗裡，
小小星兒來代替，
整夜閃爍不休息。

旅人趕路黑夜行，
謝謝星星送光明，
沒有星光照路徑，
東西南北分不清。

夜裡天空黑又藍，
簾外星星常相看，
睜著眼睛不偷懶，
等到太陽來上山。

小小星星放光明，
照亮旅人夜裡行，
什麼做來亮晶晶，
一閃一閃小星星。

18. Gardner 2000:75注8引用Gernsheim 1949提供的典故，說卡洛爾招待小朋友的玩具中，有一隻他自製的飛天蝙蝠。有一次蝙蝠飛到室外，剛好一個工友經過，蝙蝠落在他捧著的茶碟裡，嚇得杯盤摔了滿地。Gray:57則說明卡洛爾的數學老師普萊斯（Bartholomew Price）別號叫做「蝙蝠」（the Bat）。

19. 原文Murder time是「亂了節拍」之意，按字面解則是「謀殺時間」。

20. 卡洛爾在1850-53年間曾撰文證明一個停擺的錶比一個每天慢一分的錶準。因為不跑的錶每24小時有兩次準確的機會，而另一個錶要兩年才準確一次。見Gardner 2000:74注7、Stoffel:20。

好像茶碟**18**在飛舞。

一閃一閃……』」

睡鼠搖擺了起來，在夢中開始唱道：「一閃一閃一閃一閃……」一直唱個不停，讓他們戳一下才住口。

帽匠說，「第一節還沒唱完，王后就大叫：『他在謀殺時間**19**！殺他的頭！』」

愛麗絲叫道，「好殘忍呀！」

帽匠傷心地接著說，「從那時起，時間老哥再也不肯照我的意思做了！所以現在一直停在六點鐘**20**。」

愛麗絲忽然明白了，問道，「桌上擺了這麼多杯盤，就是這個原因嗎？」

帽匠嘆了口氣說，「是的，一直是喝茶的時間，沒有時間洗。」

愛麗絲問，「所以你們就一直搬位子，我猜？」

帽匠說，「正是這樣，杯盤用髒了，就挪一個位子。」

愛麗絲追著問，「回到原來位子的時候怎麼辦？」

三月兔打著哈欠，插嘴進來，「談點別的吧，我聽煩了。我提議叫小女孩講故事。」

愛麗絲一聽慌了起來，說道，「我

沒有故事好講。」

兩個人一齊叫，「那麼睡鼠來講！醒醒，睡鼠！」一人一邊，同時戳牠的身體。

睡鼠慢慢睜開眼，啞著嗓子，有氣沒力地說：「我沒睡著，你們說的話，我每個字都聽得清清楚楚。」

三月兔說，「給我們講個故事！」

愛麗絲懇求說，「是呀，拜託講個故事！」

帽匠加了一句，「而且要快點講，要不然沒講完又睡了**21**。」

睡鼠急忙開始說：「從前有三個小姐妹，叫愛絲、麗絲、愛麗**22**。她們住在井底⋯⋯」

愛麗絲問，「她們吃什麼東西過活呀？」她對吃喝的問題特別有興趣。

睡鼠想了一下說，「她們吃糖漿**23**。」

愛麗絲輕聲說，「她們不應該這樣吃，她們一定病了。」

睡鼠說，「她們真的生病了，而且病得非常嚴重。」

愛麗絲想像了一下，想感覺這種特殊的生活方式是什麼樣子，可是怎麼想也想不出來，於是又問：「她們為什麼住在井底？」

21. *這一幕彷彿在描寫愛麗絲三姐妹懇求卡洛爾講故事的場景，參考〈序詩〉。愛假裝睡覺的卡洛爾是睡鼠，帽匠的口吻像霸道的大姐，小妹就是三月兔。

22. *卡洛爾第三次把愛麗絲姐妹的名字改裝放進故事裡。故事中三姐妹名字的原文是Elsie（就是L. C.，大姊Lorina Charlotte的縮寫）、Lacie（把Alice重新排列的結果）、Tillie（小妹Edith的小名叫Matilda，簡稱Tillie）。一般中譯都採音譯，例如趙元任譯為「霭而細」、「臘細」、「鐵梨」，本譯改為「愛絲」、「麗絲」、「愛麗」，大致保留原音，並以「愛麗絲」三字重複排列組合，譯的是利用人名玩遊戲的創意。

23. Gardner 2000:16注12說明在距離牛津2.4公里外賓西村（Binsey）的聖瑪嘉烈教堂（St. Margaret's Church）真的有一口糖漿井。「糖漿」古代原指具有療效的水，在這裡又恢復「糖漿」的現代詞意，說喝多了會生病。

24. 注意：頁102的插圖裡沒有牛奶罐；卡洛爾也注意到了，在《幼兒版愛麗絲》中解釋說，牛奶罐藏在大茶壺後面。

25. *這段話是《奇境》五大棘手雙關語的第三個。卡洛爾巧妙地把in the well（在井中）改變字序，變成well in（深在井中）。Weaver1964:100說：「我們很難相信，有哪一種語言的哪一位譯者，能夠把 "in the well的小孩住得well in" 這個雙關語成功處理。」趙元任在《奇境》的序中表示：「例如第七章裡in the well和well in能譯作『井裏頭』『盡盡裏頭』，這種雙關的翻譯是很難得這麼碰巧做得到的。」本書中譯改用名詞「裡井」和「井裡」，完全符合原文的遊戲規則。

26. *睡鼠其實沒有回答愛麗絲的問題，只是把「在井裡」這件事換個方式重述一遍。這種迴避戰術，邏輯上稱為「套套邏輯」（tautology）。

27. *「打」的原文是draw，有「抽水」、「畫畫」的雙關。中文以多義的「打」字譯出，保留「抽」的意思。趙元任譯成「抽」，無法涵蓋「畫」的意思，在Weaver 1964:98中承認沒有達到雙關意思（This pun is missed），

三月兔殷勤地對愛麗絲說，「再多喝些茶！」

愛麗絲不高興地回答：「我什麼都還沒喝，不可能『再』多喝。」

帽匠說，「你應該說不可能再『少』喝才對，喝得比『什麼都還沒有』多還不容易。」

愛麗絲說，「沒人問你的意見！」

帽匠得意地說，「現在是誰失禮了？」

愛麗絲不知說什麼好，自己倒了點茶，拿了些奶油麵包，再向睡鼠問剛才的問題：「她們為什麼住在井底？」

睡鼠又想了一會，說：「那是糖漿井。」

愛麗絲開始有點生氣，「不可能！哪有這樣的井！」帽匠和三月兔不停發出「噓！噓！」的聲音，睡鼠也生氣地說：「如果你不講禮貌，故事就讓你講。」

愛麗絲低聲懇求著說，「不要啦，請繼續講吧！我不再打岔了。也許有那麼一口井。」

「當然有！」睡鼠生氣地說，不過還是繼續講下去：「這三個小姐妹在學打⋯⋯」

愛麗絲忘了剛說過的話，又開口

了，「她們在打什麼？」

睡鼠這回答得很快，「打糖漿。」

帽匠插嘴說，「我要一隻乾淨茶杯，挪個位子吧。」

說著就往左邊的位子挪，睡鼠跟著挪，三月兔挪到睡鼠的位子，愛麗絲很不甘願地坐到三月兔的位子上。這一挪只有帽匠得到好處，愛麗絲的位子最糟糕，因為三月兔剛把牛奶罐打翻在盤子裡[24]。

愛麗絲不想再惹睡鼠生氣，小心地說：「我不明白，她們哪來的糖漿？」

帽匠說，「水井可以打出水來，糖漿井當然可以打出糖漿來——對嗎，笨蛋？」

愛麗絲對睡鼠說，不理帽匠的話，「可是她們住在井裡呀。」

睡鼠說，「她們當然住在『井裡』，而且住在『裡井』[25]。」

可憐的愛麗絲一聽又糊塗了[26]，靜了下來，好一陣子沒打岔。

睡鼠繼續說，又打個哈欠又揉眼睛，睏的不得了，「她們在學打[27]，打各式各樣的東西……都是「麻」字開頭……」

「為什麼要用『麻』開頭[28]？」愛麗絲問。

趙譯在1980年版被改成「學吸」和「學習」兩個諧音字。

28. *原文是「以M開頭」的詞。口吃的人對以M開頭的字發音有困難，似乎在自嘲。卡洛爾在數學題故事書《解結說故事》（*A Tangled Tale*）第10個結中說：「只有經驗老到的管家，才有辦法連續發出三個M的音」。卡洛爾的父母是堂兄妹結婚，所以生下十一個兒女幾乎全都有口吃。

29. ＊馬虎眼原文是much of muchness是英國俚語，即「非常相似」之意。

30. Gardner 2000:77注15說明，維多利亞時代的小孩養睡鼠當寵物，一般養在舊茶壺裡。

「為什麼不可以？」三月兔說。

愛麗絲不作聲。

這時候睡鼠閉上眼睛正想睡，被帽匠戳了一下，尖叫一聲繼續講：「用『麻』開頭的東西很多，像麻雀、麻繩、麻花，還有馬虎眼29——你知道『馬虎眼』是怎麼打法嗎？」

愛麗絲為難地說，「說真的，你不問，我倒沒想到……」

帽匠說，「沒想就不要講。」

這一句搶白使得愛麗絲再也無法忍受，她生氣地站起來，掉頭就走。睡鼠馬上又睡著了，帽匠和三月兔根本沒注意到她。愛麗絲回頭看了一兩次，希望他們會叫她回去，最後一次回頭時，看見他們正把睡鼠塞進茶壺裡去30。

愛麗絲在樹林中一面找路一面說，「怎樣說我也不會再回去那地方！從來沒見過這麼白痴的茶會！」

她說話的時候，突然看到一棵樹上有道門。她想，「這倒奇怪！不過今天每件事情都很奇怪，沒關

係，走進去看看。」就打開門進去。

　　她又回到那個大廳，小玻璃桌就在身旁。「這回可不能再做錯了！」她對自己說，先拿起金鑰匙，打開花園的門，再小口小口地咬蘑菇（她口袋裡還留了一小塊），直到縮成大約一英尺高**31**，穿過小通道，終於進到美麗的花園，徜徉在鮮艷的花朵和清涼的噴泉之間。

31. *1英尺合30公分。這是愛麗絲第11次變化，和第1章門高15英寸相呼應，剛好是1呎標準娃娃屋尺寸。她這個身高一直保持到第12章，可見卡洛爾有意識地把標準娃娃屋當成故事結構的主軸。詳見拉頁。

第8章
王后的槌球場

1. *卡洛爾利用卡牌花色的英文名稱設定角色。插圖裡的園丁都是黑桃，英文的說法是spade（鏟子），代表勞工。

2. *卡洛爾可能在玩數學遊戲。2，5，7都是質數，另兩個小於10的質數（1也算，還有3）在哪裡？用他最喜歡的數字42（見第12

花園靠門口種了一棵大玫瑰樹，開著白花，三個園丁正忙著把花漆成紅色。愛麗絲覺得很奇怪，就走過去看。走近的時候，聽到其中一個說：「老五，小心點！別老把顏料濺到我身上！」**1**

老五生氣地說，「沒辦法，老七一直碰我的手肘。」

老七 **2** 聽了抬起頭說：「得啦，老五！都是別人的錯！」

老五說，「你最好少開口 **3** ！我昨天剛聽王后說，你犯了殺頭的罪。」

第一個說話的人問，「為什麼？」

老七說，「不關你的事，老二！」

老五說，「錯了，和他有關！我來告訴他：因為你把鬱金香根當洋蔥拿給廚師啦！」

老七把刷子一扔，說道，「好呀，天下不公平的事……」無意中看到愛麗絲正在看他們，他馬上住口不說，另兩個也轉過身來，三人一起深深深鞠躬。

愛麗絲有些膽小地說，「可不可以告訴我，您們為什麼要給花上漆？」

老五和老七沒說話，看著老二。老二低聲說：「哦，事情是這樣的，小姐。這裡本來應該種紅玫瑰，我們弄錯了，種了白的 **4**，要是王后發現了，我們都要殺頭。小姐，你看，我們正在趕工，想趁王后還沒來，把……」老五一直焦急地向四面張望，突然喊道：「王后！王后！」三個園丁馬上趴了下來，接著傳來雜沓的腳步聲。愛麗絲向四面張望，想看看王后 **5** 的樣子。

帶頭的是十個手拿棍棒 **6** 的士兵，他們和園丁一樣，身體都是扁扁平平的長方形，手腳長在四角上。接著來了十名大臣，身上全都用方塊 **7** 裝飾，也和士兵一樣，兩個兩個並排著走。大臣後面是一群公主、王子，一共十個。這些可愛的小孩一對對手拉著手，蹦蹦跳跳地過來，衣服上全都是紅心 **8** 的圖案。後面來的是客人，大多是親王和王妃。愛麗絲看到白兔也在客人裡頭，正急忙而慌張地說話，不管人家說什麼都笑著點頭。

章）來找，果然找出算式：
（2+5+7）x1x3=42。

3. *Heath:77指出，老五先是推卸責任，說潑漆的動作不是他引起的；動機被說穿後，他又以老七犯了其他過錯為由，說後者沒資格指責別人。

4. *紅玫瑰和白玫瑰很容易讓人想到莎士比亞《亨利六世》（*Henry VI*）中的玫瑰戰爭。莎劇中以紅玫瑰代表蘭卡斯特、白玫瑰代表約克家族，但本故事並未牽涉到這兩大家族。

5. *真正的愛麗絲對英國王室有過親密的接觸。維多利亞的長子威爾斯王子在1859年到牛津就讀，女王在翌年12月12日到牛津探視，住在愛麗絲家。愛麗絲20歲那年（1872），維多利亞的幼子里奧普王子（Prince Leopold）也來牛津就讀，傳說兩人開始談戀愛，到24歲時因平民身分被女王阻止，否則已變成王室的一員。愛麗絲後來將二兒子命名為和Leopold發音相似的Leopold，似乎印證了傳言。

6. *牌戲裡的「梅花」，英文說法是club（棍棒），代表武力，所以是士兵。

7. *牌戲裡的「方塊」，英文說法是diamon（鑽石），代表富貴，所以是高官。

8. *牌戲裡的「紅心」，英文說法是hearts（心），代表高貴，所以是皇家。

9. *卡洛爾喜歡模仿戲劇安排人數眾多的大場面，熱鬧的宮廷排場在第11、12章又出現一次。

牠走過愛麗絲的面前，卻沒注意到她。接著是紅心傑克，捧著深紅色墊子，上面放著王冠，龐大隊伍的最後，紅心國王、王后駕到9。

愛麗絲不知道該不該學三個園丁也趴下來，也沒聽過王室出巡有這條規矩。愛麗絲想，「這麼多人出巡，卻要大家趴下來不許看，又有什麼用？」所以她還是站著等看熱鬧。

隊伍走到愛麗絲面前時，全都停下來看著她。王后厲聲說：「這人是誰？」她向紅心傑克問。紅心傑克只是彎著腰，笑著不說話。

「笨蛋！」王后不耐煩地搖搖頭，轉向愛麗絲問道：「你叫什麼名字？小孩？」

愛麗絲很有禮貌地說，「稟告陛下，我叫愛麗絲。」可是心裡卻想：「哼！他們不過是紙牌，用不著怕他們！」

王后指著圍在玫瑰花前、三個趴著的園丁問，「這幾個又是誰？」他們面朝地躺著，背上的圖案一模一樣，看不出到底是園丁、是士兵、是大臣，還是王后的小孩。

愛麗絲回答，那麼大膽都連自己都感到意外：「我怎麼知道？和我一點關係都沒有**10**！」

王后氣得滿臉通紅，兩眼像野獸般瞪著愛麗絲好一陣子，才尖聲叫道：「殺她的頭！殺……」

「胡說！」愛麗絲毫不猶豫地大聲說，王后登時靜了下來。

國王搭著王后的手臂，膽小地說：「想想看，親愛的，她不過是個小孩！」

王后生氣地別開頭，對傑克說：「把他們翻過來！」

傑克用一隻腳小心地把他們一一翻過身來。

10. *左頁插圖有頗多地方可以討論：

第一、為了讓園丁的背面看來像普通紙牌，田尼爾只好把添加出來的頭手都縮起來；

第二、紙牌裡紅心國王沒有鬍子，這位紅心國王卻有鬍子；

第三、紅心王后胸前的V形服飾其實是黑桃王后的。

此外，躲在傑克身後的兔腳，似乎是田尼爾發現漏了兔子，事後補出來的。

以上的討論，見北美卡洛爾學會2017春季號第11頁筆者的演講紀錄。

11. * 王后說「殺他們的頭！」（Off with their heads!）很容易讓人想到莎士比亞《理查三世》（Richard III）第三幕理查王的經典台詞"Off with his head!"，但幾乎沒人提到卡洛爾引用這個台詞其實有搞笑的意思。他在手稿本中畫的園丁只有臉沒有頭，因為撲克牌只有牌面（face），所以「殺頭」在原故事中只是搞笑的廢話。

12. * 王后問「頭殺了沒有？」（Are their heads off?），士兵不敢明言欺騙王后，用「頭不見了（Their heads are gone）」的字句含糊回答。Heath: 80 引用薩瑟蘭（Sutherland）和席博（Shibles）的見解：士兵言下之意，園丁是人連著頭一起不見的。參考第9章王后說：「不是你人不見，就是頭不見！」

王后尖聲叫，「起來！」三個園丁馬上爬了起來，不停向國王、王后、公主、王子和在場的人鞠躬。

王后尖叫道，「給我停！頭都給你們弄昏了。」她轉頭看著那株玫瑰，繼續問：「你們在做什麼？」

老二單腿跪下，恭敬地說，「稟告陛下，我們正在……」王后一直在看著玫瑰花，說道，「我懂了！殺他們的頭11！」隊伍繼續前進，留下三個士兵來處死這些倒楣的園丁。三個園丁跑向愛麗絲求她保護。

愛麗絲說，「你們不會被殺的！」把他們藏在身旁的大花盆裡。三個士兵到處找，過一會兒沒找到，就悄悄地大步趕上去歸隊。

王后大聲道，「頭殺了沒有？」

士兵大聲回答，「回陛下的話，頭都不見了12！」

王后大聲說，「那好！你會玩槌球嗎？」

士兵沒人回答，都看著愛麗絲。王后顯然是在問她。

愛麗絲大聲回答，「會！」

王后喊道，「那就走吧！」於是愛麗絲就加入了隊伍，不知道接下來會發生什麼事情。

「今天……今天天氣真好**13**！」有人在愛麗絲的身旁膽怯地說話。原來白兔和她並排走著，正焦急地偷看她的臉色。

愛麗絲說，「真好。公爵夫人在哪裡？」

「噓！噓！」兔子急忙低聲警告她，擔心地轉過頭看，然後踮起腳尖**14**，湊到愛麗絲的耳邊小聲地說：「她被判了死刑。」

愛麗絲問，「為什麼？」

兔子問，「你是說『多可惜』嗎？」

愛麗絲說，「不，不是，我一點都不覺得可惜，我是說『為什麼？』**15**」

兔子說，「她打了王后一耳光……」愛麗絲小聲笑了出來。「噓！噓！」兔子害怕地低聲說，「王后會聽到的！是這樣的，公爵夫人來晚了，王后說……」

這時王后打雷般喊了一聲，「各就各位！」大家朝各個方向亂跑，撞成一團，過了一會才站好，於是球戲開始了。

愛麗絲想，從來沒見過這麼奇怪的球場**16**。地面凹凸不平，到處是土堆土溝，球是活刺蝟，球槌是活紅鶴**17**，士兵們彎起身子，手腳著地當球

13. *這是典型的英國式搭訕用語。

14. *第2章推算過兔子身高60公分，現在愛麗絲是30公分，兔子反而要踮起腳和愛麗絲說話，顯然比30公分還矮。

15. *兔子不可能聽錯，而是在暗示愛麗絲應該改變說法。兔子採用的是「暗示糾正法」（im-plicit correction），例如學生把蘋果說成橘子，老師會說：「你說的是蘋果嗎？」學生會意，便會改說：「是的，我說這是蘋果。」

16. *槌球在愛麗絲出生那一年（1852）才從愛爾蘭引進英格蘭，風行一時，是當時唯一男女老幼都可以參與的戶外活動。正式槌球球場為35x28英尺（10x8.5公尺），有6個球門、四顆不同顏色的球，二人或四人對打，以先把球打過所有球門後擊到中間柱為贏。故事中的球場崎嶇不平，一大堆人滿場亂跑，也是鬧劇裡常見的搞笑手法。

17. *在卡洛爾的手稿中，球槌原來是鴕鳥，似乎有意和澳洲或紐西蘭拉上關係，改成紅鶴的原因不明。

門。

　開始玩的時候，愛麗絲簡直拿紅鶴沒辦法，後來想出法子，把紅鶴的身子牢牢夾在胳膊底下，腳垂在下面。可是，每當她拉直紅鶴的脖子，準備用牠的頭去打刺蝟時，紅鶴卻把脖子扭上來，用奇怪的表情看著她，惹得她咯咯笑出聲來。等她再按下紅鶴的頭，準備打球的時候，又發現刺蝟伸直了身子，正要爬走，真是氣人。還有，刺蝟球滾動的路上總有一些土堆土溝，做球門的士兵又常常站起來走開，愛麗絲沒多久就覺得這場遊戲很難玩。

　打球的人也沒有順序，大家同時打，不是吵架就是爭刺蝟。開場沒多久，王后就大發脾氣，跺著腳走來走去，沒隔一分鐘喊一次：「殺他的頭！」

　愛麗絲感到非常不安，雖然到現在她還沒有和王后吵架，可是感覺隨時都會吵起來。她想，「如果吵起架來，我會有什麼下場？這裡的人太喜歡殺頭了！可是說也奇怪，到現在居然還有人活著！」

　於是愛麗絲東張西望，想

找個出路，趁別人不注意時溜走。這時她注意到天空出現了一個怪形象，剛開始看不出是什麼東西，過了一會，才看出是一張笑著的嘴，愛麗絲對自己說：「是柴郡貓，這下有人陪我聊天了。」

柴郡貓等整個嘴巴都出現了就問，「玩得怎樣啦？」

愛麗絲等牠的眼睛也出現了，才點點頭。她想，「現在跟牠說話沒有用，至少要等牠有一隻耳朵現出才行。」過了一、兩分鐘，整個貓頭出現了，愛麗絲於是放下紅鶴，對牠講打球的情況。她很高興有人聽她說話，柴郡貓似乎認為出現的部分已經夠用，其他部分就不再露出來。

愛麗絲抱怨地說，「我覺得他們不照規矩玩，吵得太厲害了，連自己說話都聽不清楚。他們好像沒有一定的規則，就算有，也沒人遵守。還有，每樣東西都是活的，沒想到這麼麻煩。明明把球對著球門打，眼看著就要打到王后的球，球門見到球來竟然跑掉啦！」

貓輕聲說，「你喜歡王后嗎？」

愛麗絲說，「一點都不喜歡，她非常……」突然發現王后在背後聽著，就改口說：「……非常會打球，和她玩準輸。」

王后笑嘻嘻地走開了。

國王走過來，奇怪地看著個貓頭，問愛麗絲，「你在和誰說話呀？」

愛麗絲說，「我在和我的朋友柴郡貓說話。讓我來介紹。」

國王說，「我一點都不喜歡牠的樣子，不過如果牠想的話，我可以准牠吻我的手。」

貓說，「我可不想。」

國王說，「不得無禮，也不許這樣看著我！」說著躲到愛麗絲的背後。

愛麗絲說，「『貓也可以看國王，』18 我在一本書上見過這句話，不過不記得哪一本了。」

國王堅決地說，「我說，把這隻貓弄走！」這時剛好王后走過，他就向她喊道：「親愛的！你把這隻貓弄走好不好？」

王后解決困難的方法永遠只有一招：「殺牠的

頭！」她頭也不回地說。

國王勤快地說，「我自己找劊子手去。」急急忙忙走開了。

愛麗絲遠遠聽到王后在大吼大叫，心想該回去看看遊戲進行得怎樣了。她聽到王后又判了三個人死刑，原因是該他們打球卻沒打。愛麗絲很不喜歡這個場面，整個遊戲一團糟，根本不知道什麼時候輪到她打，因此就走開去找她的刺蝟。

她的刺蝟正和另一隻刺蝟打架，愛麗絲心想，這是個好機會，可以一槌把兩隻刺蝟都打到，不過卻有一個問題：她的紅鶴已經跑開到花園的另一邊。愛麗絲看到牠正跳呀跳想飛上樹，卻又飛不起來**19**。

等她捉到紅鶴回來，兩隻刺蝟已經打完架，不知道跑到哪裡去了。愛麗絲想：「沒關係，反正這邊的球門也都跑光了。」於是她把紅鶴夾在胳膊下，不讓牠逃跑，回頭再找她的朋友聊天。

愛麗絲走回柴郡貓那邊時，沒想到一大群人圍著牠，劊子手、國王、王后三個人吵成一團，正在爭論什麼，其他的人靜靜地聽著，表情都十分不安。

愛麗絲一到，三個人馬上請她評理，各自把理由說了一遍。可是他們搶

19. *紅鶴是候鳥，不可能飛不起來。在手稿版裡，球槌原來用的是不會飛的駝鳥，正式出版時改為紅鶴，卻留下了駝鳥的特性。

著說話,愛麗絲費了一番工夫才弄清楚他們說些什麼。

劊子手的理由是:砍頭總得有個身子,才有地方可以砍下來。他從來沒砍過沒身體的頭,到了這把年紀,也不打算破例做這種新鮮事。

國王的理由是:只要有頭就可以砍,少說廢話。

王后的理由是:要是不馬上把這事情辦好,就把每個人的頭都砍掉,一個都不留(就是最後這句話把大家都嚇得面無人色)。

愛麗絲想不出什麼話來,只好說:「這貓是公爵夫人的,最好去問她20。」

王后對劊子手說,「她關在牢裡,把她帶過來。」劊子手像脫弦的箭一樣,飛快跑開了。

劊子手才走開,貓頭就開始消失,等劊子手帶著公爵夫人回來時,貓頭已完全不見。國王和劊子手發瘋似地到處找,其他人又回去玩球了。

第9章
假海龜的故事

「親愛的老朋友，你不知道再見到你我有多高興！」公爵夫人說，親熱地挽著愛麗絲的手，兩人一起走。

愛麗絲看到公爵夫人心情這麼好，非常高興，心想她上次在廚房裡那麼兇，可能只是胡椒的緣故。

愛麗絲對自己說（不過口氣不是很想做）：「要是我做了公爵夫人，我的廚房裡一點胡椒都不擺。沒有胡椒，湯也照樣很好喝……也許胡椒會把人辣得脾氣暴躁、」她繼續想，很高興發現了新的道理：「醋會把人變得尖酸刻薄，苦茶會讓人長一臉苦相，

1. *愛麗絲在運用修辭上的「移覺」（Synaesthesia）原理，就是用一種感官來描述另外一種感官的體驗。例如可愛叫做「甜」、愁叫做「苦」、刻薄叫做「酸」等。

2. *愛麗絲第一次見到公爵夫人時是9英寸（22.5公分），現在是12英寸（30公分），公爵夫人是不是配合愛麗絲也變高？

3. *公爵夫人喜歡引經據典，Heath:87 指出這句話出自但丁《神曲‧天堂篇》（Paradiso）最後一行：以推動太陽和其他星星的愛（By the love that moves the sun and the other stars.）

4. *愛麗絲在反駁她，因為公爵夫人的話和第6章說過的話意思不一樣。

還有……還有麥芽糖之類會把孩子的嘴巴變得很甜。我只希望大人懂得這些道理，這樣他們就不會那麼小氣了，你知道……1」

愛麗絲想得入神，竟把公爵夫人忘記了，等聽到她貼在耳邊說話，才驚醒過來：「親愛的，你顧著想事情，就忘了說話。我現在想不起這裡頭有什麼教訓，不過等一會就會想出來的。」

愛麗絲大膽地說，「說不定什麼教訓都沒有。」

公爵夫人說，「噴，噴，小孩子！每件事都有教訓，就看找不找得出來。」她邊說邊向愛麗絲挨過來。

愛麗絲很不喜歡她挨得那麼緊：第一，公爵夫人長得非常醜；第二，她的高度 2 正好把下巴頂在她肩膀上，而且下巴很尖，教人很不舒服。然而愛麗絲不想失禮，只好盡量忍受。

愛麗絲沒話找話說，「球賽現在進行得順利多了。」

公爵夫人說，「是啊，這件事的教訓是：啊，就是愛，就是愛把地球推動 3 ！」

愛麗絲輕聲說：「不過有人說過，要是每個人管好自己的事，地球會轉得快一些 4 ！」

「哦！意思都差不多，」公爵夫人說，尖下巴在愛麗絲的肩膀用力一戳，「這個教訓是：『聲』不在高，有『見』則『鳴』5。」

愛麗絲想，「她多喜歡在事情裡找教訓啊！」

過了一會，公爵夫人又說，「我想你一定在奇怪，我為什麼不把手放在你腰上，因為我不放心紅鶴的脾氣。讓我試試看好嗎？」

「牠會咬人的。」愛麗絲警覺地回答，不願意讓她試。

公爵夫人說，「說的也是，紅鶴和芥末同樣都會咬人，這個教訓是：物以類聚。」

愛麗絲說，「可是芥末又不是鳥類。」

公爵夫人說，「你又說對了，你把東西分得真是清楚！」

愛麗絲說，「它是礦物，我想。」

「當然是啦，」公爵夫人對愛麗絲說的話，好像隨時都表示同意，「這附近就有個大芥末礦。這個教訓是：『美』下『玉礦』，醜下芥末礦6。」

「啊，我知道啦！」愛麗絲沒注意她的話，大聲說，「它是植物7，雖然長得不像植物，不過是植物沒錯。」

5. *原文是Take care of the sense and the sounds will take care of themselves.意思是「照顧意思，音韻自來」，戲仿自「照顧小錢，大錢自來」（Take care of the pence and the pounds will take care of themselves.）。譯文仿自劉禹錫〈陋室銘〉的「山不在高，有仙則名」，同樣也是強調聲音與意見的關係。

6. *原文是The more there is of mine, the less there is of yours.（我得的越多，你得的越少），是在玩mine（可作「礦」和「我的」兩解）的雙關遊戲。這句話是卡洛爾自創的俏皮話，沒有來源。中譯改用「每下愈況」戲仿，用的是「礦」和「況」的諧音。

7. *卡洛爾又介紹了一種遊戲。維多利亞時代流行的室內遊戲中，最常見的是猜物遊戲，問者常從「動物、植物、礦物」開始，逐漸縮小範圍，見Gardner 2000:92注8。

8. Pigs may fly.（豬可以飛）是蘇格蘭諺語，下半句是 but it's not likely（但不太可能）。公爵夫人卻說成了 pigs have to fly.

公爵夫人說，「我完全同意，這個教訓是：人要貌相，或者還可以說得更簡單一點：『永遠不要以為人家不知道你不想讓人家知道你是那個樣子不管你想讓人家以為你不是那個樣子或者你不想讓人家以為你是那個樣子大家都知道你的樣子不是那個樣子。』」

愛麗絲很有禮貌地說，「要是把話寫下來，我想也許會更明白些，一口氣講我跟不上。」

公爵夫人開心地說，「這沒什麼，要是我高興，還可以說得更長！」

愛麗絲說，「請不必費心說得更長了。」

公爵夫人說，「說不上什麼費心，我剛才說的話，都可以當禮物送給你。」

愛麗絲想，「好便宜的禮物！還好別人生日禮物不是這樣送法！」可是她不敢說出來。

「又在想啦？」公爵夫人問，尖下巴又戳了一下。

「我有想的權利。」愛麗絲不客氣地回答，開始有點不耐煩。

「說的有點道理，」公爵夫人說，「就像人家說：『豬就是要飛』8一樣，這個教⋯⋯」

公爵夫人的口頭禪才說一半，聲音

突然消失了，挽著愛麗絲的手也抖個不停。愛麗絲覺得奇怪，抬起頭來，發現王后就站在面前，兩手交叉，臉色陰沉得像暴風雨就要來臨一樣。

「天氣真好呵，陛下！」公爵夫人低聲下氣地說。

王后頓腳嚷道，「你好好聽著，不是你人不見，就是頭不見！現在即刻馬上給我想好！」

公爵夫人選了第一樣，轉眼逃得無影無蹤。

「我們回去玩球吧。」王后對愛麗絲說。愛麗絲嚇得不敢吭聲，慢慢地跟著她回到槌球場。

其他客人趁王后不在，都跑到樹蔭下乘涼，一看到王后，立刻又回到球場玩球。王后只說，走慢一點，就會沒命。

打球的時候，王后不停和別人吵架，大叫「殺他的頭！」判了刑的人一個個帶走，士兵押著犯人也一個個走開，不能當球門了。大約過了半個小時，球門都走光了。玩球的人除了國王、王后和愛麗絲，其他都被判了死刑，看管起來。

不久王后停了下來，喘著氣對愛麗絲說：「你見過假海龜沒有？」

9. ＊假海龜湯是用小牛頭煮成的廉價湯，用以代替較貴的海龜湯。卡洛爾把原來的「Mock｜Turtle soup」（「假」海龜湯）當成「Mock Turtle｜soup」（「假海龜」湯）看，因而虛構出 Mock Turtle（假海龜）這種動物，猶如中文把「鹹鴨蛋」解成是「鹹鴨」所生的蛋一樣。在頁132插圖中，假海龜是牛頭牛尾龜身。

10. 鷹頭獅（gryphon或griffin）是中世紀的神話動物，也是牛津大學三一學院的院徽。

愛麗絲說，「沒有，我連假海龜是什麼東西都不知道。」

「就是用來做假海龜湯9的作料。」王后說。

「我從來沒見過，也沒聽過。」愛麗絲說。

「那就走吧，」王后說，「叫牠講牠的故事給你聽。」

他們走開的時候，愛麗絲聽到國王小聲對大家說，「你們都免罪了。」愛麗絲想，「這倒是個好事！」王后判了那麼多人死刑，使她很難過。

她們走不久，就看見一頭鷹頭獅10正在太陽底下睡覺（要是你不知道鷹頭獅長的什麼樣子，可以看插圖）。「起來，懶東西！」王后說，「帶這位小姑娘去看假海龜，叫牠講牠的故事。我得回去監督他們殺頭去。」她說完就走了，把愛麗絲留在鷹頭獅身邊。愛麗絲不大喜歡這動物的長相，但想到和愛殺人的王后在一起，倒不如跟牠安全些，於是就耐心等著。

鷹頭獅坐起來揉揉眼睛，等看王后走

得看不見了，才笑起來。「多好笑！」鷹頭獅說，一半對自己，一半對愛麗絲。

「什麼好笑？」愛麗絲說。

鷹頭獅說，「還有誰，她，都是她的想像，他們從來不沒有[11]殺過什麼人，你知道。走吧！」

「這裡的人都喜歡說『走吧！』」愛麗絲跟在後面慢慢走，心想：「從來沒人這樣使喚過我，一輩子都沒有過！」

他們走沒多遠，就遠遠望見假海龜坐在岩石上，又孤獨又悲傷。再走近一點，愛麗絲聽見牠在嘆息，好像心都要碎了，不由得同情起來。「牠為什麼這麼傷心？」她問鷹頭獅。鷹頭獅還是用同樣的話回答：「牠在想像，你知道，牠根本不沒有什麼傷心事。走吧！」

他們走近時，假海龜用淚汪汪[12]的大眼睛望著他們，一句話也沒說。

「這裡小姑娘，」鷹頭獅對假海龜說，「她有想聽講你的故事，她有想[13]。」

「好，我來講，」假海龜用深沉而空洞的聲音說，「你們都坐下來，我沒講完不許開口。」

於是他們都坐了下來，誰都不說

11. *原文是they never executes nobody。英文以雙重否定作否定的意思是莎士比亞時代的遺風，現在還殘存在英國某些方言中。卡洛爾以戲劇手法，安排不同腔調的人出場來製造笑料，譯文採用「不沒有」來表達，其實是「沒有」的意思。下文「牠根本不沒有什麼傷心事」也是he hasn't got no sorrow的特殊譯法。

12. *卡洛爾寫海龜流淚有生物學的根據。海龜經常流淚以排除體內過多的鹽分，見1997年5月26日臺灣《聯合報》之〈海龜專家蔡萬生〉。

13. *原文還是不合文法的句子：This here young lady, she wants for to know your history, she do.

話。等了一會兒，愛麗絲想：「一直不開口，真不知道什麼時候才講得完。」但是還是耐心地等下去。

「從前，」假海龜終於說話了，深深嘆了一口氣，說：「我是一隻真海龜。」

說完這句話，又是一陣很長的沉默，只有鷹頭獅偶爾叫一聲「哈吱咳嚇！」還有假海龜從不間斷的沉重抽泣聲。愛麗絲幾乎想站起來說，「謝謝您，先生，謝謝您好聽的故事。」但是，又覺得故事應該還沒完，所以還是靜靜地坐著不動。

「我們小的時候，」假海龜過了一會兒又開口了，平靜了些，不過不時還會抽噎一、兩聲，「我們到海裡的學校去上學。教我們的是一隻老海龜──我們都叫牠『海獅』……」

「既然牠是海龜，為什麼卻叫牠『海獅』呢？」愛麗絲問。

「因為牠是『海』裡的老『師』

嘛[14]，」假海龜生氣地說，「你真笨得可以！」

「這麼簡單的問題都要問，真丟臉。」鷹頭獅加了一句。牠們坐在那裡盯著可憐的愛麗絲不說話，害得她真想鑽到地下去。最後，鷹頭獅後來對假海龜說：「加油，老弟！不要停下來！」於是牠繼續說：

「好，我們到海裡的學校去上學，雖然說來你不相信……」

「我沒說過我不相信！」愛麗絲插嘴說。

「你這不是說了嗎[15]？」假海龜說。

「別說話！」鷹頭獅加了一句，不讓愛麗絲接嘴。假海龜接著又說：

「我們上的是最好的學校，事實上，我們每天都上學。」

「我也去過日學[16]，」愛麗絲說，「沒什麼好得意的。」

「有外加嗎？」假海龜有點緊張地問。

「當然有，」愛麗絲說，「我們加學法文和音樂。」

「有洗衣嗎？」假海龜問。

「當然沒有！」愛麗絲生氣[17]地說。

「啊，那還不算真正的好學校，」假海龜鬆了一口氣，神氣地說，「我

14. *這段話是《奇境》五大棘手雙關語的第四個。原文把Turtle（海龜）改叫字形相似的Tortoise（陸龜），因為Tortoise和taught us（教我們）發音相似。趙元任譯為：我們的先生是一個老甲魚，我們總叫他老忘，因為他老忘記功課。

15. Heath p. 93點出，假海龜先栽贓說愛麗絲說過「我不相信」，再逼使她在話裡說出「我不相信」這幾個字，這是一種辯論技巧。

16. *愛麗絲沒說實話，她的確每天上課，但上的不是日學（day-school）。英國在1870年頒布教育法前，教育非常不普遍，許多貧苦兒童為了生計無法上學，少數僅能上教會或慈善機構設立的週日學校（Sunday School）或貧民學校（Ragged School），能夠每天上學的孩童家境已算不錯。富裕家庭的小孩是天之驕子，男孩上昂貴的公學（Public School），女孩則請家庭教師在家上課。

17. 洗衣是寄宿學校的收費項目，不是課程。在家裡洗衣是下人做的事，愛麗絲因被問到學做下人的工作而生氣。

18. *讀書、寫字和算術並列英國19世紀所謂「三R」的基本課程，即Reading、Writing、Arithmetic。原文把Reading（讀書）、Writing（寫字），戲仿為Reeling（旋轉）和Writhing（扭動），也將Addition（加法）、Subtraction（減法）、Multiplication（乘法）和Division（除法），戲仿為Ambition（野心）、Distraction（分心）、Uglification（醜法）、Derision（嘲笑）。

19. *鷹頭獅在玩造字遊戲。「美法」（beautification）從動詞'beautify'（美化）衍生而來；「醜法」（uglification）模仿'beautification'的造字，但英文中沒有'uglify'這個字，不合規則，怪不得愛麗絲沒聽過。見Fromkin p. 83。

們學校收費單的最後一項就是：外加項目：法文、音樂、洗衣。」

愛麗絲說，「你們住在海底，不太須要洗衣服的。」

假海龜嘆了一口氣說，「我負擔不起，只能讀普通科。」

「普通科是什麼？」愛麗絲問。

「當然先學『塗濕』和『解滯』，」假海龜回答，「再學『夾法』、『捲法』、『撐法』、『醜法』[18]。」

愛麗絲大著膽子說，「我從來沒聽說過『醜法』，那是什麼？」

鷹頭獅驚訝地舉起雙手大聲說：「你竟沒聽說過『醜法』！你總知道什麼叫『美法』[19]吧！」

「聽過，」愛麗絲有點猶豫地說：「那是使……使東西變得好看的方法。」

「這就對啦，」鷹頭獅說，「如果這樣還不知道什麼是『醜法』，那就是笨瓜。」

愛麗絲不敢再問，就轉向假海龜說：「你們還學些什麼功課？」

「噢，我們還學『汐史』，」假海龜數著手指頭說，「『汐史』有『古代汐史』和『現代汐史』；還學『滴理』，還

學『滑划』**20**，教『滑划』的老師是一條老鰻魚，一星期來一次，牠教我們『徒手划』和『游划』**21**。」

「『徒手划』和『游划』是怎麼做的？」愛麗絲問。

「我沒辦法做給你看，」假海龜說，「骨頭太硬了，鷹頭獅又沒學會。」

「我沒時間學，」鷹頭獅說，「我去上古典課老師的課，牠是一隻老螃蟹，牠是的。」

「我從來沒上過牠的課，」假海龜嘆著息說，「聽說牠教的是『喜樂語』和『啦泣語』**22**。」

「沒錯，沒錯。」鷹頭獅也嘆息了，兩個都用手遮住臉。

「你們一天上幾節課？」愛麗絲急著換個話題。

「第一天十小時，」假海龜回答道：「第二天九小時，一直減下去**23**。」

「多奇怪的課程啊！」愛麗絲叫道。

「所以才叫『讀書』，」假海龜解釋說，「越『讀』越『輸』**24**。」

這對愛麗絲可真是個新鮮事，她想了一會兒才接著說：「那麼第十一天就一定放假了？」

20. 原文把History（歷史）、Geography（地理）、Drawing（畫畫），戲仿為Mystery（汐史）、Seography（滴理）、Drawling（滑划）。

21. *「老鰻魚」指的是又高又瘦的知名藝評家約翰·拉斯金。他每星期一天到利道爾家教小孩畫畫，愛麗絲的水彩畫學得不錯（見Jones:228）。拉斯金在其著作《前塵往事》第54頁提到有一次應愛麗絲之邀私訪她家、被她父母發現的趣事。原文把Sketching（素描）、Painting in Oils（油畫），戲仿成Stretching（伸展）、Fainting in Coils（蜷曲昏倒）。

22. *原文把Latin（拉丁文）和Greek（希臘文）戲仿成Laughing（大笑）和Griefing（悲慟）。拉丁文和希臘文這兩科，是收費昂貴的公學（public school，也即私立學校）才教的科目。

23. *維多利亞時代，日學的正常上課時間是上午9點到下午4點或5點。

24. *原文lesson（功課），和lessen（減少）諧音。

「那當然！」假海龜說。

「到了第十二天怎麼辦呢？」愛麗絲很認真地追問。

「上課的事談夠了，」鷹頭獅用堅決的口氣插嘴說，「給她講點遊戲的事吧。」

第10章
龍蝦方塊舞

假海龜深深嘆了口氣，用手背抹了抹眼睛，看著愛麗絲想說話，可是哭得一下子說不出來。鷹頭獅說，「像喉嚨裡卡了根骨頭一樣。」把牠搖了搖，又在牠背上搥了幾下，假海龜才停了哭，流著淚說：

「你大概在海底下沒住過多久……」（「沒住過。」愛麗絲說）「也許從來沒見過龍蝦……」（愛麗絲剛想說「我吃過……」但馬上改口說「從來沒有。」）「……所以你想不到龍蝦方塊舞[1]有多好玩！」

愛麗絲說，「是啊，龍蝦方塊舞怎麼跳法？」

鷹頭獅說：「是這樣的，先在海邊站成一排……」

「兩排！」假海

1. *方塊舞，原稱卡德利爾舞（quadrille），是上流社會社交舞的一種，一般是四對男女面對面圍成方形起舞，後來在美國稱為方塊舞（square dancing）。Gardner 2000:100注1說明卡洛爾戲仿的可能是「騎兵方塊舞」（Lancers Quadrille），這是一種八到十六對男女跳的慢步舞，含有五大節，各節的

節拍不同，在卡洛爾的時代非常流行。愛麗絲姐妹有私人教師教跳舞。方塊舞在18與19世紀之交創始於法國，1815年傳到英國。

龜叫道，「還有海豹、烏龜和鮭魚什麼的。再把水母都趕開……」

「通常要花一番工夫。」鷹頭獅插嘴說。

「……向前兩步……」

「各帶一隻龍蝦作舞伴！」鷹頭獅叫道。

假海龜說，「對，向前進兩步，面向舞伴站好……」

「……換舞伴，退兩步回原位。」鷹頭獅叫道，一跳跳得好高。

假海龜說：「然後、然後把龍蝦……」

「丟出去！」鷹頭獅跳了起來，叫道。

「……丟向海外面，越遠越好……」

「游過去追牠們！」鷹頭獅高聲叫道。

「在海裡翻一個跟斗！」假海龜叫道，發瘋似地跳來跳去。

「再換舞伴！」鷹頭獅尖聲吼叫。

「再游回岸上，再……這就是第一節。」假海龜說，聲音突然低了下來。兩隻動物剛才還像瘋子般跳來跳去，現在坐了下來，悲傷地看著愛麗絲不說話。

「這舞一定很好看。」愛麗絲怯怯

地說。

「你想看我們跳一小段嗎？」假海龜問。

「真的很想看。」愛麗絲說。

假海龜對鷹頭獅說，「好，那我們來跳第一節！沒有龍蝦照樣可以跳，誰來唱歌？」

鷹頭獅說，「啊，你唱，我忘了歌詞了。」

於是牠們嚴肅地圍著愛麗絲跳起舞來，一面跳一面打拍子。有時候跳得太靠近愛麗絲，還踩到她的腳。假海龜緩慢而悲傷地唱道 **2**：

「你走快點好不好，」鱈魚對蝸牛拜託
　　道：
「有條鯉魚 **3** 在後面催呀，踩著我尾巴受
　　不了。」
龍蝦和烏龜在石灘，跳起舞來多熱鬧，
牠們在等你來參加呀，要不要來一起
　　跳？
要不要來一起跳，
要來、不來參加一起跳？

「也許你還不知道，跳起舞來多好玩，
我們和龍蝦在一起呀，被他們扔出海外
　　頭。」

2. Gardner 2000:102注3說明，原歌改自瑪麗·豪葳特（Mary Howitt）的〈蜘蛛與蒼蠅〉（*The Spider and the Fly*），中譯採用校園民歌〈蝸牛與黃鸝鳥〉改寫，原歌歌詞如下：

門前一棵葡萄樹，嫩嫩綠地
　　剛發芽，
蝸牛背著那重重的殼呀，一
　　步步地往上爬。
樹上兩隻黃鸝鳥，嘻嘻哈哈
　　在笑牠，
葡萄成熟還早的很吶！現在
　　上來幹什麼？
黃鸝鳥兒不要笑，
等我爬上它就成熟了。

3. ＊原文porpoise是鼠海豚，和海豚（Dolphin）不同。海豚較大、吻部較細長，而鼠海豚較小，吻部呈圓狀。海豚和鼠海豚都吃魚，所以原歌中鼠海豚緊追著鮭魚，其實帶有恐怖的色彩。為配合後文的雙關語，譯文將鼠海豚改為鯉魚。

4. *英、法國有一道菜叫做「彎炸鱈魚」（Fried Curled Whiting，法文 *Merlan en Colère*），作法是去皮、腮後把魚尾放在魚嘴裡彎成一圈，用小籤固定，裹以麵粉再沾蛋汁及麵包皮炸熟。

蝸牛斜眼回答道，「拋得太遠我不要。」

牠向鱈魚說謝謝呀，不要參加一起跳。

不要參加一起跳，

不願、不要參加一起跳。

鱈魚對牠回答道：「扔得多遠沒關係，

大海不是沒有邊呀，大海對面有海岸。

離開英格蘭越遠，去到法蘭西越近，

親愛的蝸牛不要怕呀，趕快參加一起跳。

趕快參加一起跳，

要來、不來參加一起跳？」

　　「謝謝你，這舞很好看，」愛麗絲說，很高興總算完了，「我很喜歡這首奇怪的鱈魚歌。」

　　「哦，說到鱈魚，」假海龜說：「牠們⋯⋯你當然看見過啦？」

　　「是的，」愛麗絲回答，「我常在餐⋯⋯」說著急忙住了口。

　　「我不知道『參』是什麼地方，」假海龜說，「不過，既然你常看見，當然知道長的什麼樣子了。」

　　「我想我知道，」愛麗絲一面想一面說，「尾巴含在口裡，身上沾滿麵包屑 4。」

「麵包屑？你錯了！」假海龜說，「海水會把麵包屑沖掉的。不過牠們倒真是把尾巴含到嘴裡。原因是……」說到這裡，牠打了個哈欠，闔上眼，對鷹頭獅說，「你來告訴她。」

鷹頭獅說，「因為牠們常常和龍蝦一起跳舞，這樣牠們就被扔出去海裡，這樣牠們就飛得好遠，這樣牠們就把尾巴咬到嘴裡去，這樣牠們就沒辦法把尾巴弄出來。就是這樣。」

「謝謝你，」愛麗絲說，「真有意思。我以前對鱈魚知道得沒這麼多。」

鷹頭獅說，「想聽的話，我可以告訴你更多！你知道為什麼叫『鱈魚』嗎？」

愛麗絲說，「我沒想過，為什麼？」

鷹頭獅正經地說，「牠是用來打鞋子的。」

愛麗絲又不明白了，不解地問：「打鞋子？」

鷹頭獅說，「你的鞋用什麼打的？我的意思是說，你皮鞋用什麼東西擦的？」

愛麗絲看了看鞋子，想了一下說：「我想是用鞋油吧。」

「鞋子在海裡，」鷹頭獅用低沉的

5. *原文whiting（鱈魚），字面有「刷白」之意，和blacking（擦鞋）字面意思「塗黑」相反。中譯改以「鱈魚」和「鞋油」諧音譯出。

6. *原文是sole和eel。'sole'有「比目魚」和「鞋底」兩義；'eel'「鰻魚」和heel（鞋跟）諧音（h不發音）。

7. *原文porpoise（海豚）和purpose（目的）諧音。譯文為了配合「理由」的諧音，仿趙元任的譯法改為「鯉魚」，但讀者王淑玲老師提醒，鯉魚是淡水魚，不是海魚。

聲音說，「是用『鱈魚』5擦的。」

「那皮鞋又用什麼做呢？」愛麗絲好奇地問。

「當然是用海牛皮和海帶6啦，」鷹頭獅很不耐煩地回答，「隨便找隻小蝦問都知道。」

愛麗絲腦子裡還想著那首歌，說，「如果我是鱈魚，我會對鯉魚說：『拜託走遠一點，不要緊跟著我們！』」

假海龜說，「鱈魚非要和鯉魚在一起不可，聰明的魚出門，都要有個鯉魚。」

「真的嗎？」愛麗絲驚訝地說。

假海龜說，「當然是真的，如果有條魚來告訴我說牠要出門，我會問：『出門有沒有鯉魚7？』」

愛麗絲說，「你的意思是說有沒有『理由』？」

假海龜生氣地回答，「我說什麼就是什麼意思。」鷹頭獅插嘴說：「還是聽聽你的故事吧。」

愛麗絲有點膽小地說，「我的故事只能從今天早晨講起，回到昨天沒有用，因為昨天我是另一個人。」

假海龜說，「怎麼說？你來解釋一下。」

鷹頭獅不耐煩地說，「不，不！先

講故事，解釋太花時間。」

於是愛麗絲就開始講她的故事，從看見白兔講起。剛開始講時，她還有點緊張，因為兩隻動物把眼睛和嘴巴張得好大，一邊一個緊挨著她坐，過了一會她膽子才漸漸大起來。兩個聽眾一聲不響地聽著，直到她講到給毛毛蟲背〈威廉爸爸您老了〉，背出來的字眼全不對的時候，假海龜深深地吸了一口氣，說：「真的很怪！」

鷹頭獅說，「怪得不能再怪。」

假海龜一面想，一面說，「全都錯啦！我還想聽她背點什麼東西，叫她開始背吧。」他看看鷹頭獅，好像愛麗絲歸鷹頭獅管似的。

鷹頭獅說，「站起來背〈龍蝦的傳人〉[8]吧。」

愛麗絲想，「這些動物好喜歡使喚人，又好喜歡叫人背書！像上課一樣。」可是還是站起來開始背。她心裡一直想著龍蝦方塊舞的事，簡直不知道在說些什麼，所以背出來的東西確實非常奇怪：

「遙遠的西方有隻龍蝦，我聽見牠在說
　　話：
『你們把我烤得太焦，鬍鬚要用糖來

8. Gardner 2000:106注7說明，這也是一首戲仿詩，原詩是讚美詩作者以撒·華茲1715年出版的教誨詩〈懶子〉（*The Sluggard*），勸人不要偷懶。《奇境》第一版原來只有四行（趙元任的版本只翻譯這4行），後來在1886年為了搬上舞臺而各補成八行。中譯採用校園民歌〈龍的傳人〉修改，歌詞前兩節如下：

遙遠的東方有一條江，它的
　　名字就叫長江；
遙遠的東方有一條河，它的
　　名字就叫黃河。
雖不曾看見長江美，夢裡常
　　神遊長江水；
雖不曾聽見黃河壯，澎湃洶
　　湧在夢裡。

古老的東方有一條龍，她的
　　名字就叫中國，
古老的東方有一群人，他們
　　全都是龍的傳人。
巨龍腳底下我成長，長成以
　　後是龍的傳人；
黑眼睛黑頭髮黃皮膚，永永
　　遠遠是龍的傳人。

刷。』

鴨子會用牠的眼皮，龍蝦會用牠
　　的鼻尖，

整整腰帶理理鈕釦，還把腳尖往
　　外牽。**9**

海灘沒水的時候，龍蝦樂得像雲
　　雀，

不斷說鯊魚的壞話，吱吱喳喳滔
　　滔不絕。

等到潮漲的時候，鯊魚又回到海
　　邊，

龍蝦困在鯊魚中間，嚇得膽破聲
　　音變。」

9. 在早期版本，這首詩只
有4行，到1886年才補充成8
行。趙元任翻譯的是1866年
前的版本，所以也只有前4
行。

「和我小時候背的完全不一樣。」
鷹頭獅說。

「對呀，我從來沒聽過，」假海龜
說，「聽起來奇怪得不得了。」

愛麗絲什麼話也沒說，坐著用雙手
掩住臉，不知道什麼時候才會恢復正常。

假海龜說，「我想叫她把詩解釋一
下。」

鷹頭獅急忙說，「她解釋不來，背
下一段吧。」

假海龜追著問，「腳尖是怎麼回
事？怎麼能用鼻尖牽腳尖？」

愛麗絲說，「那是跳舞的第一個姿勢**10**。」她頭腦一片混亂，很想換個話題。

鷹頭獅又說一遍，「背下一段吧，開頭是『走過他家的花園』**11**。」

愛麗絲明知一定會背錯，卻不敢不聽。她用發抖的聲音背出來：

「走過他家的花園，用一隻眼睛看分明，
看到黑豹和貓頭鷹，在分一個大肉餅。
黑豹拿了肉餅皮，又要肉汁和肉餡，
剩下一個空盤子，就給貓頭鷹拿去舔。

豹子吃完大肉餅，肚子飽了心高興，
湯匙送給貓頭鷹，帶回家做紀念品。
黑豹拿起刀和叉，低吼一聲叫人驚，
吃下最後一道菜，就是……**12**」

假海龜插嘴說：「背這些東西有什麼用，不解釋誰聽得懂？從來沒有聽過這麼亂七八糟的話！」

鷹頭獅說，「是呀，你還是不要背了吧。」愛麗絲巴不得地這麼說。

鷹頭獅繼續說，「我們再跳一節好嗎？還是你想再聽假海龜唱歌？」

愛麗絲說得很認真：「噢，要是假海龜願意的話，就唱歌吧。」鷹頭獅不

10. *[插圖] Gardner 2000:107 注8引述讀者的觀察，圖中的姿勢是芭蕾舞第一個基本姿勢。圖下方中間有一個不明物體，經辨識出來是木製的脫靴器（boot jack），用時把靴後跟插進凹槽，另一隻腳踩住木板便可脫出。

11. *這段還是仿自以撒・華茲〈懶子〉的下半段，《奇境》第一版只有前2行（趙元任的版本也只有這2行），到1886年才補齊。中譯仍用〈龍的傳人〉的旋律（簡譜見附錄4.3）。

12. *Gardner 2000:107注9說明，卡洛爾為1886年的歌劇版補充了未說出來的三個字：eating the owl（吃下貓頭鷹），和上一句"While the Panther received knife and fork with a growl"押韻。中譯全句是「吃下最後一道菜，就是（可憐的貓頭鷹！）」也與上行押韻。

13. Garedner 2000:108注10說明，這首歌戲仿自詹姆斯·西里斯（James M. Sayles）作詞作曲的〈美麗的星辰〉（*Beautiful Star*），是當時的流行歌曲。中譯以已變成兒歌的電影插曲〈賣湯圓〉改寫，題材相似，行數及節奏也相當，原歌歌詞前兩節如下（簡譜見附錄4.3）：

賣湯圓，賣湯圓，
小二哥的湯圓是圓又圓，
一碗湯圓滿又滿，
三毛錢呀買一碗，
湯圓、湯圓、賣湯圓。
湯圓一樣可以當茶飯，
哎嘿哎唷，
湯圓、湯圓、賣湯圓，
湯圓一樣可以當茶飯。

賣湯圓，賣湯圓，
小二哥的湯圓是圓又圓，
一碗湯圓滿又滿，
三毛錢呀買一碗，
湯圓、湯圓、賣湯圓。
公平交易可以保退換，
哎嘿哎唷，
湯圓、湯圓、賣湯圓，
公平交易可以保退換。

高興地說：「哼！真是口味人人不同！老弟，就唱〈美味湯〉給她聽吧？」

假海龜深嘆一口氣，嗚嗚咽咽唱了起來[13]：

「美味湯，美味湯，

綠油油的熱湯蓋盤裡裝。

誰不想來嘗一嘗，

香濃好湯買一盤。

龜湯，龜湯，今晚的湯。

今晚的龜湯特別香，

美──味的湯！

龜湯、龜湯、今晚的湯！

今晚的龜湯特──別──香──！

「美味湯，美味湯，

山珍和那海味都比不上。

別樣東西不要嘗，

好湯兩便士一盤[14]。

龜湯，龜湯，今晚的湯。

今晚的龜湯特別香，

美──味的湯！

龜湯、龜湯、今晚的湯！

今晚的龜湯特──別──香──！」

鷹頭獅叫道，「合唱再來一遍！」假海龜剛開始唱，就聽到遠遠有人喊

道：「開庭啦！」

鷹頭獅叫道，「走吧！」拉著愛麗絲的手，不等歌唱完，拔腿就跑。

愛麗絲一面跑一面喘著氣問，「開什麼庭呀？」鷹頭獅只說「走吧！」跑得更快了。微風裡傳來單調的歌聲，越來越小聲：

「美——味的湯！

龜湯、龜湯、今晚的湯！

今晚的龜湯特——別——香——！」

14. 「別樣東西不要嘗，好湯兩便士一盤」原文是：

Who would not give all else for
　　　two p
ennyworth only of beautiful Soup?

卡洛爾硬是把pennyworth的 'p' 拆下送給上一行的two，使 "two p" 與下行的Soup押韻。見Gardner 2000:108注10。

第11章
誰偷走了餡餅[1]

1. 英國法官在開庭時必須戴假髮。卡洛爾在《幼兒版愛麗絲》中解釋道：「他必須（假髮和王冠）兩樣都戴，這樣民眾才知道他是法官，也是國王。」這裡可能有個隱形的雙關語：宮廷和法庭的英文都叫做'court'。

他們到達的時候，紅心國王和王后已坐在王座上，旁邊圍了好大一群，有各種小鳥小獸，還有一整副紙牌人。傑克站在他們面前，鎖著鍊條，兩邊各有一個士兵看守著。白兔站在國王身旁，一手拿喇叭，一手拿著一卷羊皮紙。法庭正中央有一張桌子，上面放著一大盤餡餅，很好吃的樣子，愛麗絲一看見，肚子就咕嚕咕嚕叫起來，她想：「希望他們審完後把餅分給大家吃！」但是，看樣子審判一下子完不了，她只好東張西望來打發時間。

愛麗絲沒到過法庭，不過在書本上讀過。她很高興對法庭的一切幾乎都叫得出名字來。她對自己說，「那是法官，因為他戴了大假髮。」

法官也就是國王，他把王冠戴在假髮[1]上（請看這書開頭的插圖就知道他怎麼戴的），看來很不舒服，當然也很不好看。

愛麗絲心想，「那是陪審員席，還有那十二隻動物，」（她只好把牠們叫

做「動物」，因為有的是獸類、有的是鳥類）「應該是陪審員。」最後一句她向自己說了了兩、三遍，心裡很得意，因為她想，和她一樣大的女孩，沒有一個會像她懂得這麼多的。她想的一點都不錯，不過，叫「陪審團」也可以。

十二位陪審員都忙著在石板上寫字。愛麗絲低聲問鷹頭獅，「牠們在做什麼？還沒開庭，應該沒有什麼可以寫才對。」

鷹頭獅低聲回答：「牠們在寫姓名，免得審到最後忘了寫。」

愛麗絲生氣地高聲說，「笨蛋！」但馬上就住了口，因為白兔在喊：「肅靜！」國王也戴上眼鏡，嚴肅地向四面掃視，看誰在說話。

愛麗絲用不著走到陪審員的背後，就可以清楚看到牠們都在石板上寫下「笨蛋」兩字。有個陪審員連「笨」字都不會寫，還要隔壁的告訴牠。愛麗絲想，「看來審判還沒完，石板上就寫得一塌糊塗了！」

有一個陪審員的石筆 **2** 寫字時吱吱吱發出刺耳的聲音，愛麗絲受不了，就繞過法庭，走到牠背後，很快找到機會把石筆搶走。她手腳俐落，可憐的小陪審員（就是蜥蜴比爾）**3** 不知道發生什麼

2. *原文pencil，是《奇境》中容易翻錯的簡單字之一，趙元任已正確譯為石筆，但仍有多個譯本誤譯為鉛筆。當時英國小學低年級學生用石板（slate）和石筆（stale pencil）做功課，高年級生才使用筆和墨。鉛筆要到19世紀中葉才量產，稱為lead pencil，後來石筆逐漸消失，才簡稱pencil。

3. *法庭場景把愛麗絲在不同身高時見過的人與動物聚在一起，形成破綻。蜥蜴比爾是愛麗絲5英寸（12.5公分）高時見到的角色，現在愛麗絲已有1英尺（60公分）高了，蜥蜴比爾到底多高？

4. Gardner 2000: 112注1說明，這首童謠出自1782年出版的《歐洲雜誌》（*The European Magazine*），卡洛爾沒有改編。全詩共4節，這是第一節。

5. *帽匠是愛麗絲2英尺（60公分）高時見到的人，現在愛麗絲30公分，帽匠的身高卻不清楚。

6. *英國在1971年改用十進制以前，幣制非常複雜，1鎊=20先令（20進位），1先令=12便士（12進位），做加減時必須先換算成相同的單

事，四處找不到筆，只好用手指寫。這當然沒有用，因為手指在石板上畫不出痕跡來。

國王說，「宣讀起訴書！」

於是白兔拿起喇叭，嘀噠噠吹了三聲，打開羊皮紙宣讀 **4**：

　「紅心王后，她做餡餅，
　夏日裡忙了一天整；
　紅心傑克，他偷餡餅，
　拿得一個也不剩！」

國王對陪審員說，「請定罪。」

兔子趕緊插話：「還早，還早！還有很多程序要走！」

國王說，「傳第一個證人。」兔子又吹了三下喇叭，喊道：「傳第一個證人！」

第一個出庭證人是帽匠 **5**。他一手拿茶杯，一手拿著一片奶油麵包走了進來，一來就說：「請陛下恕罪，帶這些東西上堂，因為剛吃一

半就奉召出庭。」

國王說，「你早就該吃完了。什麼時候開始吃的？」

帽匠看了看三月兔，三月兔跟在他後面，和睡鼠手牽著手。「我想是三月十四日。」帽匠說。

三月兔說，「十五。」

睡鼠說，「十六。」

國王對陪審員說，「都記下來。」陪審員就認真地在石板上寫下三個日期，先相加，再換算成先令和便士 **6**。

國王對帽匠說，「脫下你的帽子 **7**。」

帽匠說，「帽子不是我的 **8**。」

國王大聲說，「偷來的！」轉頭看著陪審員，牠們馬上記了下來。

帽匠解釋道，「帽子是用來賣的，我自己沒有帽子，我是帽匠。」

這時，王后戴上眼鏡，緊盯著帽匠看。帽匠臉上一陣青一陣白，渾身不自在。

國王說，「把證據說出來，不許你緊張，要不然把你當場處死。」

國王的話好像並沒有讓證人少緊張

位，非常複雜，是小學生必學的算術。

7. *英國禮儀，男士在室內應該脫帽。

8. *帽匠在玩「虛詞」當「實詞」解的文字遊戲。「你的帽」（your hat）只是英文的習慣用法，'your'是只有文法意義的虛詞（function word），紅后把虛詞當實詞（Lexeme）看，把國王的話解成他認為帽子是他的。這是文字遊戲常見的玩法，《鏡中》第2章也出現一次，紅后把愛麗絲說的「我的路」解釋成路是她的。

些。他兩隻腳不停交替著站，不安地看著王后，驚慌中竟把茶杯當成奶油麵包咬掉一大塊。

就在這時候，愛麗絲發現有一股奇怪的感覺，一時不知道是怎麼回事，過了好一會才發現：她又在長大了。她本想站起來走出法庭，但再一想，只要法庭有地方夠她長大，還是留下來看。

睡鼠 **9** 剛好坐在她旁邊，被她擠得受不了，說：「拜託你不要擠過來好不好，我快透不過氣了。」

愛麗絲很客氣地說，「沒辦法，我正在長大。」

睡鼠說，「你沒有權在這裡長！」

愛麗絲大膽地說：「別胡說，你自己不也在長。」

睡鼠說，「話是不錯，但我是一點一點的長，不像你長得這麼誇張。」牠氣呼呼地站了起來，走到法庭另一邊去坐。

就在愛麗絲和睡鼠說話的時候，王后的眼睛始終盯著帽匠。睡鼠剛走到法庭另一邊，她就對一位庭丁說：「把上次在音樂會裡唱歌的名單拿給我！」可憐的帽匠聽到這話，全身發抖，腳上兩隻鞋子都抖掉了。

國王生氣地又講了一遍，「把證據

說出來，要不然就把你處死，不管你緊張不緊張。」

帽匠抖著聲音說，「陛下，我是個可憐人，我才剛開始吃茶點……還沒有一星期……再說奶油麵包越來越薄……還有那一閃一閃的茶**10**……」

國王問，「什麼東西一閃一閃？」

帽匠回答，「我說從一開始……」

國王厲聲說道，「『一閃一閃』當然是從『一』開始**11**，你當我是傻瓜呀？說下去！」

帽匠繼續說，「我是個可憐人，從此以後，許多東西都閃了起來……只有三月兔說……」

「我沒說！」三月兔急忙插嘴。

帽匠說，「你說過！」

三月兔說，「我不承認！」

國王說，「牠不承認，就不必說了。」

帽匠接著說，「好，不過，那睡鼠說……」牠擔心地四面找睡鼠，看牠會不會也不承認。然而睡鼠什麼也沒說，睡得正甜。

帽匠繼續說，「後來，我又切了些奶油麵包……」

一位陪審員問，「但是睡鼠說了什麼？」

10. *帽匠想的是在第7章瘋茶會中提到的歌「一閃一閃……好像茶碟在飛舞。」

11. *這段話是《奇境》五大棘手雙關語的第五個。原文如下：

--and the twinkling of the tea--'
`The twinkling of the what?' said the King.
`It began with the tea,' the Hatter replied.
`Of course twinkling begins with a T!' said the King sharply.

英文除了tea和T的諧音雙關之外，還牽涉到第7章〈小蝙蝠〉，相當複雜巧妙。趙元任的翻譯是：

——而且那茶又要查夜——
那皇帝道，「什麼東西查夜？」
那帽匠道，「查夜先從茶起頭。」
那皇帝厲聲地道，「自然茶葉是茶字起頭……

本書則緊扣原文"Twinkle, twinkle, little bat"的「一閃一閃傻乎乎」，把"twinkling begins with a T"譯為「一閃一閃從『一』開始」，達到相同的構詞效果。

帽匠說，「我記不得了。」

國王說，「非記得不可，要不然就
把你處死。」

可憐的帽匠丟下茶杯和奶油麵
包，單膝跪下說，「陛下，我是個可憐
人。」

國王說，「你說起話來更可憐。」

這時，一隻天竺鼠突然喝起采來，
但馬上被庭丁壓制下去。（壓制是不常
見的詞，這裡要作些說明。他們拿一隻
大帆布袋，把天竺鼠頭下腳上塞進去，
用繩子綁住袋口，再坐在袋子上。）

「真高興看到這件事，」愛麗絲
心裡想：「常在報紙上看到，審判結束
時，『有人鼓掌喝采，被庭丁當場壓
制，』到現在才明白是什麼意思。」

國王說，「如果沒有別的話說，你
可以退下了。」

帽匠說，「我沒法往下退**12**，我已經
跪在地上了。」

國王回答說，「那就回座吧。」

又一隻天竺鼠喝采，也被壓制住
了。

愛麗絲心裡想：「好啦，天竺鼠都
收拾完了！秩序該好些了。」

「我去把茶喝完。」帽匠說，擔心
地看著王后，她正在看唱歌人的名單。

國王一說，「你可以走了。」帽匠趕緊跑出法庭，連鞋子都來不及穿。

王后對一位官員吩咐道，「快到外面把他的頭砍掉。」可是官員追到大門口，帽匠已經逃得無影無蹤。

「傳下一個證人！」國王說。

下一個作證人是公爵夫人的廚娘[13]。她手裡拿著胡椒盒，還沒進法庭，靠近門邊的人都打起噴嚏來，愛麗絲一猜就知道是誰來了。

國王說，「把證據說出來。」

廚娘回答，「我不。」

國王著急地看著白兔，白兔低聲說：「陛下一定要好好查問這個證人。」

國王愁眉苦臉地說，「好好好，『叉』問[14]就『叉』問。」他交叉雙手，皺著眉頭對廚娘看，眼珠都交叉得快看不見了，才壓低著聲音說：「餡餅是什麼做的？」

廚娘說，「多半是胡椒。」

「糖漿。」一個充滿睡意的聲音從

13. *廚娘是愛麗絲22.5公分高時見到的人。愛麗絲在法庭是30公分高，廚娘是否也跟著長高？

14. *「查問」原文是cross-examine，字面上有「交叉」之意，所以國王又是叉手、又是弄鬥雞眼。cross-examine是審案用語，一般譯為「盤問」，為了配合下文，改譯為「查問」，被國王聽成「叉」問。

廚娘後面傳來。

王后尖叫起來，「把睡鼠抓起來！殺牠的頭！攆出去！壓制牠！戳死牠！拔牠的鬍子！」

整個法庭一陣混亂，等把睡鼠趕出去以後，大家再坐好，廚娘已不見了。

國王說，「沒關係！」好像心裡放下一塊大石頭。「傳下一個證人。」說完他對王后小聲說：「親愛的，說真的，下一個證人你來『叉』問好了，我頭疼死了！」

愛麗絲看白兔在名單上東找西找，很想知道下一個證人是誰。她對自己說，「到現在他們還沒問出什麼證據來呢。」可是等聽到白兔用又尖又細的聲音高聲叫出名字來時，卻著實使她大吃一驚：「愛麗絲！」

第12章
愛麗絲的見證

「**到**！」愛麗絲高聲喊道，混亂中忘了自己已長得很大，站起來時，裙裾在慌忙中掃過陪審席，把陪審員 **1** 打得四腳朝天，翻跌在下面的聽眾頭頂 **2**，滾了滿地，使她想起上星期不小心打翻金魚缸的事。

「啊，對不起！對不起！」愛麗絲恐慌地說，趕緊把陪審員一一放回原位。她一直想著金魚缸的事，隱約感到不馬上把牠們放回去就會死掉。

這時國王嚴肅地宣佈，「審訊暫停，請全體陪審員坐好。我說『全體』。」他盯著愛麗絲，再說一遍來加強口氣。

愛麗絲看看陪審員席，發現匆忙中把蜥蜴頭下腳上放反

1. *[插圖]卡洛爾在《幼兒版愛麗絲》中點出12位陪審員的身份：青蛙、睡鼠、老鼠、雪貂、刺蝟、蜥蜴、爪哇雞、鼴鼠、鴨子、松鼠、長喙張嘴的小鳥，還有一隻不知什麼動物。

2. *實際法庭的布置，證人、陪審團和聽審民眾都分開而坐，不可能互相干擾。

3. *兔子認為「不知道」便不重要,事實上證人說「不知道」,也是很重要的證詞。

了,可憐的小東西動彈不得,無助地搖著尾巴。愛麗絲馬上把牠抓起來放好。愛麗絲想,「正坐倒坐我覺得其實沒什麼兩樣,反正審不出什麼名堂來。」

等陪審員稍微回神、找到石板和石筆後,牠們馬上起勁地把剛才的經過記下來,只有蜥蜴沒寫,一副驚嚇過度的樣子,張大嘴巴坐在那裡,瞪著天花板發呆。

國王問愛麗絲,「你對本案知道些什麼?」

愛麗絲說,「我什麼也不知道。」

「一點都不知道?」國王再問。

「一點都不知道。」愛麗絲答。

國王對陪審員們說,「這點很重要。」陪審員正要把國王的話記在石板上,白兔卻插嘴說:「『不』重要,陛下的意思當然是「『不』重要 **3**。」牠口氣雖十分尊敬,臉上卻對國王擠眉弄眼。

國王急忙說,「不重要,我的意思當然是不重要。」說完還繼續喃喃自語,「重要……不重要……不重要……重要……」好像在推敲哪一個比較好聽。

陪審員有些寫「重要」,有些寫「不重要」,愛麗絲離牠們很近,石板

上的字看得一清二楚。「怎麼寫都沒關係。」愛麗絲心想。

國王一直在記事本上寫東西，這時高聲喊道：「肅靜！」然後看著本子宣讀：「第四十二條 **4**，凡身高超過一英里 **5** 者一律退出法庭。」

大家都看著愛麗絲。

「我沒一英里高。」愛麗絲說。

「你有。」國王說。

「快兩英里了。」王后插嘴說。

「不管怎樣，我都不走，」愛麗絲說，「再說，那不是原有的規定，你臨時編出來的。」

「這是書裡最早的規定。」國王說。

「最早的規定應該是第一條。」愛麗絲說。

國王臉色發白，急忙闔上本子，「請陪審團考慮定罪。」他以發抖的聲調低聲對陪審團說。

「稟告陛下，發現了新的證據，」白兔忽然間跳起來，急忙說道，「這是剛撿到的紙張。」

「裡面寫些什麼？」王后問。

「還沒打開來，」白兔回答，「看來是一封信，是犯人寫給……給哪個人的。」

4. 卡洛爾對42這數字情有獨鍾，《奇境》全書的插圖是42幅；在《捕捉蛇鯊》中，卡洛爾提到第42條航海規定以及42箱貨物；在〈幻境〉（*Pantasmagoria*）長詩中，卡洛爾的年齡是42歲等，見Gardner 2000:120。

5. *1英里合1,600公尺，大約是1,000個成人的高度。

6. *傑克沒看到紙，怎知道上面沒簽名？

7. *國王先認定傑克是寫信人，再根據信上沒有簽名來證明他的心虛，把待證的事情當成結論，犯了「乞求爭點」（begging the question，或譯「丐詞」）謬誤，也叫做「循環論證」。見Heath:115。

「當然是寫給哪個人，」國王說，「要是他寫信給『沒人』，那就稀罕了。」

「寫給誰？」一個陪審員問。

「上面沒寫，」白兔說：「事實上，外面什麼也沒寫。」他一面說一面打開摺疊的紙，又說，「不是信，是一首詩。」

「是犯人的筆跡嗎？」另一個陪審員問。

「倒不是，」白兔說，「怪就怪在這裡。」（陪審員都露出不解的表情。）

「一定是模仿別人的筆跡。」國王說。（陪審員又露出醒悟的表情。）

「稟告陛下，」傑克說：「這不是我寫的，也不能證明是我寫的，上面沒有簽名**6**。」

「沒簽名更糟，」國玉說，「你心裡一定有鬼，要不然為什麼不敢像別人老老實實簽上名字**7**？」

這時滿堂掌聲，這是國王當天第一次說出來的聰明話。

「這證明他有罪，那還用說，」王后說：「好了，殺他的……」

「這根本證明不了什麼！」愛麗絲說：「你們還不知道裡面寫的是什麼！」

「唸出來。」國王說。

白兔戴上眼鏡，問道，「稟告陛下，請問從哪裡開始？」

「從開頭的地方開始，」國王嚴肅地說，「唸到底就停。」

於是大家都靜下來，聽白兔唸 **8**：

「他們對我說，你去找過她，
又再對他談到我。
她說我的人很好，
卻說我不會游泳。

他對他們說我沒去，
（我們都知道這事不假）。
要是她不肯放手，
你想你會怎麼樣？

我給她一，他們給他二，
你給我們三個或更多；
他們又從他拿來還給你，
其實原來都屬於我。

要是我或她竟然也會
和這事情扯上關係，
他拜託你把他們放走，
正像我們一樣。

8. ＊這首詩堆砌了許多代名詞，是卡洛爾自己的作品。劉半農在1919年創造了「她」與「它」等代名詞，剛好派上用場。趙元任在《阿麗思》的譯序寫道：「……在末首詩裡，一句裡'he', 'she', 'it', 'they'那些字見了幾個，這是兩年前沒有他、她、牠所不能繙譯的。」

9. 其實愛麗絲身上沒有錢，她在第3章告訴度度鳥，口袋裡只剩下一枚頂針。

我覺得你已經是
（在她沒說「呸」之前）
一道難越的障礙，
在他和我們和它之間。

不要告訴他，她最喜歡他們，
這件事要保持祕密，
永遠不要透露給別人，
只有你和我知道。」

「這是我聽到最重要的證據了，」國王搓著手說，「現在請陪審團……」

「誰能解釋這首詩，」愛麗絲說，（她剛剛又長大了不少，所以敢放膽打斷國王的話，）「我就給他六便士 **9**。我認為這詩一點意思都沒有。」

陪審員都在石板上寫下：「她相信這些詩一點意思都沒有。」但是沒有一個想解釋這首詩。

「如果這首詩沒有意思，那就省事多了，」國王說，「不用麻煩去找。不過，我還是不懂，」說著把詩攤開在膝上，用一隻眼睛瞄著詩說，「好像又看出一些意思來。『……卻說我不會游泳……』是說你不會游泳，是嗎？」國王對著傑克說。

傑克傷心地搖搖頭說：「我像會游

泳¹⁰的嗎？」（他當然不會游泳，因為他全身是紙做的。）

10. ＊傑克上當了。他一回答，無形中承認了詩是他寫的。

「這就對了，」國王說，一面繼續念詩句：「『我們都知道這事不假』——這當然是指陪審團；『要是她不肯放手』——看，一定是指王后；『你想你會怎麼樣？』——哼，說的也是！『我給她一，他們給他二』——還用說，當然指他偷的餡餅，你看……」

「可是後面說『他們又從他拿來還給你。』」愛麗絲說。

「是啊，不都在這裡！」國王手指著桌上的餡餅，得意地說，「事情再清楚不過了。再看：『在她沒說「呸」之前』，親愛的，我想你沒說過『呸』吧？」他對王后說。

「從來沒有！」王后生氣地說，「呸」的一聲拿起桌上

12. *在陪審制度裡，陪審員
負責判定有罪或無罪，有罪
再由法官量刑，

的墨水座朝蜥蜴比爾扔過去（倒楣的比
爾用手指在石板上寫不出字，本來已經
停手了，發現臉上流下墨水，趕緊沾著
墨水又寫了起來）。

「那麼這句話就不『配』11你！」國
王微笑著向法庭看了一圈，全場一點聲
音都沒有。

「這是雙關語！」國王有點生氣地
說，於是大家都笑了起來。「請陪審團
定罪。」這句話國王大約說了二十遍。

「不不不，」
王后說，「應該先量
刑，後定罪12。」

「胡言亂
語！」愛麗絲大聲
說。「什麼先量
刑，後定罪！」

「住嘴！」王
后說，氣得臉色發
紫。

「我偏不！」
愛麗絲說。

「殺她的
頭！」王后尖聲喊
道，但是沒有人
動。

「誰怕你！」

愛麗絲說（這時她已經變回正常大小了）13，「你們不過是一副紙牌！」

這時整副紙牌飛到空中，向她撲過來。她尖叫一聲，又氣又急，想用手撥開，卻發覺自己躺在河邊，頭枕在姐姐的腿上，姐姐正輕輕地幫她把掉她在臉上的枯葉拿開。

「醒醒，愛麗絲！」姐姐說，「看，你睡了多久！」

「啊，我做了個好奇怪的夢14！」愛麗絲說，把夢裡奇怪的經歷都告訴了姐姐，也就是你剛才讀過的故事。等她說完了，姐姐親了她一下說：「好奇怪的夢，親愛的，快去喝茶吧，時候不早了。15 於是愛麗絲起身跑開，腦海裡還不停地想，她做了個多奇妙的夢！

愛麗絲走後，姐姐靜靜坐在那裡，托著下巴，看著慢慢西下的夕陽，想著小愛麗絲的奇幻經歷，自己也似乎也進了夢境：

她先夢見小愛麗絲，一雙小手抱住雙膝，一雙明亮而專注的眼睛仰望著她。她可以清楚聽到她的聲音，看到她微微擺頭、把飄到眼睛的頭髮甩開的特別姿勢。她可以聽到（或許她覺得聽到）身邊一陣鬧哄哄，那是小妹夢中那

13. *愛麗絲由30公分變回原來的身高120公分。

14. *卡洛爾到這裡才透露整個故事是一場夢。卡洛爾在1864年6月10日寫信給劇作家湯姆・泰勒（Tom Taylor），請他幫忙選擇書名，說明「故事女主角在地底度過一小時，遇到各種鳥獸（沒有神仙），鳥獸都會說話。整個故事是一場夢，但不到結尾我不打算透露出來。」中文第一個譯本由趙元任翻譯，在1922 年出版，書名《阿麗思漫遊奇境記》是胡適所命名，並沒有透露「夢」的玄機，吻合原作者的命名用意。後來的中譯書名多作《愛麗絲夢遊仙境》，「夢遊」與「仙境」兩詞其實都違反了原文作者的宗旨。

15. 應指下午4點鐘左右的下午茶。第一章注釋說明愛麗絲家離河邊只有約600公尺，走路不到10分鐘，而且不必穿越馬路。下文大姐放心讓愛麗絲一個人回家，同樣印證這段路不長而且安全。

些奇異動物發出來的聲音。

白兔在她腳邊跑過，引起長長的草葉沙沙作響，那是受驚的老鼠在池塘裡涉水跑過的聲音；她還可以聽到茶杯的叮噹聲，那是三月兔一群人在開永遠沒完的茶會，還有王后命令處決人的尖叫聲……豬小孩在公爵夫人膝上打噴嚏，盤盤碗碗在他身旁摔個不停……還有鷹頭獅的尖叫、蜥蜴寫字時的刺耳聲音、天竺鼠被壓制時的咳嗽聲。這些聲音響個不停，還夾雜著假海龜遠遠傳來的哀泣聲。

她坐著不動，閉起眼睛，好像就在奇境裡，雖然知道只要一張開眼睛，就會回到乏味的真實世界。草響只是受到風吹，水池的波瀾是因為蘆葦擺動；茶杯的叮噹響其實是羊頸上的鈴鐺聲，王后的尖叫是牧童的吆喝聲；豬小孩的噴嚏聲、鷹頭獅的尖叫聲和各種怪聲，原來（她知道）都只是農村各式各樣的喧鬧聲；遠處耕牛的低哞，就是假海龜的悲泣16。

最後，她想像小妹妹隨著時間長大成人的樣子：想像她一直還是保留著童年純潔的愛心，把小孩招呼到身邊，聽她講奇奇怪怪的故事，故事裡也許有這個多年前的奇異夢境，使他們聽得睜大

了又亮又專注的眼睛；她會和小孩分擔
單純的煩惱、共享單純的歡樂，心裡一
直記得她的童年生活，還有那快樂的夏
日時光**17**。

17.「快樂的夏日時光」
（happy summer days）在
《鏡中》的序詩裡又出現一
次。卡洛爾在手稿本的最後
一句中間貼上愛麗絲七歲時
的照片，但製版印行時應愛
麗絲的要求把照片遮掉。後
來被人發現照片底下還藏了
卡洛爾手繪的愛麗絲畫像，
見Cohen 1996:128。

第二部
愛麗絲鏡中奇遇

棋譜說明

紅　　方

白　　方

原版的記譜方式非常複雜，本書改用國際通用的代數記譜法。左圖為故事開始時的布局，各棋子的記號及起手前的座標如下：

♛ 白王c6　　　♞ 紅騎士g8

♘ 白騎士f5　　♛ 紅王e4

♙ 白兵d2　　　♚ 紅后e2

♚ 白后c1　　　♜ 白城堡f1

白兵（愛麗絲）起手、第十一步勝。

1A. 愛麗絲與紅后見面

2A. 愛麗絲經d3（搭火車）到d4
　　（哈啦叮和哈啦噹）

3A. 愛麗絲遇白后（送披肩）

4A. 愛麗絲進d5（小店、小河）

5A. 愛麗絲進d6（圓圓滾滾）

6A. 愛麗絲進d7（樹林）

7A. 白騎士進e7擊退紅騎士

8A. 愛麗絲進d8（加冕）

9A. 愛麗絲升變王后

10A. 愛麗絲入堡（盛宴）

11A. 愛麗絲抓住紅后勝

1B. 紅后斜進h5

2B. 白后進c4（追披肩）

3B. 白后進c5（變羊）

4B. 白后斜進f8（把蛋放在架上）

5B. 白后平c8（逃離紅騎士）

6B. 紅騎士退e7（將軍）

7B. 白騎士退f5

8B. 紅后斜進e8（考試）

9B. 三位王后入堡

10B. 白后退a6（湯裡消失）

「棋局角色」說明

原來1872年版在前頁的棋譜中還有「棋局角色」（*Dramatis Personæ*）的內容，把書中各角色都按棋子列表分配好，似乎因無法自圓其說而在1897年版中刪除，但在「大眾版」（People's Edition）依然保留。被卡洛爾刪除的「棋局角色」恢復如下：

	白方.		紅方.	
	主棋	兵棋	主棋	兵棋
后側城堡	哈啦叮	雛菊	雛菊	圓圓滾滾
后側騎士	獨角獸	海爾	信差	木匠
后側主教	羊	牡蠣	牡蠣	海象
王后	白王后	愛麗絲	虎百合	紅王后
國王	白國王	小鹿	玫瑰	紅國王
王側主教	老人	牡蠣	牡蠣	烏鴉
王側騎士	白騎士	海他	青蛙	紅騎士
王側城堡	哈啦噹	雛菊	雛菊	獅子

棋子著法簡單說明

王　　　　可以走縱橫和斜線，但每步只能走一格，

后　　　　可以走縱橫和斜線，每步可以走無限格。

騎士　　　走L字形（橫1直2或橫2直1）；

白兵　　　從第2格起步，只能向前走，第一步可走2格，以後只

（愛麗絲）　能走1格，到第8格可升變為王后。

白城堡　　可以縱橫走無限格，在本局唯一的作用是保護白騎士。

1897年版序

1. 卡洛爾在1897年版因無法自圓其說而取消「棋局角色」，但並未取消棋譜。有一個中文注釋版說卡洛爾取消棋譜是錯誤的。

2. 「入堡」（castling）是一種特殊著法，中文稱為「國王入堡」或「王車易位」，走法是把國王向一城堡的方向平移兩步，再把該城堡越過國王，停在國王旁一格。這著法其實不適用於王后。故事中三位王后「入堡」，棋子並沒有移動，純粹借用名稱而已。

3. 第8章兩位騎士和國王的對壘的確非常精彩，著法和象棋類似，請讀者不要錯過。

4. 本書以發行冊數記算版次，代表1871－1897年間已印售了60,000本。

5. 本書第一版在1871年12月聖誕節前上市，但書上記為1872年。

有些讀者對於上一頁的棋譜感到不解**1**，或有說明的必要。棋局依照西洋棋的著法來講，還是正確的。雖然紅棋和白棋的交替順序沒有嚴格遵照規定，三位王后的「入堡」**2**，也只是藉「入堡」這個名詞說明她們進了王宮；可是假如讀者不嫌麻煩按照棋譜來下，還是可以發現第六步紅騎士「將軍」白國王、第七步白騎士吃紅騎士、和最後一步「將死」紅國王，都嚴守規則**3**。

關於《扎勃沃記》一詩新詞的發音，各人也有不同的讀法，所以也要加一些說明。Slithy（滑活）應讀如sly加the；gyre（陀轉）和gamble（錐鑽）的g都發硬g聲，rath（猜豬）則和bath同韻。

這第六萬一千本版**4**的插圖從木刻原版直接製版（木刻本身從未曾直接用來印刷，所以和1871年**5**新刻時完全一樣），全書也全新排版，要是新版在印刷品質方面比第1版有不如人意的地方，應該不是作者、出版商或印刷廠沒有盡力的緣故。

在這裡順便說明，《幼兒版愛麗絲》6 原來定價四先令整，現在調降為一先令，和一般圖畫書同價。不過我還是相信，這本書各方面的水準（除了內容以外，這方面我不能自誇）都比別的圖畫書高得多。如果把昂貴的初期投資算進去，四先令其實是合理的價格。不過，假如大家都說：「我們不會買超過一先令的圖畫書，不管書多漂亮。」為了不讓小讀者失去讀這本書的機會，我甘願承受損失，把這本書的售價定得幾乎是免費贈送。

1896年聖誕節

6. 《幼兒版愛麗絲》（*The Nursery 'Alice'*）1890年初版，是《奇境》的彩色簡寫本，共有20幅約翰・田尼爾繪的彩色插圖，給「零到五歲」孩童看的。這本書在1890年印了10,000本，卡洛爾認為色彩太豔而作廢，其中4,000本賣到美國，其他在1891年以「大眾版」賣出，價格2先令，剩餘的則在1897年以1先令賣出。

序詩

純真的孩子，帶著無憂的舒眉 **1**，
  和好奇的夢幻眼睛！
雖然時光飛逝，你我的歲數
  相差半輩子 **2**，
但相信你會以甜美的笑容，
歡迎出自愛心的童話故事。

看不到你陽光似的面孔，
  聽不到那銀鈴般的聲音：
雖然明知從此不可能
  在你年輕的生命留下思念──
想到你又可以聽我講故事，
就足以使我感到心滿意足 **3**。

一個發生在從前的故事 **4**，
  夏日的陽光正燦爛──
簡單的曲調，正好和
  划槳的簡單節奏呼應──
迴音裊裊依然在記憶中盤桓，
雖然妒嫉的歲月希望你淡忘。

1. *卡洛爾這首序詩寫得很工整，全詩六節，每節各行的音節數分別是8，7，8，7，8，8，韻式則是ababcc，中譯為了行文自然，只保留相對長短的格式，不勉強控制字數，也不勉強押韻。

2. *《鏡中》正式出版年記為1872年，這年卡洛爾40歲，愛麗絲20歲，兩人的歲數剛好「相差半輩子」。

3. *這節敘述1683年6月愛麗絲忽然和卡洛爾疏遠的事，但兩人仍保持來往。1870年6月25日，愛麗絲的母親帶愛麗絲和她大姐到卡洛爾的攝影棚照相，相片中愛麗絲表情不悅，不顧表面的禮貌。不過，卡洛爾在1871年12月8日的日記中記載：「收到麥米倫送來《鏡中》布面100本、摩洛哥革面3本，首先送3本到院長家（給愛麗絲那本是摩洛哥革面）。」

4. *指1862年7月4日卡洛爾和愛麗絲遊船時為她講《愛麗絲漫遊奇境》的故事。

來聽故事吧，不要等到
　　嚴厲的的訓斥聲音出現，
不得不上床睡覺。
　　悶悶不樂的大女孩！
我們不過是長大的小孩，
不喜歡聽到睡覺的催促。

外面是白茫茫的霜雪，
　　暴風正在瘋狂呼吼──
裡面是暖烘烘的紅爐火，
　　童年時光的快樂天堂。
迷人的故事讓你們入神，
聽不到外面的狂嘯怒號。

雖然嘆息的陰影隱約
　　伴著故事顫抖出現，
因為「快樂的夏日時光」**5**已遠，
　　夏日的光輝也已消失──
但悲傷的氣息破壞不了
童話裡普樂仙斯**6**的感覺

5. 「快樂的夏日時光」（happy summer days）是《奇境》故事結尾的最後幾個字。

6. 普樂仙斯的原文pleasance（歡樂）是古字，也是愛麗絲全名（Alice Pleasance Liddell）的中間名，有雙關意思。

第1章
鏡子裡的房間

1. 黛娜在真實生活裡原是姐姐洛琳娜的愛貓，後來變成愛麗絲的寵物，在《奇境》裡多次出現在愛麗絲的口中，現在已升級當媽媽，但書中黑、白兩隻小貓另有來源，不是牠真正的小孩。

有一點可以確定，這件事和小白貓沒有一點關係，全是小黑貓的錯，因為白貓一直讓貓媽媽幫牠洗臉，整整洗了十五分鐘（算是非常乖的了），所以看得出來，牠沒有份參加這件壞事。

黛娜 1 是這樣為孩子洗臉的：牠先用一隻爪子抓住小傢伙的耳朵往下壓，再用另一隻爪子為牠擦臉，從鼻子往上擦。這時候，正像我剛才說的，她正忙著幫小白貓洗臉。小白貓安安靜靜地趴著，還有點想打呼嚕，顯然知道全是為牠好。

但是那隻小黑貓下午早些時候已先洗好，所以牠趁愛麗絲縮在大安樂椅一角半睡半醒喃喃自語的時候，就追著繞了一半的毛線球玩起來，把球滾來滾去，弄得全都散開了。在壁

爐前的地毯上散成一團糾結的亂線，只見一隻小貓在中間追著自己的尾巴團團轉。

「哎！你這好壞好壞的小傢伙！」愛麗絲叫了起來，抓起小貓，輕輕地吻了一下，讓牠知道牠做錯了事。「說真的，黛娜應該教你多一點規矩的！黛娜，你也該知道！」她加了一句，怪罪地看著貓媽媽，盡量裝出嚴厲的口氣。她撿起毛線、抱著小貓爬回安樂椅，重新繞起毛線球來，可是做得很慢，因為她忙著說話，一會兒和小貓說，一會兒又和自己說。凱蒂一本正經地坐在她腿上，假裝看她繞毛線，不時還伸出爪子碰碰毛球，好像愛麗絲准的話，牠也願意幫忙似的。

「你知道明天是什麼日子 **2** 嗎，凱蒂？」愛麗絲說：「要是你剛才和我一起在窗口看，就會猜得到，不過那時黛娜正在幫你洗臉，所以你看不到。我看到一群男孩在撿樹枝準備做火把 **3**，要好多好多樹枝呢，凱蒂！可是天氣實在太冷，雪又那麼大，他們只好回家了。沒關係，凱蒂，明天我們看火把去。」愛麗絲拿起毛線在小貓的脖子上繞兩、三圈，看好不好看。小貓一掙扎，毛線滾到地板上，又大段大段地散開。

2. *《奇境》的時間設定在愛麗絲7歲的生日5月4日，時序是夏天；《鏡中》則設定在6個月後的11月4日，時序是冬天，第二天剛好是蓋‧福克斯節（Guy Fawkes Day）。蓋‧福克斯在1605年陰謀以火藥謀殺英王，事洩被捕，民眾舉火慶祝，所以這天又稱為「火把節」（Bonfire Night）。

3. *這情節有事實根據。卡洛爾入學基督堂學院時，第一個住處貝克華特方院（Peckwater Quadrangle）正是牛津每年舉辦火把節的地點，見Collingwood 1898:47。愛麗絲家的後院和貝克華特方院中間只隔了一座基督堂圖書館（Christ Church Library），小孩就近撿樹枝有合理的地緣關係。

「你知道嗎，凱蒂，我真的很生氣，」愛麗絲抱著小貓舒舒服服地坐回安樂椅後，繼續說：「看了你做的壞事，真想打開窗子把你扔到雪地去！你是罪有應得，你這個親愛的小壞蛋！還有什麼話好說？現在別打岔！」她豎起一根手指頭說：「讓我數一數你做了多少壞事。第一，今天早上黛娜幫你洗臉的時

候，你尖叫了兩次。這可賴不掉，凱蒂，我親耳聽到的！你說什麼？」（假裝聽小貓說話）「媽媽的爪子弄到你的眼睛了？你不應該張開眼睛的，好好閉上眼睛不就沒事了嗎。別再找藉口了，好好聽我說！第二，剛才我把一碟牛奶擺在雪點 **4** 面前，你馬上扯著牠的尾巴把牠拉開了！什麼，你口渴？你又怎麼知道牠不渴？再說第三件，你趁我沒注意的時候，把毛線全弄散了！

「凱蒂，你做了三件壞事，我都還沒處罰過呢。我要把你的處罰積起來，下星期三 **5** 一起算帳。要是他們也把我該受的處罰也積起來一次算帳呢？」愛麗絲繼續說，變成自言自語，不是對小貓說話了。「到了年底，他們會把我怎麼樣？我想，那時候我該去坐牢了。或者讓我算算看：要是每個錯罰我少吃一餐，這樣到了受罰的倒楣日子，一次就得少吃五十餐！好吧，不吃就不吃！少吃五十餐，總比一次吃五十餐好！

「凱蒂，你聽到雪花碰到玻璃窗的聲音嗎？那聲音多輕多美啊！好像有人親著玻璃似的。我猜，雪花是不是因為愛那些森林和田野，才那麼溫柔地親它們？雪花還用白色的被子把它們舒服地蓋起來，也許還會說，『好好睡吧，親

4. 雪點（Snowdrop）是卡洛爾另一個小朋友瑪麗・麥克唐納（Mary MacDonald）的愛貓。瑪麗的父親是名詩人暨作家喬治・麥克唐納（George MacDonald），著有《北風的背後》（*At the Back of the North Wind*）等書，和卡洛爾是好友。

5. *原文Wednesday week。英式英文對「下星期三」有兩種叫法：說話 時間如在本星期三以後，「下星期三」叫'next Wednesday'；說話時間如 在本星期三以前，「下星期三」就叫'Wednesday week'。Gardner 2000:138 注1利用這個字的特性，推論卡洛爾設定的11月4日應該是1862年，因為 這一天是星期二，剛好在星期三之前，符合'Wednesday week'的定義。

愛的，一覺睡到夏天。』它們夏天醒來的時候，都會換上綠色的新衣，迎著風跳舞，那多美啊！」愛麗絲叫道，放下毛線球，拍起手來。「要是這是真的多好！我總覺得森林到秋天就一副想睡覺的樣子，是因為葉子變黃了。

「凱蒂，你會不會下棋？不許笑，我是問真的。剛才我們在下棋，你好像看得懂。我說『將軍！』的時候，你還咕嚕了一下！那一步真精采，凱蒂。真的，要不是那可惡的騎士從我的棋子裡橫衝直撞 6 殺過來，我早就贏了。凱蒂，我們來假裝……」愛麗絲愛用「我們來假裝」這句話開頭，花樣很多，我一半也說不上來。昨天她和姐姐爭辯了半天，就因為愛麗絲說：「我們來假裝做國王和王后。」她姐姐什麼事都認真，說那辦不到，因為國王和王后一共有四個，她們卻只有兩個人。最後愛麗絲只好讓步：「好吧，那你就當其中一個，我來當其他的好了。」又有一回，她突然在老奶媽的耳邊大聲叫：「奶媽！我們來假裝我是餓狼，你是肉骨頭好嗎！」著實把奶媽嚇了一大跳。

話扯遠了，還是回到愛麗絲和小貓的對話吧！「我們來假裝你是紅王后，凱蒂！你知道嗎，我覺得要是你交叉手

坐著，看起來就很像王后。來，試試看，乖！」愛麗絲把桌上的紅王后拿過來，擺在小貓面前，讓小貓照著樣做，可是沒成功。愛麗絲說，主要是因為小貓不肯把手好好交叉起來。為了處罰牠，她把小貓抱起來對著鏡子，讓牠看看自己的表情有多難看，她繼續說道：「要是你不馬上乖乖做，我就把你丟到鏡子屋裡去，你說怎樣？

「凱蒂，現在好好聽，不要說話，讓我告訴你鏡子屋是什麼樣子。先看這個房間，和我們的客廳一模一樣，只不過什麼東西都是反的。我們爬上椅子就可以看到那邊整個房間，只有靠壁爐這邊看不到。要是能看到壁爐多好！我真想知道　，他們在冬天是不是也一樣生火。這可沒辦法知道，除非我們這邊生火冒煙，那邊的房間也同樣冒煙 **7**，但也可能是假裝的，只是讓人以為他們也在生火。還有，他們的書和我們的書都是一個樣子，不過字全反了。有一回我把一本書拿到鏡子前面，他們也拿出一本書來，才知道這回事。

「凱蒂，你願意住到鏡子屋裡嗎？我不知道他們會不會給你牛奶喝？也許鏡子世界裡的牛奶不好喝。哦，凱蒂！我們看到走廊了，不過只看到一角。要

7. *愛麗絲應該不可能看到壁爐的煙，因為壁爐的設計使煙只能從煙囪排到室外，不可以在室內漫延。

8. ＊卡洛爾對插圖的安排非常注意，原書中愛麗絲進入鏡中世界之前、之後的插圖背靠背相貼，彷彿真的穿過了鏡子。

9. ＊這一句話呼應《奇境》第2章，愛麗絲經常站在壁爐前，所以把壁爐前地毯當成郵寄的地址。

是把客廳的門都打開，看到的走廊就和我們的一模一樣，可是，再過去也許完全不一樣了。凱蒂，要是我們能走到鏡子屋裡去該多好玩啊！我相信那邊一定有很好看的東西。凱蒂，讓我們來假裝有辦法進到鏡子裡面去。我們假裝鏡子像霧一樣，可以穿過去。真的，它真的變成霧了！我們可以輕輕鬆鬆地穿過去了……」她說話的當時，已站在壁爐臺上，不知道怎麼上來的。接著鏡子就如她說的一樣，開始溶化開來，像一層銀色的薄霧。

片刻間，愛麗絲已穿過玻璃 **8**，輕輕跳下鏡子屋裡。她第一件事就是先去查看壁爐裡有沒有火，很高興裡面果真生著火，而且燒得又旺又亮，跟她原來的房子裡一樣。愛麗絲想：「跟老房子一樣暖和，而且還要熱些，因為這裡沒人會叫我離壁爐遠一點 **9**。多好玩呀，他們從鏡子那邊看得到我，卻沒辦法抓到我！」

她開始東張西望，發現從老房子那邊可以看到的地方都很平常，沒什麼好玩的，可是看不到的地方就大不相同了。比方壁爐牆上掛的畫都會動，壁爐臺上的座鐘（你知道，在鏡子那邊只能看到鐘的正面）有一張小老頭的臉，在對

著她笑。

　「這裡收拾得沒那邊的房子乾淨。」愛麗絲看到壁爐前的地毯上有爐灰，裡頭有一些棋子，心想，可是接著「啊」的一聲驚叫起來，趴下來仔細一

看，原來棋子一對對在散步吶！

　　「這是紅國王和王后。」愛麗絲說（說得很小聲，怕嚇著它們）：「坐在爐鏟邊上的是白國王和王后。那一對手挽手在散步的是城堡。我想它們聽不到

我，」她一面把頭靠近，一面說：「我覺得它們也看不到我，好像我是隱形人似的……」

這時，愛麗絲聽到背後桌子上有什麼東西在大聲尖叫，她轉過身來，看到一個白士兵摔倒了，雙腳亂蹬。她很好奇，等著看接下來會發生什麼事。

「孩子在哭！」白王后叫道，從國王身邊衝過去**10**，力量好大，竟把國王撞到爐灰裡去。「我的寶貝莉莉！我的金枝玉葉！」她攀著爐檔瘋狂地往上爬。

「金枝玉葉個鬼！」國王說道，揉揉摔痛的鼻子。他當然有權對王后「稍微」生「點」氣，因為他從頭到腳全身都是灰。

這時可憐的莉莉哭得都快昏倒了，愛麗絲想幫忙，就拿起王后，把她放到桌上大哭大叫的小女兒身旁。

王后倒抽一口冷氣，坐了下來。忽然間一陣而來的空中飛行，使她嚇得喘不過氣來，抱著小莉莉發呆，不知道該做什麼。一等稍微喘過氣來，她就對

10. 后（Queen）在書中都是飛奔前進，代表她一次可移動無限格的特性；王（King）每步只可前進1格，所以只能一步一步走。

11. *這句話可能引用了1864年出版的法國科幻小說《地心冒險》（*Voyage au centre de la Terre*）的結局情節：探險隊用炸藥開路，激烈的震動引發火山爆發，使他們被火山的氣流噴上地面。

坐在爐灰裡生氣的白國王說：「小心火山！」

「什麼火山？」國王說，緊張地抬頭看看爐火，以為火山就該在火爐裡找。

「它─把─我─噴─上─來11。」王后還是沒透過氣來，喘著說：「你好好上來，照老方法走，別給噴上來了！」

愛麗絲看著白國王辛苦地抓著爐檔一步一步往上爬，最後忍不住說：「哎呀！照你這個爬法，幾個鐘頭也爬不上桌子，讓我幫你一把吧，要不要？」國王一點反應都沒有，顯然沒聽到、也沒看到她。

愛麗絲輕輕地把他拿起來，慢慢地移動，比搬王后慢得多，免得把他嚇呆了。愛麗絲把他放上桌子之前，還想幫他撢撢衣服，因為他全身滿是灰。

後來愛麗絲對別人說，她一輩子也沒看過像國王那樣的怪表情。他發現自己被一隻看不見的手拿在空中，而且還幫他撢灰，嚇得連叫都叫不出來，眼睛和嘴巴越張越大，也越來越

圓。愛麗絲笑得手直抖，差點把國王掉到地板上。

「拜託，別再裝鬼臉了，親愛的！」愛麗絲叫道，忘了國王根本聽不到。「你叫我笑得快抓不住了！嘴巴別張得那麼大！灰都掉進去啦。好了，我想你現在夠乾淨了！」她一面替他整理頭髮，一面把他放在王后旁邊。

國王直挺挺地仰天躺著，一動也不動。愛麗絲有點擔心，在房裡四處看，想找些水把他潑醒，可是除了一瓶墨水，什麼也沒有找到。她拿著墨水回來時，國王已醒過來了，正害怕地和王后悄聲說話，聲音小得愛麗絲幾乎聽不到。

國王正在說：「老實說，親愛的，我嚇得連鬍子尖都涼了！」

王后回答道：「你根本沒有鬍子！」

國王說：「那時候真恐怖，我永遠、永遠都忘不了！」

王后說：「要是不寫下來，你一定會忘記的。」

愛麗絲好玩地看著國王從衣袋裡掏出一本很大的記事本，開始寫字。鉛筆**12**很長，高出國王的肩膀許多，她突然起了一個頑皮的念頭，抓住筆桿就幫他寫起字來。

12. *卡洛爾的書中，把鉛筆（lead pencil）和石筆（slate pencil）都稱為pencil，但石筆只能寫在石板上，如《奇境》第11章的陪審所用；鉛筆只能寫在紙製品上，所以國王用的是鉛筆。這兩種情況趙元任都分得清清楚楚，有的譯者譯成石筆是錯的。

13. *國王記筆記也是反映西洋棋記棋譜的習慣，不過愛麗絲幫白國王寫字，用的應是鏡外的正體字，下文愛麗絲看不懂鏡中的反字，王后又怎麼看得懂鏡外的正體字？

14. *卡洛爾多次用反體字寫信給小朋友，就像鏡中所見一般，見《卡洛爾書信全集》1883年11月24日給黛西‧布羅（Daisy Brough，頁517）、1893年11月6日給愛迪絲‧波爾（Edith Ball，頁993）、1894年9月25日給威妮佛‧休斯特（Winifred Schuster，頁1036）。

可憐的國王又驚又氣，不聲不響和筆掙扎了好久。可是愛麗絲氣力比他大，最後他喘著氣說：「親愛的！我真該換一支細些的鉛筆了。這支筆不聽使喚，寫出來的東西都不是我想寫的……」

「你寫了些什麼？」王后過來看記事本（愛麗絲寫的是：「白騎士順著撥火棒搖搖晃晃地往下滑」），說道：「這根本不是你的感覺[13]！」

愛麗絲看著國王的時候（她還是有點替國王擔心，手裡拿著墨水瓶，準備他一昏倒隨時把他潑醒），看到身旁的桌上有一本書，就順手拿起書翻翻看，想找一段認得的字來念：「看都看不懂，不曉得是哪國文字。」她對自己說。

書上的字是這樣的[14]：

扎勃沃記

劈烈時光，滑活的螺嘴獾

在圍邊陀轉錐鑽，

布洛鴿最為醜弱，

迷家的猜豬哨哮。

她疑惑了一下子，最後忽然想到：「對了，這是鏡子裡的書！只要對著鏡子看，就和原來的字一樣了。」

愛麗絲看到的詩是這樣的：

扎勃沃記**15**

劈烈時光，滑活的螺嘴獾

　　在圍邊陀轉錐鑽，

布洛鴿最為醜弱，

　　迷家的猜豬哨哮。

「小心扎勃沃龍，孩子！

　　牠有利牙、牠有硬爪！

提防恰不恰不**16**鳥，避開

　　火怒**17**的邦德斯納獸**18**！」

他手拿若波**19**寶劍，

　　追尋蠻遜**20**族宿敵——

站在騰騰**21**樹下，

　　停下來思索片刻。

15. Collingwood 1899:143指出，這首詩公認是書中最有創意的部份，也常成為語言學者及翻譯討論「無稽詩」的話題。詩中雖有許多怪字，但嚴格遵照英語詩歌節律和文法規則，讀者仍可猜出大意。第一節生字注解見第5章圓圓滾滾的解說。趙元任翻譯時也創造了許多怪字，「用國語羅馬字寫出來不但讀的像原文，連看起來都有點兒像」（見〈論翻譯中信、達、雅的信的幅度〉），趙元任非常得意，曾多次公開朗誦。以下是他的手筆（出自*"Dimensions of Fidelity in Translation with Special Reference to Chinese"*）：

有(一)天魚裏,那些活濟:的猞子
在街边儿傻着跌傻着兔,
好難四儿啊,那些鵝鵝鴉子
还有家的猪子慪得格儿.

16. 恰不恰不鳥（jubjub）：卡洛爾自創字，在另一故事《捕捉蛇鯊》（*Hunting of the Smark*）中提過5次。

17. 火怒的（frumious）：卡洛爾在《捕捉蛇鯊》前言中說，把'fuming'（噴火的）和'furious'（憤怒的）兩個字一起想……要是你有天賦，就會讀成'frumious'。

18. 邦德斯納獸（Banders-natch）：卡洛爾自創字，第7章又提過1次，在《捕捉蛇鯊》中提過3次。

19. 若波寶劍（vorpal blade）：卡洛爾寫信告訴一位小朋友：「我沒辦法解釋 vorpal blade 是什麼。」

正當他粗赫赫**22**地想著，
　　扎勃沃龍雙睛冒火，
問噴**23**穿過塔爾基**24**森林，
　　咩叫喃顫**25**而來！

一二！一二！刺了又刺，

　　若波寶劍嘶吶**26**而入！

他手提龍頭，棄屍離開

　　勝騰騰**27**而回。

「你真的殺死了扎勃沃龍？

　　到我懷裡來，笑爛**28**的孩子！

噢，奇愉**29**的日子，喀囉**30**！喀咧！」

　　他樂咯咯**31**地笑。

劈烈時光，滑活的螺嘴獾

　　在圍邊陀轉錐鑽，

布洛鴿最醜弱，

　　迷家的猜豬哨哞。

　　愛麗絲讀完後說：「讀起來很美，可是有點不太好懂！」（你看，她連對自己都不認輸，不肯承認根本看不懂。）「我知道大概的意思，不過不很清楚！反正是什麼人殺了什麼東西，這一點我敢確定，至少……」

　　愛麗絲忽然間跳了起來：「哎呀！我得快點走，要不然房子還沒看完就要回鏡子那邊去了！先去看看花園吧！」她馬上衝出房間，沿著樓梯**32**往下跑，其實也不算跑，而是一種新發明的快速下樓法，她對自己說的。只見她指尖點著

20. 蠻遜族（manxome）：Manx原是凱爾特語（Celtic）中「曼島」（Isle of Man）的名稱，但不知卡洛爾是否有此意。

21. 騰騰樹（tulgey wood）：卡洛爾寫信告訴注釋9裡的同一位小朋友：「我也沒辦法解釋tulgey wood是什麼。」

22. 粗赫赫：粗聲＋粗魯＋粗暴。卡洛爾在1877年12月18日的信中解釋：「似乎是說聲音grufish，態度roughish，脾氣huffish。」

23. 間噴（whiffling）：間歇噴氣，這詞是卡洛爾那個時代的正常詞彙。

24. 塔爾基（Tulgey）：森林名。卡洛爾說他無法解釋這名詞。

25. 咩叫喃顫（burble）：咩叫＋呢喃＋顫聲。卡洛爾在一封信中解釋：「把bl<u>eat</u>, m<u>ur</u>mur, w<u>ar</u>ble 3個動詞畫底線的部份組合起來，就可得到burble這個字。」

26. 嘶吶：刀劍刺入的聲音。

27. 勝騰騰，意為勝利歡騰，原文galumph＝gallop＋triumphant。

28. 笑爛，意為笑容燦爛，原文beamish＝Radiantly beaming。牛津詞典說明是16世紀的字，也是英格蘭東北方一處地名。

29. 奇愉，意為傳奇愉快，原文frabjouss＝fair＋fabulous＋joyous，是卡洛爾發明的字。

30. 咯囉，讚賞聲。

31. 樂咯咯，意為快樂得咯咯笑，原文chortle＝chuckle＋snort）。

32. *愛麗絲家的樓梯很堂皇，見《奇境》第1章。

扶手輕輕往下飄，雙腳幾乎不著地，就這樣滑著下樓，還好到門廳及時抓住門框，要不然就一直盪出大門外了。愛麗絲經過一陣空中漂浮，頭有點暈，幸好到了樓下又恢復正常的走路方式。

第2章
活花的花園

「走到那小山頂上，」愛麗絲 **1** 對自己說：「也許可以把花園 **2** 看清楚些。我看這條路可以上山……哎呀，不行……」（她走了幾公尺，又轉了幾個急轉彎）：「可是我想始終可以上山的。這路真彆扭，根本不像路，倒像個螺旋鑽 **3** ！好啦，這回總該彎到小山了吧，我想……哎，不行！又回到房子啦！好吧，我往另一頭走。」

於是她換了個方向，但她又上又下，左轉右轉，不管怎麼走總是回到房子來。有一次她轉得太急，一下子停不住腳，還和房子碰個正著。

「沒什麼好商量的，」愛麗絲對著房子說，假裝房子在和她吵架：「我現在還不想進屋子裡去。我知道我早晚得穿過鏡子，回到老房子，可是這樣一來，這場探險就結束啦。」

所以她堅決地轉過身去，背對房子又沿著小路往前走，下定決心非走到小山不可。有那麼幾分鐘，情況還算順利，她才說：「看來這一回應該可

1. [插圖]注意：書中設定是冬天，愛麗絲走到室外依然穿著短袖衣服，依然保持夏天的感覺。在第3章，愛麗絲兩次提到「好熱」，都和設定的季節不符。第5章提到愛麗絲捲起袖子把手伸到水裡則和插圖不符。

2. 愛麗絲家的後院不大，也沒有山坡，卡洛爾似乎把場景移到牛津大學植物園。這植物園位於基督教堂的東邊，成立於1621年，是世界上最古老的植物園， 收集的品種有5000多種，園中還設了柴郡貓的雕像。英國在1804成立「倫敦園藝學會」，大量引進中國花卉。英國園藝學者威爾遜（E.H. Wilson）在1913年寫成《中國 —— 園林之母》（China, Mother of Gardens）一書，見羅桂環《「中國 —— 園林之母」的緣由》。

3. 卡洛爾在這個故事裡多次提到螺旋鑽（corkscrew，也稱拔塞器），原因不明。第一次出現在第一章詩中的「螺嘴獾」。

4. 虎百合（Tiger-lily）花瓣呈橘紅色，有黑色斑點，原產中國，稱為「卷丹」，19世初由「倫敦園藝學會」自廣東引入。本段情節仿自英國桂冠詩人詩人丁尼生（Alfred Tennyson）的長篇詩劇《莫德》（*Maud*）第22節，西番蓮、玫瑰、飛燕草、百合花都是詩中的角色，見Gardner 2000:157。但西番蓮用虎百合取代，因為卡洛爾後來得知西番蓮象徵耶穌受難，覺得不妥，見Collingwood 1899:150。

以……」小路突然一抖一甩（愛麗絲後來對別人這樣形容），一轉眼，發覺又往房子的大門走。

「哎呀，真糟糕！」小愛麗絲叫道：「我從來沒見過這麼會擋路的房子！從來都沒有過！」

可是，小山明明就在眼前，所以沒別的辦法，只好從頭開始。這回她走到一片大花圃，外圍種著雛菊，中間有一棵柳樹。

愛麗絲看到一朵虎百合 **4** 在風中優雅地擺來擺去，就說：「虎百合，真希望你會說話 **5**！」

沒想到虎百合竟會說話：「只要遇到談得來的人，我們都會說話。」

愛麗絲驚訝得一下子說不出話來，好像呼吸都快停止了。愛麗絲看到虎百合只是不停搖擺不再說話，只好再開口。她膽小地（幾乎像耳語）說：「這裡的花通

通都會說話嗎？」

虎百合回答：「說得和你一樣好，而且聲音比你大得多。」

一朵玫瑰 **6** 說：「你知道，我們先開口不合規矩，說真的，我正在想你什麼時候才說話呢！我對自己說，『她的臉看來還像樣，但不算聰明！』不過顏色還算正常，這樣就夠好了。」

虎百合說：「顏色我不管，如果她的花瓣再捲一些，樣子就算過得去了。」

愛麗絲不喜歡被人家當面評論，於是問：「你們在這裡沒人照顧，會不會有時覺得害怕？」

玫瑰花說：「我們中間有那棵樹，你以為還能有什麼別的作用？」

愛麗絲問：「要是發生危險，它能做什麼？」

「它會搖樹葉。」玫瑰說。

一朵雛菊叫道：「它會『吱呀吱呀』地叫，所以樹枝也叫『枝椏』**7**。」

「你連這個都不知道嗎？」另一朵雛菊叫道。這時所有的雛菊一起叫了起來，一瞬間似乎滿是小小的尖叫聲。「安靜！你們給我安靜！」虎百合叫道，氣得渾身發抖，擺過來擺過去。「它們知道我抓不到！」她氣喘吁吁，

5. [插圖]故事開頭設定在下雪的冬天，但卷丹是在七、八月開花、冬天休眠，插圖中的愛麗絲也穿著短袖衣裙，雪地也不見了，下文愛麗絲還說了兩次「天氣好熱」，沒有冬天的感覺。

6. 愛麗絲還有兩個妹妹沒在《奇境》中出現。玫瑰花（rose）是愛麗絲妹妹蘿妲（Rhoda Caroline Anne Liddell）的化身，在原書1872年出版時是14歲。

7. 這是《鏡中》三大棘手雙關語的第一個。原文是：

"But what could it do, if any danger came?" Alice asked.
"It could bark," said the Rose.
"It says "Bough-wough," cried a Daisy: "that's why its branches are called boughs!"

句中'bark'（吠叫），和'bough-wough'（汪汪叫）同義，又和'bough'（樹枝）諧音，形成巧妙的循環雙關。同時，'bough-wough'影射英國語言學家麥克斯・繆勒（Max Müller）在1861年提出的「汪汪」人類語言起源學說（the Bow-Wow Theory）。這裡'Bark'，'bough-wough'，'boughs'三個詞，譯文分別以樹葉、吱呀叫和枝椏譯出。

顫著頭轉向愛麗絲說：「要不然也不敢這麼放肆！」

「別生氣！」愛麗絲用安慰的口氣說，再彎身向雛菊低聲講：「再不住嘴就把你們摘下來！」

雛菊們正要再叫，聽愛麗絲一說立刻安靜下來，有幾朵粉紅色的雛菊還嚇得變白了。

虎百合說：「這就對了！這些雛菊最壞了，只要一朵開口，全都叫了起來，光聽叫聲就會教人枯萎！」

「你們怎麼這樣會說話？」愛麗絲問道，希望說幾句好聽話會使虎百合開心些：「我以前去過好多花園，沒有一朵花會說話。」

虎百合說：「你摸摸地面就知道原因了。」

愛麗絲摸了一下花床：「地很硬，可是我看不出和你們會說話有什麼關係。」

虎百合說：「大多數花園都把花床弄得太軟，花床軟，花兒就愛睡覺。」

聽起來還真有點道理，愛麗絲很高興知道了原因：「我以前從來沒有想過！」她說。

「我認為你根本不會想。」玫瑰說，口氣很不客氣。

「我見過的人，樣子沒有一個比她更笨。」一朵紫羅蘭 **8** 突然說話，把愛麗絲嚇了一跳，因為它一直沒開口。

虎百合叫道：「不要再說了！好像見過多少人似的！你們只會躲在葉子底下蒙著頭睡覺，世上的事情懂得不比花苞多！」

「花園裡除了我，還有別的人嗎？」愛麗絲問道，故意不理玫瑰的話。

「還有一朵花，像你一樣會走來走去，」玫瑰說：「我很奇怪你們怎麼會走路……」（「你什麼事都覺得奇怪。」虎百合說）「不過她長得比你茂盛。」

「像我一樣嗎？」愛麗絲急切地問，因為她想到：「花園裡什麼地方還有一個小女孩！」

「喔，她長得和你一樣奇怪，」玫瑰說：「不過顏色要紅一些，花瓣也短些，我想。」

「她的花瓣緊湊得多 **9**，像大理花那樣，」虎百合插嘴說：「不像你那樣亂七八糟。」

玫瑰好心地說：「不過這不是你的錯，你知道。你開始凋謝了，花瓣總會亂一點。」

愛麗絲非常不喜歡這個想法，所以

8. 紫羅蘭是愛麗絲的小妹薇爾烈（Violet Constance Liddell）的化身，出生當年的夏天起，卡洛爾不再去看愛麗絲，所以可能沒和卡洛爾玩過。原書1872年第一次出版時，她才 8歲。

9. *維多利亞時代，女孩小時候可以像愛麗絲那樣披著頭髮，16歲以後就要把頭髮梳起來，看起來比較利落。

10. 「尖尖」指后冠，棋譜上的「后」也是以尖端為特徵。Green 1998:270指出，1887年改版前的版本，這段是「她是有刺（thorny）那種」，和家庭教師碧麗克特（Mary Prickett）外號'Pricks'（有「刺」的）意思更為接近。

11. ＊本段情節仿自英國桂冠詩人丁尼生的長篇詩劇《莫德》第22節，西番蓮、玫瑰、飛燕草、百合花都是詩中的角色。見Gardner 2000:157注2。以下是丁尼生《莫德》原詩相關片段的翻譯：

一顆晶瑩的眼淚／從門邊的西方蓮落下，／她來了，我的小鳥、我的寶貝；／她來了，我的命、我的運，／紅玫瑰喊：「她近了、她近了，」／白玫瑰哭道：「她來晚了；」／飛燕草傾耳：「我聽到了，我聽到了；」／百合花輕聲說：「我期待。」

12. ＊3英寸高合7.5公分。7歲半的愛麗絲高約120公分，所以王后約160公分。

13. ＊維多利亞女王在1860年12月18日到牛津探親兒子時住在愛麗絲家。愛麗絲可能真的和女王說過話。

換個話題問道：「她來過這裡嗎？」

玫瑰說：「我想過一會兒你就會看見她。她是帶九個尖尖**10**那種。」

「她哪裡有尖尖？」愛麗絲好奇地問。

玫瑰回答說：「當然長在頭上，我正在想你為什麼沒有長尖尖。我還以為是你們照例都應該長尖尖的。」

「她來了**11**！」一株飛燕草叫道：「我聽到她的腳步聲，蹬！蹬！從石子路走過來啦！」

愛麗絲急忙轉頭望去，發現是紅王后。「她長高了好多！」愛麗絲一看到她就說。她真的長高了：愛麗絲第一次在爐灰裡見到她時，她只有三英寸高，現在卻比愛麗絲還高出半個頭**12**！

玫瑰說：「都是空氣新鮮的緣故，這裡的空氣好得很。」

「我過去和她見個面。」愛麗絲說。雖然這些花兒很有趣，可是她覺得能和真正的王后說話**13**才夠神氣。

玫瑰花說：「這樣走見不到的，我勸你朝另一個方向走。」

愛麗絲覺得沒道理，於是不答腔，還是朝王后的方向走去。奇怪的是，王后一下子就不見了，迎面而來的又是房子的大門。

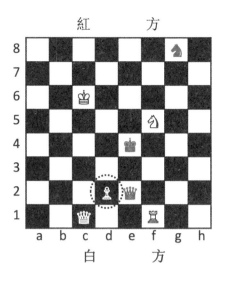

1A. 愛麗絲與紅后見面

她有點生氣，退了回來到處張望，看王后在哪裡，最後看到王后在很遠的地方。愛麗絲想這次不妨改變計畫，朝反方向**14**走過去。計畫果然成功。她走不到一分鐘，就和王后面對面**15**，而且找了好久的小山也全在眼前。

王后說：「你從哪裡來？要到哪裡去？抬起頭來，好好說話，別玩手指頭。」

愛麗絲乖乖聽話，很費力地向王后解釋說她找不到自己的路。

王后說：「我不懂『你的路』**16**是什麼意思，所有的路都是我的。不過你為什麼會到這裡來呢？」她的口氣緩和了些：「你一面想，一面行屈膝禮，可以

14. *卡洛爾利用鏡子影像相反的特點，在故事裡製造種種相反的趣味現象，例如方向相反、時間順序顛倒、名稱定義相反等。

15. 愛麗絲此時來到d2，和紅王后（e2）並排而列。在棋戲上，愛麗絲實際上並未起步，只算是「就位」。注意：此故事有兩個巧妙的安排，一是插圖所有角色的相對位置，都和棋譜相吻合；另一是愛麗絲在棋盤上的位置和棋譜相呼應，例如第5章愛麗絲便到第5格。但這個規則到第7章便破了。

16. *王后這裡在玩「虛詞」當「實詞」解的文字遊戲。「我的路」（my way）只是英文的習慣用法，'my'是只有

文法意義的虛詞（function word），紅后把虛詞當實詞（Lexeme）看，把愛麗絲的話解成愛麗絲認為路是她的。這是文字遊戲常見的玩法，《奇境》第11章也出現一次，帽匠把國王說的「你的帽」解釋成帽子是他的。

17. 西洋棋設有時間限制，必須在規定時間內作出棋步判斷。慢棋每一步有30秒思考時間，快棋則只有10秒。

18. 卡洛爾1887年於〈舞台上的「愛麗絲」〉（"Alice" on the Stage）一文中描寫紅后「冷靜而安詳、拘禮、嚴格但不流於無情，學究到極點，集所有家庭教師的特質於一身。」彷彿在描寫家庭教師碧麗克特為接待維多利亞女王而教導利道爾姐妹王室禮儀的情景。見Green 1998:227。

節省時間。」

愛麗絲覺得有點怪，但是她對王后很尊敬，不敢不相信她的話。她想：「回家以後要試試看。下次吃飯遲到，就行個屈膝禮把時間省回來。」

「你回話的時間到了[17]，」王后看看懷錶說：「說話時嘴張大一點，別忘記叫『陛下』[18]。」

「我只是想看看花園是什麼樣子，陛下……」

「這就對了，」王后說，拍拍愛麗絲的頭。愛麗絲一點也不喜歡她這樣做。「不過說到『花園』，這裡和我見過的花園比起來，只算是一片荒野。」

愛麗絲不敢爭辯，說：「所以我想找條路到小山上……」

王后打斷她的話：「提到『小山』，我可以給你看真的小山，這座比起來只能叫山谷。」

「我不會這樣叫，」愛麗絲說，對自己竟敢對王后頂嘴也感到意外：「您知道，山是山、谷是谷，這話不通……」

王后搖搖頭，說：「要是你願意，你可以說這話不通，可是真正不通的話我聽過，比起來，這話比字典還要通！」

愛麗絲又行了個屈膝禮，因為王后的口氣好像有些不高興。她們就這樣默默地走著，一直來到山頂上。

愛麗絲站在那裡向四面張望，好一會兒沒說話。這片田野好奇怪，橫向有許多小溪，直向有一排排樹籬，把土地隔成一片片小方塊。

她看了好一會兒才說：「我說，這真像個大棋盤，裡面應該有些棋子[19]在走動才對。啊，真的有欸！」她興奮地說，快樂得心蹦蹦跳。「這真是一個活生生的超級大棋盤[20]，有世界那麼大，要是這裡是整個世界的話。啊，多好玩呀！真希望我也是一個棋子！只要讓我參加，叫我當士兵我也願意。不過，我最想當的還是王后。」

她說這話的時候，不好意思地看看旁邊的真王后，可是她只是高興地微笑說：「這倒容易，要是你願意的話，可以做白王后的士兵。莉莉太小了，還不會參加遊戲。你應該從第二格開始走[21]，走到第八格，就可以升格做王后……」就在這時，不知怎麼的，她們跑了起來。

19. 英文'men'在這裡是一個陷阱。金隄在《等效翻譯探索》（1998）頁97中說：「在實際語言環境中，『men≠人』的機會更要大得多。」例如"the chessboard and men"，這時的'men'指棋子，趙元任先生已正確譯為「棋子兒」，但在《愛麗絲》眾多譯本中，到近年還有許多版本譯為「人」。

20. *指真人扮演的「人棋」（human chess）。

21. 白兵開局時就擺在第二排，第一步可選擇向前走1格或2格，以後每次只能走1格，也不可後退。

愛麗絲事後回想起來，也弄不清楚是怎麼開始的，只記得她們手拉著手一路跑。王后跑得好快，愛麗絲拚了命才趕上腳步。王后還不時地叫著：「快些！快些！」愛麗絲覺得已經沒法再快，只是喘得說不出話來。

不過，最奇怪的是，她們周圍的樹木和景物一點也沒改變，不管她們跑得多快，好像都沒有越過什麼東西。「難道所有東西都和我們一起動？」可憐的愛麗絲很納悶。王后好像猜到愛麗絲的想法，叫著：「跑快點！別說話！」

愛麗絲根本沒有說話的意思，她喘得透不過氣，以為再也說不出話來了。王后還不停地叫著：「快點！快點！」拉著她不放。「我們快到了嗎？」愛麗絲總算喘過氣，把話說出來。

「什麼快到了沒有！」王后說：「十分鐘前早就跑過頭啦，快點跑！」她們靜靜地繼續跑了一陣子，愛麗絲聽到風在耳邊呼嘯著，覺得頭髮都快吹掉了。

「跑！跑！」王后叫道。「快點！快點！」她們跑得飛快，好像腳不著

地、在空中滑過去一般。就在愛麗絲快受不了的時候，王后突然間停住腳步，愛麗絲又暈又喘，癱坐在地上。

王后把她扶起來，讓她靠著一棵樹，和藹地說：「現在你可以休息一會兒了。」

愛麗絲看看四周，驚訝地說：「奇怪！我敢說我們一直就在這棵樹底下！東西都和剛才一模一樣。」

「當然啦！」王后說：「要不然呢？」

「在我住的地方，」愛麗絲說，還是有點喘：「像我們剛才那樣跑，總會跑到什麼地方。」

「那真是個慢地方！」王后說。「你看，在我們這裡要拚命地跑才能停在原地。想到別的地方去，得跑兩倍快才行。」

「謝謝，我不想再跑了！」愛麗絲說：「待在這裡蠻好的──不過我好熱好渴！」

「我知道你要什麼！」王后好心地說，從口袋裡拿出一個小盒子來：「吃塊餅乾吧？」

愛麗絲根本不想吃餅乾，想說「不」又怕不禮貌，只好拿了一塊，努力吞下去。餅乾真的很乾**22**，她覺得一輩

22. 英文有"as dry as biscuit"的說法，意思表示「乾透了」。'Biscuit'在英式英文是指硬的小餅乾，相當於美式英文的'cookie'或'cracker'。美式英文的'biscuit'是指發酵的軟麵包，外硬內軟，相當於英國的「司康」（scone）。

23. *1碼（yard）約合90公分。5碼見方合4.5x4.5公尺，亦即小型雙人房的大小，可能暗示人棋棋盤每格的大小。

子從來沒咽得那麼辛苦過。

「趁你在解渴的時候，」王后說道：「我來量一下尺寸。」她從口袋裡拿出一條標好尺寸的緞帶，開始在地上量起來，在這裡那裡釘上木樁。

「我走到兩碼**23**的地方，」她一面釘上木樁，一面說：「會告訴你該怎麼做──還要餅乾嗎？」

愛麗絲說：「不了，謝謝，一片就夠了。」

「不渴了吧？」王后問。

愛麗絲不知道怎麼回答才好，幸好王后不等她回答，繼續說下去：「走到第三碼，我會再說一遍，免得你忘了。走到第四碼我就要說再見，到第五碼我就走了！」

這時王后已把木樁都釘好，愛麗絲很感興趣地看著她回到樹底下，重新沿木樁慢慢往前走。

她走到兩碼木樁就回過頭來說：「棋兵第一步可以走兩格，所以，你會很快穿過第三格──我想你得坐火車，你會發現馬上就到第四格，這格屬於哈啦叮和哈啦噹兩兄弟，第五格大都是水，第六格是圓圓滾滾的地方。你怎麼都不說話？」

「我……剛才……不知要說什

麼。」愛麗絲結結巴巴地說。

王后用責備的口吻說：「你應該說，『謝謝王后教誨。』就當你說過好了。第七格是森林，會有個騎士給你帶路；到了第八格，我們一起做王后，到那時候就可以大吃大玩啦！」愛麗絲聽了後，站起來屈膝行禮，又坐下來。王后走到下一個木椿，轉過身來，這一回她說：「想不起英語怎麼說的時候，就說法語，走路的時候腳尖朝外[24]。還有，要記住你的身份！」她沒等愛麗絲屈膝，快步走向下一個木椿，回過頭稍停說了聲「再見」，就急忙走向最後一個木椿。

愛麗絲還不知道是怎麼一回事，不過，王后走到最後一個木椿真的就不見了[25]。她到底是消失了呢，還是跑到森林裡去了（「她跑起來真快！」愛麗絲想）──點也猜不著，反正人不見了。愛麗絲想起自己現在是士兵，該起步了。

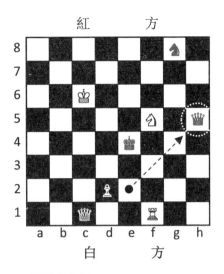

1B. 紅后斜進h5

24. Gardner 2000:166注13說：「『想不起英語怎麼說的時候，就說法語』可能指士兵"en passant"（法文「吃過路兵」），英文沒有這個詞；『走路的時候腳尖朝外』則可能指兵吃子時向左或右的走法。」但兵斜走是特例，而芭蕾舞中「腳尖朝外」卻是常態，而且法文術語用得更多，所以卡洛爾這裡可能模仿的是舞蹈老師的口吻。

25. 紅后從e2斜進h5，白騎士這時面臨紅后與紅王雙重威脅，可是有白城堡（f1）的保護，所以沒有問題。

第3章
鏡子裡的昆蟲

1. Gardner 2000:168注1說明，西洋棋和象棋都是發源自公元6世紀時的印度。西洋棋裡的「主教」（Bishop），相當於中國象棋的「象」。西洋棋共有6種棋子，國王、王后、騎士（即「馬」）、士兵（愛麗絲）都在故事中派上用場，城堡（即「車」）也在棋盤中出現，只是沒有功用。剩下主教沒出場，這裡以間接方式提到「象」，似有補足全員到齊的意思。

第一件要做的事，當然是對要去的地方好好觀察一番。愛麗絲踮起腳尖，想盡量看得遠些：「就像上地理課一樣：主要河流，沒有；主要山脈，只有一座，就是我站的小山，不過我想沒有名字；主要城市，啊！遠遠是什麼東西在採蜜？不會是蜜蜂吧……你知道，從來沒有誰看得到一哩外的蜜蜂……」她靜靜地站了一會兒，看著其中一隻在花叢裡忙進忙出，把吸管伸到一朵花心裡。她想：「和普通的蜜蜂沒兩樣。」

可是，那根本不是普通的蜜蜂，事實上是大象**1**，愛麗絲很快就看出來，一時驚訝得快透不過氣。「那些花該有多大啊！」愛麗絲接著想到：「就像沒有屋頂的小房子放在柱頭上一樣。再說，裡面藏有多少蜜呀！我得下去—— 不行，現在不能去，」她把腳步停下來，一面為自己突然畏縮找藉口，繼續說：「跑到大象堆裡，得先有根長樹枝，好把牠們趕開……要是人家問我覺得散步怎樣，那可就好玩啦。我會說：『喔，

我覺得還好……』」（說著把頭輕輕一擺，這是她最愛做的姿勢）「不過天氣又熱[2]、灰塵又大，那些大象又好吵！」

「我想還是換一條路下山，」她停了一會兒，說道：「也許改天再去看大象。真想快點到第三格去！」[3]

於是她就用這個理由跑下小山，跳過六條小溪中的第一條[4]。

＊　＊　＊　＊　＊
＊　＊　＊　＊
＊　＊　＊　＊　＊

「查票，查票！」車長把頭伸進車窗說。大家馬上把車票拿出來：車票和人差不多一樣大，整個車廂一下子似乎滿是票。

「你呢，小孩！把票拿出來！」車長生氣地看著愛麗絲說。這時許多聲音一起喊了起來（愛麗絲想：「就像合唱一樣。」）：「車票拿來別耽

2. ＊這時是冬天，應該不會熱才對。在本章稍後，愛麗絲又提到天氣很熱。

3. ＊依西洋棋的規則，小兵第一步走兩格，可以直接跳到第4格，但卡洛爾為了維持「一章一格」的規則，還是讓愛麗絲先到第3格。

4. 星號代表愛麗絲跳過小溪，也就是從d2路過d3，見下頁棋譜2A。

5. ＊維多利亞時代的新發明是本故事的主題之一。1840年，特里維西克（Richard Trevithick）設計了真正在軌道上行駛的火車。插圖描繪的是豪華的頭等車廂，有幾個參考來源：白衣紳士是田尼爾在《笨拙》（Punch）雜誌所畫的英國首相迪斯雷利漫畫形象，白紙代表公經

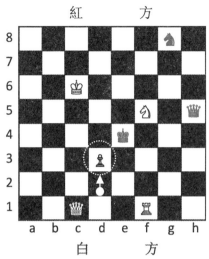

紅　方

8
7
6
5
4
3
2
1

a b c d e f g h

白　方

2A. 愛麗絲經d3（搭火車）

文；愛麗絲的裝扮參考了約翰・埃弗里特・米萊（John Everett Millais）的兩幅小女孩油畫；車廂內景和角度則和奧古斯都・雷歐普德・艾格（Augustus Leopold Egg）1862年油畫《旅伴》相似，見：http://www.alice-in-wonderland.net/alice6.html。卡洛爾在1862年7月5日（和愛麗絲出遊講故事後第二天）的日記中記載，上倫敦時又遇到愛麗絲一家搭同一班火車，可見搭火車對愛麗絲是常事。

6. *這三種光學儀器在維多利亞時代已存在，不是當時的新發明。

擱，一分時間一千鎊！」

愛麗絲害怕地說：「對不起，我沒有票，我來的地方沒有售票處。」於是合聲又喊道：「沒土沒地沒票房，一吋土地一千鎊！」

「別找藉口，」車長說：「你應該向火車 5 司機買票。」合唱聲又齊聲喊道：「火車火車冒黑煙，一股黑煙一千鎊！」愛麗絲心想：「不說了，說了也沒用。」這回合唱聲也不喊了，因為愛麗絲沒開口說話。但是，她很驚奇地感覺到他們齊聲在想（我希望你們能懂得什麼叫「齊聲在想」，我承認我不懂）：「不想說話不說話，一句說話一千鎊！」

「今晚我一定會夢到一千鎊，我知道一定會的！」愛麗絲想道。

愛麗絲在想的時候，車長一直看著她，先是用望遠鏡，接著用顯微鏡，後來又用觀劇鏡 6，看完後說：「你搭錯方向啦。」關上窗就走了。

坐在她對面的一個老紳士（他穿著一身紙做的白衣服）說：「這麼小的孩子，就算不知道自己的名字，也應該知道要往哪個方向！」

一隻坐在白衣紳士旁邊的山羊，閉著眼高聲說：「就算她不認得字母，也

應該知道售票處在哪裡！」山羊旁邊坐著一隻甲蟲（這節車廂滿是奇奇怪怪的乘客），好像照規矩要輪流講話似的，說：「她應該當包裹送回去！」

愛麗絲看不清甲蟲身旁坐的是誰，這時聽到一個嘶啞的聲音說：「換火車頭啦……」卻忽然嗆住，只好停下來。

愛麗絲想：「聲音好像馬嘶。」一個很細的聲音在她耳朵說：<small>你可以編個笑話：『馬嘶』和『嘶啞』都有個『嘶』**7**字。</small>

這時遠處一個柔和的聲音說：「你知道，應該給她貼上『小心女孩』**8**的標籤……」

另一個聲音接著說（「車廂裡的乘客真多！」愛麗絲想）：「她和郵票同樣有人頭**9**，應該寄回去……」「應該把她當電報**10**打回去……」「剩下的路叫她拉著火車走……」各式各樣的話都有。

白衣紳士俯身在她耳邊悄悄說：「親愛的，不要理他們，只要火車停一次買一張回程票就行了。」

「我才不呢！」愛麗絲有點不耐煩地說：「我根本不想搭這班車，我剛才還在森林裡，真想有辦法回去那邊！」

細小的聲音又在她耳邊說：<small>你可以編個笑話，『做得到便有心做』**11**。</small>

「別吵啦，」愛麗絲說，一面四

7. *英文‘horse’（馬）與’hoarse‘（嘶啞）同音。

8. *英文 "Lass, with care"（小心女孩）是戲仿裝運警告用語 "Glass, with care"（小心玻璃）。

9. 英國在1840年發行世界上第一枚郵票，郵費無論遠近都是一便士，後世稱為「黑便士」，由於是以英女王的頭像為圖案，所以說郵票有人頭。

10. *摩斯電報發明於1844年。

11. *英文中有"You could if you would."（有心做便做得到）的說法，這裡變成"You would if you could."（做得到便有心做），是個顛倒笑話。

處看，想弄清楚聲音從哪裡來，卻找不到。「你要是這麼喜歡叫人家說笑話，為什麼自己不說呢？」

　　細小的聲音深深地嘆了一口氣，聽起來非常傷心。愛麗絲本來想說些同情的話來安慰牠：「要是牠嘆氣像別人一樣大聲就好了！」她想。但牠那嘆息聲輕得可憐，要不是緊貼在耳邊，根本就聽不見，可是這麼一來卻把愛麗絲的耳朵弄得好癢，沒辦法關心牠有什麼傷心事。

　　那細小的聲音繼續說：「我知道你是朋友，親愛的朋友、老朋友。我知道你不會傷害我，雖然我是隻小昆蟲。」

　　「哪一種昆蟲？」愛麗絲有點擔心地問。其實她想知道牠會不會叮人，可是覺得那樣問有點不禮貌。

　　「什麼？你不是……」細小的聲音才說著，突然被一聲尖銳的火車鳴叫聲打斷。大家嚇得跳了起來，愛麗絲也同樣吃了一驚。

　　那匹馬一直把頭探到車窗外面，這時安靜地回過頭來說：「沒事，我們正要跳過小溪。」大家聽了好像都放心了，只有愛麗絲想到火車居然還會跳，不禁有點緊張。「不管怎樣，只要能把我們帶到第四格就好了。」她對自己

說。就在這時，火車突然筆直向上衝，她驚慌中伸手往身邊一抓，剛好抓到山羊的鬍子。

*   *   *   *   *

*   *   *   *

*   *   *   *   *

然而，她一碰到鬍子，鬍子就不見了。她發覺自己正安靜地坐在樹下[12]，那隻蚋（就是那隻和她說話的昆蟲）停在她頭頂上的樹枝，正在用翅膀給她搧風。

牠確實是一隻很大的蚋。「大得像小雞。」愛麗絲想，可是她並不害怕，因為他們已經聊過好一陣子了。

「你不是對什麼昆蟲都喜歡嗎？」蚋把剛才說了一半的話講完，好像什麼事都沒發生過似的。

愛麗絲說：「要是牠們會說話，我就喜歡。我們那裡的昆蟲都不會說話。」

「你那兒的昆蟲，你愛和哪一種玩？」蚋問。

「我不愛和昆蟲玩，」愛麗絲解釋說：「我很怕牠們，至少怕那些大的。有些我還叫得出名字[13]。」

蚋不經意地問：「叫牠們名字，牠們會回應嗎？」

12. *愛麗絲這時還在d3。

13. *卡洛爾大概從19世紀英國哲學家米爾（John Stuart Mill）1843年出版的《邏輯學體系》（*A System of Logic*，嚴復譯為《穆勒名學》）得到靈感，該書第一卷第二章 *"Of Names"*（嚴復譯為「論名」）專談命名問題。卡洛爾在故事中多次以命名作為題材，從第1章〈扎勃沃記〉詩中對動物的隨意命名，到本章與蚋和小鹿談名字問題、第6章與圓圓滾滾的對話，還有第7章白騎士「名字的名字」理論等，都牽涉到命名問題。

14. *這裡提到3種昆蟲，都是以'fly'（蒼蠅）作為後綴：馬蠅（horse fly）、蜻蜓（dragon-fly），蝴蝶（butterfly）則分解為'butter'（奶油）與'fly'，這些生物不一定和'fly'有關，也和名中的「馬」（horse）、「龍」（dragon）、奶油（butter）無關，再次反映了命名的隨意性。

「從沒聽牠們應過。」

蚋問道：「要是叫牠們的名字不會應，那牠們要名字做什麼？」

愛麗絲：「對牠們沒用處，不過我想，對給牠們起名字的人有用。要不然，為什麼每樣東西都有名字呢？」

蚋說：「我也說不上來。再說，在前面的森林裡，什麼東西都沒有名字。還是繼續說你的昆蟲吧，別浪費時間。」

「好，我們那兒有馬蠅**14**。」愛麗絲數著手指頭說。

「對了，」蚋說：「那邊一棵小樹，半腰上可以看見一隻搖馬蠅，牠全身是木頭做的，在樹枝間搖過來搖過去。」

「牠吃什麼呢？」愛麗絲非常好奇地問。

「樹汁和鋸木屑，」蚋說：「繼續說你的昆蟲吧。」

愛麗絲很好奇地看看那隻搖馬蠅，想牠一定剛油漆過，因為看起來又亮又黏。她繼續說：

「我們還有蜻蜓。」

「看看你頭頂上的樹枝，」蚋說：「那兒有一

隻火蜻蜓15。身體是葡萄
布丁，翅膀是聖誕葉，頭
是浸了白蘭地點著火的葡
萄。」

「牠吃什麼？」愛麗
絲問的還是吃的問題。

「小麥粥和碎肉
餅，」蚋回答：「住在聖
誕禮盒裡。」

愛麗絲仔細看了看那隻頭上點著火
的昆蟲，想：「昆蟲喜歡往蠟燭撲，或
許因為牠們想變成火蜻蜓吧！」接著她
又往下數：「我們那兒還有蝴蝶。」

「爬在你腳邊，」蚋說（愛麗絲嚇
了一跳，趕緊把腳縮回來）：「有一隻
奶油麵包蝶，翅膀是塗了奶油的薄片麵
包，身體是麵包皮，頭是方糖。」

「牠吃什麼呢？」

「奶油淡茶。」

這時愛麗絲想到了個
新問題，說：「要是找不
到奶油淡茶怎麼辦？」

「當然就餓死啦！」

「這種事一定常發
生。」愛麗絲想了想說。

「這是常有的事。」
蚋說。

15. 蜻蜓（snap-dragon-fly），
由'dragonfly'（蜻蜓）加'snap'
（咬）而成。'snapdragon'是
維多利亞時代兒童在聖誕節
期間愛玩的遊戲，玩法是在
淺盤裡放入白蘭地，丟進葡
萄乾後點火，玩者從火中抓
起葡萄乾，趁火未熄前丟進
口中。

愛麗絲一聲不響地想了幾分鐘，蚋在她頭頂上繞呀繞，嗡嗡地飛著玩。最後，牠停下來說：「我想你不會想把名字丟掉吧？」

「當然不想。」愛麗絲有點不安地說。

「這很難說，」蚋輕鬆地說：「要是回家沒有名字反而方便些！比方說，家庭老師想叫你上來背書，才說『請出來……』就說不下去了，因為她沒有名字可叫，這樣你當然用不著站出來。」

「才不會呢，」愛麗絲說：「老師不會因為忘了名字就放過我的。要是她忘了我的名字，她會叫『那個誰』16。」

蚋說：「『那個誰』沒名沒姓，她這樣叫，你就可以不用上課了。這是一個笑話，希望你說過給別人聽。」

「為什麼你希望我說過呢？」愛麗絲問：「這笑話很蹩腳。」

蚋只是深深地嘆了一口氣，流下兩顆大眼淚。

「要是說笑話會讓你這樣傷心，那還是別說的好。」愛麗絲說。

接著牠又一聲嘆息，這回變得很小聲。可憐的蚋好像隨著嘆息聲一起消失了，因為愛麗絲抬起頭來時，只剩下空蕩蕩的樹枝。她坐久了覺得有點冷，就

站起來往前走。

不久她來到一片空地，前面有一片森林，看來比剛才那座陰森得多，愛麗絲有點膽怯，不敢走進去，不過稍微一想，還是決定往前走。「我不能回頭。」她想，因為這是走向第八格的唯一通路。

「這一定就是那片森林了，」她一面想，一面說：「進去就沒有名字。真想知道，我走進去以後，名字會跑到哪裡去？我才不願意把名字丟掉，因為他們又會再給我取名字，新的名字一定不好聽。但好玩的是，怎麼才能找到撿到我名字的人！就像報紙上尋狗啟事那樣寫：『頸戴銅圈，叫「黛西」會回應。』想想看，看到東西就叫『愛麗絲』，叫到有人應為止！可是遇到聰明的人，根本就不會作聲。」

她自己說著話，一面走進森林，裡面又陰又涼。「不管怎麼，這下舒服多了，」她在樹蔭底下邊走邊說：「剛才走得好熱**17**，進到……進到……進到什麼呀？」她很意外，一下竟想不起要說的字。「我的意思是說，我在……我在……在這底下，你知道！」她用手拍著樹幹：「這叫什麼？我相信它沒有名字。沒錯，它本來就沒有名字！」

17. 故事設定是冬天，但愛麗絲又一次提到好熱。

她靜靜地站著，想了一會突然說：「這事果然發生了。現在我是誰呀？我一定要想出來，我下定決心想出來！」但下再大的決心也沒用，她苦想了半天，只說得出：「『愛』，我知道我是『愛』開頭的。」

這時，一隻小鹿**18**走過，用溫馴的大眼睛看著愛麗絲，一點也不害怕。「過來！過來！」愛麗絲說，伸出手去想摸，牠只稍微向後跳了一下，又站住看著她。

「你叫什麼名字？」小鹿說，聲音好柔好甜！

「我也想知道！」可憐的愛麗絲傷心地回答：「我現在什麼名字都沒有。」

「那可不行，再想一想。」小鹿說。

愛麗絲想呀想，可是什麼也想不出來。「你能告訴我你叫什麼嗎？」她不好意思地說：「也許可以幫助我想起來。」

「再陪我走一段路，我才能夠告訴你，」小鹿說：「在這裡我想不起來。」

她們一塊兒在森林中走著。愛麗絲親熱地摟著小鹿柔軟的脖子走出林外，來到一片空地，小鹿突然一跳，從愛麗絲的臂彎掙脫出來：「我是小鹿！」牠

開心地叫道，「你，天呀，你是人類！」牠那美麗的棕色大眼睛突然露出恐懼的神色，一轉眼就飛快地跑掉了。

　　愛麗絲目送著牠，忽然間失掉了親愛的小旅伴，難過得幾乎想哭。「不過我現在知道自己的名字了，」她說：「這下放心了。愛麗絲──愛麗絲──我再也不會忘記了。現在不知道我該照哪個路標走？」

　　這問題倒不難回答，因為出森林只有一條路，兩個路標都指向同一個方向。愛麗絲對自己說：「等走到岔路，路標指的方向不一樣再說吧。」

　　但情況和愛麗絲想的不一樣。她走了又走，每到一個岔路，總有兩個路標，但都指向同一個方向，一個寫著「到哈啦叮的家」，另一個寫著「哈啦噹的家向前走」。

　　「我相信，」愛麗絲最後說：「他們一定住在同一幢房子裡！奇怪剛才竟沒有想到。可是我不能在他們家待太久。我只想對他們說『你們好？』再問

走出森林的路。真希望天黑之前趕到第
八格！」她就這樣邊走邊說話，剛拐過
一個急轉彎，迎面出現兩個小胖子。情
況來得太突然，嚇得她後退了一步，但
很快就定下神來：想必是那兄弟檔**19**——

19. *卡洛爾刻意把句末的句
號拿掉，和下一章的標題構
成押韻的對句：

*Feeling sure that they must be
  Tweedledum and Tweedledee.*

中譯同樣也是押韻：

想必是那兄弟檔——
  哈啦叮和哈啦噹。

第4章
哈啦叮和哈啦噹

他倆摟著脖子，站在樹底下 **1**。愛麗絲一看就知道誰是誰，因為一個的領子上繡著「叮」字，另一個繡著「噹」。「我想他們衣領後面一定都繡著『哈啦』兩個字。」她對自己說。

他們站著不動，使得她幾乎忘了他們是真人，愛麗絲正想繞到後面去看看衣領上是不是有「哈啦」的字樣，繡著「叮」字的小胖子突然開口說話，把她嚇了一跳 **2**：

「如果你認為我們是蠟像，你知道，蠟像不是白看的，不是這樣！」

「反過來說，」繡著「噹」字的小胖子說，「如果你認為我們是真的，你就得說話。」

「啊，對不起！對不起！」愛麗絲一時只能這麼說，因為腦子裡不斷響起一首古老的兒歌 **3**，好像時鐘

1. Twiddle Dum與Twiddle Dee形容提琴的聲音高低。愛麗絲此時在d4和他們見面，見棋譜2A，但兩人的位置並未出現在棋譜上。

2. *從「蠟像」二字可以查到1835年在倫敦成立的杜莎夫人蠟像館（Madame Tussauds），當時門票6便士，是12本《鏡中》的價錢（6先令一本）。蠟像館常讓真人與一模一樣的蠟像並排在門口招徠顧客，和兩兄弟有點像。

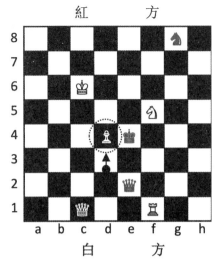

紅　　方

8
7
6
5
4
3
2
1
a b c d e f g h

白　　方

2A. 愛麗絲到d4（哈啦叮和哈啦噹）

3. 這首童謠取自哈利維爾（James Orchard Halliwell）的《英國童謠》（*The Nursery Rhymes of England*），1842年初版。

4. *響瑯璫（rattle）是一種會發出聲響的幼兒手搖玩具，後文提到的響尾蛇是'rattlesnake'，而'rattle drum'是手搖鼓。

5. *這是一個顛倒故事，先知道結果，事情後來才發生，正如第5章白王后說的「倒著過日子」。

在嘀噠響，幾乎忍不住唸出聲來：

「哈啦叮和哈啦噹，

兩人說要打一場。

哈啦叮說哈啦噹，

弄壞他的響瑯璫 **4**！

「忽然一隻大烏鴉，

黑漆漆從天降下。

兩個好漢受驚嚇，

跑得忘了要打架 **5**。」

「我知道你在想什麼，」哈啦叮說，「從來沒發生過這件事。不是這樣。」

「反過來說，」哈啦噹接口說，「要是發生過這件事，那也許是真的；猜想發生過這件事，也可能是真的；從來沒發生過的事，就一定不是真的。這是邏輯。」

愛麗絲很禮貌地說，「我只想知道怎樣走出樹林，天已經很黑了，請告訴我好嗎？」

但是兩個小胖子只是你看我、我看你，咧著嘴笑。

他們簡直就像一對大一號的小學生，愛麗絲忍不住指著哈啦叮說，「第一位同學！」

「不是這樣！」哈啦叮說了一句，叭嗒一聲馬上闔上嘴巴。

「第二位同學！」愛麗絲又指著哈啦噹說，心想他一定會叫「反過來說！」果然猜得沒錯。

「你這樣開頭不對！」哈啦叮說，「到人家家裡，先要說『你好？』然後伸出手來握手！」兩兄弟互相一抱，把空出來的手伸出來，想要和她握手。

愛麗絲不知道先和誰握手才好，怕握了一個，另一個會不高興。後來想出一個好辦法，同時握住兩人的手，三個人就這樣圍著圈跳起舞來。當時好像蠻自然的（愛麗絲後來回想時這樣說），連聽到音樂也不感到驚訝。聲音好像是從他們身旁的樹上傳來，可能是兩枝樹枝摩擦出來的（這是愛麗絲努力猜想出的），就像琴弓拉提琴那樣。

「真奇怪，」（愛麗絲後來給她姐姐講這個故事時這樣說）「我發現自己正在唱〈繞著桑樹團團轉〉**6**，也不知道什麼時候開始唱的，好像已經唱很久了！」

兩兄弟胖嘟嘟，一下子就喘不過氣來。「跳四圈就夠了。」哈啦叮喘著氣說，兩人馬上停下來，就像開始那麼突然，音樂跟著也停了。

6. *〈繞著桑樹團團轉〉（*Here we go round the mulberry bush*）是一首唱遊兒歌，唱時跟著內容做動作。全歌共8段，前兩段歌詞中譯如下：

繞著桑樹團團轉，
桑樹叢，桑樹叢，
繞著桑樹團團轉，
在天剛亮的早上。

我們這樣洗衣服，
洗衣服，洗衣服，
我們這樣洗衣服，
在星期一的早上。

以後五段是：星期二燙衣服、星期三補衣服、星期四掃地板、星期五擦地板、星期六烤麵包、星期天上教堂。其他版本大同小異。

7. 根據Hunt 2009:285及Green 1998:272，卡洛爾模仿的是湯瑪士・胡德斯（Thomas Hoods）1820年發表的〈尤珍・亞蘭姆之夢〉（*The Dream of Eugene Aram*）一詩的格律。插圖中木匠的方帽是紙摺的，現在只有印刷廠工人在用，以避免油污，見Gardner 2000:183注4。*「披頭四」約翰・藍儂（John Lennon）是卡洛爾的粉絲，他寫於1967年的〈我是海象〉（*I Am The Walrus*）就是取自本詩，見Hunt 2009:286。

譯文為增加趣味，依電影歌曲〈熱哄哄的太陽〉節奏改寫，因為此歌的前數句內容剛好和原詩非常近似。第一節歌詞如下：

熱烘烘的太陽往上爬呀，往上爬，

爬上了白塔，

照進了我們的家。

我們家裡人兩個呀，

爺爺愛我，

我愛他呀。

他們放開愛麗絲的手，盯著愛麗絲看。這情形很尷尬，因為她不知道怎樣和剛跳過舞的人說話。「現在說『你好』也不對，」她對自己說，「早就過了問好的時候了！」

「你們不累吧？」她想了一會兒後這麼說。

「不是這樣，謝謝你的關心。」哈啦叮說。

「感激不盡！」哈啦噹說，「你喜歡詩嗎？」

「喜——歡，有的好喜歡，」愛麗絲遲疑地說，「你們可以告訴我怎麼走出樹林嗎？」

「我來給她背哪一首詩？」哈啦噹張大眼睛，看著哈啦叮認真地問，根本不理愛麗絲的問題。

「〈海象和木匠〉 **7** 最長。」哈啦叮回答，親熱地抱了弟弟一下。

哈啦噹馬上背了起來：

「熱烘烘的太陽——」

愛麗絲大膽地打斷他，「要是詩很長，」她盡量用禮貌的口吻說，「能不能先告訴我怎麼走⋯⋯」

哈啦噹只是微微一笑，又從頭背起：

「熱烘烘的太陽往上爬呀，往上爬，
　　爬到了海上，
　　努力把浪刷。
刷得海浪亮又滑呀，
　　說來奇怪，
　　是半夜呀。

氣鼓鼓的月亮沒光芒呀，沒光芒：
　　『沒他的事兒，
　　不該出來亂。
他已照了一整天呀，
　　晚上還來，
　　多掃興呀。』

浪滔滔的大海水汪汪呀，水汪汪，
　　沙灘上沒水，
　　天上雲兒少。
沒有雲彩看不到雲呀，
　　沒有鳥飛，
　　看不到鳥呀。

海象陪著木匠一起走
　　呀，一起走，
　　走在海灘，
　　到處都是沙。
淚流滿面他們說呀，
　　『把沙掃光，

8. *牡蠣在英文裡代表不愛開口或口風很緊的人，所以有"as close as an oyster"（守口如瓶）的說法。詩中的海象巧施妙計，邀牡蠣「談話」，目的是引誘牠們自動開口，他和木匠便可不費力吃到新鮮的牡蠣。

才好玩呀！』

『派來七個侍女拿掃把呀，拿掃把，

　　掃上半年，

　　掃不掃得完？』

海象問來木匠答呀，

　　『怕做不到，』

　　流下淚呀。

『大海裡的牡蠣你們來呀，你們來！』

　　海象邀請，

　　快樂談談話。

『我們只有四隻手呀，

　　只要四個，

　　逛海灘呀。』

最年長的牡蠣看著他呀，看著他，

　　一言不發，

　　頭兒沉重的搖。

嘴不說 **8** 來眼睛眨呀：

　　他的意思

　　不要離家。

四個快樂牡蠣趕著來呀，趕著來，

　　一心想玩，

　　穿得滿身花。

臉已洗來鞋已擦呀。

說來真怪，
　　沒有腳呀。

另外還有四個跟著來呀，跟著來，
　　四個後面，
　　又有四個到。
越來越多一大串呀，
　　跳過海浪，
　　上岸來呀。

海象跟著木匠走一哩呀，走一哩，
　　選塊石頭，
　　低低坐下來。
小牡蠣們排好隊呀，
　　等候他們，
　　來聊天呀。

『現在我們大家來談話呀，來談話，』
　　海象談到，
　　鞋子、船舶和火漆，
白菜、國王 **9**、海水燙
　　呀，
　　豬兒好肥，
　　會不會飛呀。

小牡蠣們叫道：『等一
　　會呀，等一會，

9. ＊鞋子、船舶和火漆（shoes, ships and sealing wax）的英文都是s開頭，白菜、國王（cabbages and kings）則是發k頭韻，表示談話漫無頭緒。美國作家歐・亨利（O. Henry）在1904年出版第一本小說集，便以《白菜與國王》為名，「香蕉共和國」（Banana Republic）一詞也出自此書。

我們好胖，

　　累得氣兒喘！』

木匠說道：『不用著急呀。』

　　小牡蠣兒，

　　好感激呀。

『熱烘烘的麵包不可少呀，不可少，』

　　海象還要，

　　　『香醋和胡椒，

要是你們準備好呀，

　　我倆就要

　　吃個飽呀。』

嚇壞了的牡蠣綠了臉呀，綠了臉，

　　　『別吃我們！

　　聊得那麼好。』

『我們先來看風景吧，』

　　海象說道，

　　　『夜色多好。』

『你們來到這裡真歡迎呀，真歡迎，

　　你們真乖，

　　陪著一起來。』

木匠只顧添麵包呀：

　　　『再切一片，

　　聽到沒呀！』

『我們真不應該把牠們騙呀，把牠們騙，』

　　海象說道，

　　『還走這麼遠！』

木匠什麼也不理呀：

　　『奶油太多，

　　抹不開呀！』

海象一邊大吃一邊哭泣呀，邊哭泣，

　　『為你們流淚，

　　你們真冤枉。』

說完又挑大牡蠣呀，

　　掏出手帕，

　　擦眼淚呀。

『小小牡蠣玩夠該回家啦，該回家，』

　　木匠問道：

　　『玩得開心嗎？』

但是牡蠣沒回答呀，

　　因為牠們

　　被吃光呀。」

　「我比較喜歡
海象，」愛麗絲說，
「因為牠對那些可憐
的牡蠣有點抱歉。」

　「不過牠吃得比
木匠多，」哈啦噹說，

10. *蒸汽機是工業革命的主要動力。英國於1851年在倫敦舉辦第一屆世界博覽會，展出各種巨型的蒸汽機。

11. *紅王在e4，這時愛麗絲雖然進入紅王的攻擊範圍，其實相當安全，一方面是紅王在睡覺，另一方面則是在白騎士的保護範圍內，就算紅王醒著也不敢攻擊，而白騎士又受到白城堡的保護。

「你看，他把手帕遮在面前，叫木匠數不清他吃了多少，反過來說。」

「真卑鄙！」愛麗絲生氣地說。「這樣說我比較喜歡木匠——要是他沒吃得比海象多的話。」

「可是他有多少吃多少。」哈啦叮說。

這倒把愛麗絲難倒了。她停了一會說：「哼！兩個都不是好東西——」忽然驚慌地停住了，因為聽到附近林子裡有什麼聲音，像是蒸汽機10在隆隆作響，她怕的是什麼野獸。「這附近有獅子老虎嗎？」她害怕地問。

「不過是紅國王在打鼾11。」哈啦噹說。

「我們去看看！」兩兄弟叫道，一人拉著愛麗絲一隻手，把她帶到國王睡覺的地方。

「看他多好看？」哈啦叮說。

老實說，愛麗絲可不認為。他戴著一頂高高的紅色睡帽，頂上綴著流蘇，躺在地上縮成一團，就像一堆亂七八糟的東西，還大聲地打鼾——「這麼大聲，頭都快震掉了！」哈啦叮說。

「躺在濕草地上會著涼的。」愛麗絲說，她是一個很體貼的小女孩。

「他正在做夢呢，」哈啦噹說，

「你知道他夢見什麼嗎？」

愛麗絲說：「誰都猜不到。」

「還有誰，不就是你！」哈啦噹得意地拍著手叫道。「要是他不夢到你，你想你會在哪裡？」

「當然就在這裡！」愛麗絲說。

「才不是！」哈啦噹輕蔑地反駁。「你哪裡都不在。你不過是他夢裡的什麼東西！」

「要是國王醒了，」哈啦叮接口說，「你就會不見，呼！像蠟燭一樣一吹就熄！」

「不是這樣！」愛麗絲生氣地叫道。「再說，要是我只是他夢裡的東西，那你們又是什麼？我倒想知道？」

「同上。」哈啦叮說。

「同上，同上！」哈啦噹叫道。

他叫得太大聲了，愛麗絲忍不住說：「噓！叫得那麼大聲，會把他吵醒的！」

「哈！怕吵醒他也沒有用，」哈啦叮說，「你不過是他夢裡的東西。你明知道你不是真的。」

「我是真的！」愛麗絲說，哭了起來。

「哭也不會讓你變得真一點，」哈啦噹說，「沒什麼好哭的。」

「要是我不是真的，」愛麗絲被鬧糊塗了，又哭又笑地說，「我就不會哭了。」

「你以為那是真的眼淚嗎？」哈啦叮打斷她的話，用非常輕蔑的口吻說。

「我知道他們在亂講話，」愛麗絲想：「為這種事哭真傻。」於是她擦乾眼淚，盡量擺出開心的樣子說：「我得趕快走出樹林，天越來越黑了，你們看是不是快下雨了？」

哈啦叮拿出一把大傘，撐起來遮住他和哈啦噹，仰起臉看著傘底說，「不會，我看不會下雨，」他說，「至少——這底下不會。不是這樣！」

「可是外面怕會下吧？」

「也許會，要是老天想下的話。」哈啦噹說，「我們沒意見；反過來說。」

「兩個自私的傢伙！」愛麗絲想，正想說一聲「晚安」離開他們，哈啦叮突然從傘下跳了出來，抓住她的手。

「看見那個東西嗎？」他氣得呼呼喘，眼睛一下子變得又大又黃，用發抖

的手指著樹下一個白色的東西。

　　「那不過是個響瑯璫12，」愛麗絲仔細看了一下說，「又不是響尾蛇，」她趕緊補充了一句，以為他在害怕，「又破又舊的響瑯璫。」

　　「我知道響瑯璫破了！」哈啦叮叫道，瘋了似地跺著腳、扯著頭髮，「壞了啦！」他盯著哈啦噹，哈啦噹跌坐到地上，想躲到傘裡去。

　　愛麗絲搭著他的手臂，安慰地說：「不要為一個舊響瑯璫生氣。」

　　「那不是舊的！」哈啦叮叫道，更加生氣了，「那是新的，告訴你，我昨天才買的——我好端端新嶄嶄的**響瑯璫啊**！」他越叫越大聲，變成尖叫。

　　這時候，哈啦噹正在設法收傘，想整個人躲到傘裡面去，動作很奇怪，引起愛麗絲的注意，不再看正在生氣的哥哥。但是哈啦噹沒辦法整個人躲進傘內，只是橫躺在地上，身子裹在傘裡，頭露在外面，嘴巴和大眼睛一開一闔。愛麗絲想：「活生生

12. [插圖]左下角可以看到「響瑯璫」，不過卡洛爾1886年11月29日寫信給友人克拉克（Henry Savile Clark），抱怨田尼爾畫錯了，因為這是看更人的括鳴器（watchman's rattle），而不是小孩玩的響瑯璫。見Gardner 2000:191注13。

像一尾魚。」

「要不要打一場架？」哈啦叮氣消了些，問道。

「好啦，」哈啦噹沉著臉說，從傘裡爬出來。「不過她得幫我們們穿東西，你知道。」

於是兄弟倆手牽手跑進樹林，不久回來，手上抱著各式各樣的東西──枕頭、被子、地毯、桌布、盤蓋、煤筐等。「你會扣扣針打結吧？」哈啦叮問，「這些東西全都要綁到身上，哪裡都行。」

愛麗絲後來說，她從來沒見過那麼忙亂的場面──兩兄弟忙來忙去，把一大堆東西往身上捆，還要她七手八腳地幫忙東綁西扣。「等他們捆好綁好，就變成一團破布了！」愛麗絲對自己說，這時她正把一個枕頭綁到哈啦噹的脖子上。哈啦噹說：「這樣頭才不會被砍斷。」

「你知道，」他一本正經地說，「打仗最嚴重的事，就是頭被砍下來。」

愛麗絲忍不住笑出聲來，趕快假裝咳嗽，免得惹他不高興。

「你看我的臉色蒼白嗎？」哈啦叮問道，走過來讓她幫忙戴上頭盔（他把

這東西叫頭盔，實際倒像個湯鍋）13。

「哦……有……一點。」愛麗絲輕聲回答。

「我平時都很勇敢，」他低聲說，「不過今天剛好有點頭痛。」

「我也剛好牙痛！」哈啦噹聽到了說，「比你嚴重得多。」

「那你們今天就別打了。」愛麗絲說，想趁這機會給他們講和。

「我們多少要打一架，不過我不想要打很久，」哈啦叮說。「現在幾點鐘？」

哈啦噹看看手錶說：「四點半。」

「我們打到六點鐘，打完就吃晚飯。」哈啦叮說。

「好吧，」哈啦噹苦著臉說，「她可以看我們打──不過別太靠近，」他又補充說，「我打得高興，看到什麼東西都砸。」

「我是打得到的東西都打，」哈啦

13. [插圖]愛麗絲正在綁湯鍋，所以左邊的應該是哈啦叮，不過哈啦叮配的是劍，似乎又應該是右邊那個才對，看來田尼爾也搞糊塗了。見Gardner 2000:191注14。

叮叫道，「不管看得到還是看不到！」

愛麗絲笑了起來：「我想，你一定會常打到那些樹了。」

哈啦叮得意地笑著向四周看，說：「我想這場架打下來，周圍的樹沒有一棵不倒的！」

「就只為了一個響瑯璫！」愛麗絲說，還想讓他們覺得為這種小事打架不是光彩的事。

「要是響瑯璫不是新的，」哈啦叮說，「我才不會在乎。」

「希望那大烏鴉真的會來！」愛麗絲想。

「我們只有一把劍，你知道，」哈啦叮對弟弟說，「不過你可以用雨傘，雨傘和劍一樣利。不過我們得快點打，天真的很黑了。」

「而且越來越黑。」哈啦噹說。

天突然間黑得好快，愛麗絲還以為大雷雨要來了。「這朵烏雲真大！」她說，「而且來得真快！什麼，好像還有翅膀呢！」

「那是大烏鴉！」哈啦叮驚慌尖叫，兄弟倆拔腿就跑，一下子逃得沒影沒蹤。

愛麗絲跑了一小段路，跑進樹林裡，躲到一棵大樹底下。「在這裡牠怎

麼抓都抓不到我，」她想，「牠這麼
大，擠不進來。不過真希望牠搧翅膀不
要這麼用力——樹林裡都颳起大風了——
咦，什麼人的披肩給吹過來了！」

第5章
羊毛和水

1. *此時愛麗絲還在d4，白王后則從c1上移3格到c4，在愛麗絲的左側，此時白后威脅到位於g8的紅騎士，但好像沒注意到，見右頁棋譜2B。

2. *原文在玩'addressing'和'a-dressing'的雙關語遊戲。愛麗絲口中的'address'是「交談」之意，但王后把這字解為'a-dressing'，是「整裝」之意。

愛麗絲抓住披肩，四下張望，想看看披肩是誰的。這時只見白王后瘋也似地穿過樹林跑來，兩臂張開，好像在飛行。愛麗絲拿著披肩，很有禮貌地迎上去。

「我很高興剛好在路上撿到。」愛麗絲說，一面幫她圍上披肩[1]。

王后神情害怕，六神無主地看著她，嘴裡一直小聲地唸著同一句話，聽起來像是「奶油麵包、奶油麵包」。愛麗絲覺得要和王后談話還得先開口，於是就怯怯地說：「請問我侍候的是王后陛下嗎[2]？」

「要是你這樣就算『侍候』，」白王后說，「我倒不這麼想。」

愛麗絲不願意一開頭就頂嘴，所以只微笑說：「陛下告訴我開頭該怎麼做，我會盡力做好。」

「我根本沒想人家幫我做！」可憐的王后咕噥著說，「剛才自己就花了兩個鐘頭穿衣服。」

愛麗絲心想，她應該叫人幫她穿衣

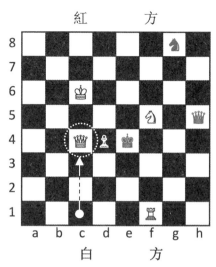

紅　　方

白　　方

2B. 白后進c4（追披肩）
3A. 愛麗絲遇白后（送披肩）

服會好得多，她身上真是亂得可以。愛麗絲想，「全身沒有一樣東西整齊，到處還扣滿了針！」於是說：「可以讓我幫您整理一下披肩嗎？」

「真不知道是怎麼一回事！」王后沮喪地說，「我想它生氣了。我這裡扣、那裡扣，就是沒辦法教它稱心滿意。」

「全扣在一邊是沒法穿好的，您知道，」愛麗絲說，輕輕地幫王后把披肩扣好。「哎呀，老天！您的頭髮真亂！」

「刷子纏在頭髮裡了！」王后嘆了一聲說，「昨天梳子也弄丟了。」

愛麗絲小心地把刷子解出來、想

3. *貼身侍女（lady's-maid）是富貴人家裡專門服侍女主人的女僕，包括照料化妝、頭髮、衣著、寶飾、鞋子、整理衣櫥、燙衣服、修補衣服等。

4. *一星期2便士是很低的薪水。下文裡老綿羊買雞蛋，兩顆也賣2便士。

5. *維多利亞時代，傭人的薪水包括實物配給茶和糖，都是當時的昂貴物品。果醬只是為配合「隔天有果醬」掰出來的。

6. 原文"jam tomorrow and jam yesterday——but never jam today"是一句拉丁文文法口訣。拉丁文中的'iam'（意為「現在」）僅可用於過去和未來式，不可用於現在式（現在式是nunc）。'iam'也可拼寫為jam，剛好在英文中是「果醬」。後來，'jam tomorrow'被用來比喻不可能實現的承諾，猶如中文的「畫大餅」。

盡辦法才把頭髮整理好，「好啦！現在看起來好多了！」她說，又把王后身上的扣針整理好。「您實在需要個貼身侍女**3**。」

「我很想讓你當我的貼身侍女！」王后說，「一星期兩便士**4**，隔天有果醬**5**。」

愛麗絲忍不住笑了起來，說：「我不想當您的侍女，也不想吃果醬。」

「那是很好的果醬。」王后說。

「不過我今天不想吃。」

「你今天想吃也吃不到，」王后說，「規矩是明天有果醬、昨天有果醬，就是今天沒果醬**6**。」

愛麗絲不以為然：「總會輪到『今天』有果醬吧。」

「那不可能，」王后說，「我說過『隔天』有果醬，今天不是『隔天』，你知道。」

「我聽不懂，」愛麗絲說，「越聽越糊塗！」

「這是倒著過日子的結果，」王后和氣地說，「剛開始頭腦總會有點混亂……」

「倒著過日子！」愛麗絲驚訝地跟著說了一遍，「從來沒聽過這種事！」

「可是這樣有個很大的好處，記憶就有兩個方向了。」

「我的記憶只有一個方向，」愛麗絲說，「不能記住還沒有發生的事。」

「只記得過去的記憶是最差的記憶。」王后說。

「請問哪種事情您記得最清楚？」愛麗絲大著膽問道。

「下下個星期要發生的事，」王后不經意地回答，一面拿出一大塊藥膏貼到手指上，「拿國王的信差 **7** 來說，他現在關在監牢裡受罰，但要到下星期三才審判。當然，他在審判後才會犯罪。」

「要是他沒犯罪呢？」愛麗絲問。

「那就更好了，對嗎？」王后說，一面用絲帶把藥膏紮好。

愛麗絲覺得這話也有道理。「那當然更好，」她說，「可是他已受了罰，對他可不算更好。」

「你完全錯了，」王后說，「你受過罰嗎？」

「只在做錯事的時候。」愛麗絲說。

「你受了罰一定變得更好，我沒說錯吧！」王后得意地說。

「沒錯，不過我是做錯事才受罰，」愛麗絲回答說，

7. 信差下星期三受審，和第1章愛麗絲說「下星期三一起算帳」，不知是當時的規矩還是巧合。

8. *這段似乎在描述沒有使用安全別針的情況。美國人華特‧杭特（Walter Hunt）在1849年發明安全別針。

「完全是兩回事。」

「就算你沒做錯事，」王后說：「懲罰還是會使你變得更好。更好、更好、更好！」她每說一個「更好」，嗓門就提高一些，最後簡直變成尖叫。

愛麗絲正想說：「我總覺得哪裡不對……」王后突然大叫起來，把她的話打斷了。「噢，噢，噢！」王后叫道，搖著手好像想把手摔掉一樣，「手指流血了！噢，噢，噢，噢！」

她的叫聲尖得像火車的汽笛，愛麗絲不得不掩住耳朵。

「怎麼回事？」愛麗絲等叫聲過後問，「手指刺傷了嗎？」

「現在還沒有刺到，」王后說，「可是馬上就會——噢，噢，噢！」

「什麼時候才刺到呢？」愛麗絲問，忍不住想笑。

「等我再扣披肩的時候，」可憐的王后呻吟著說，「胸針就會馬上彈開。噢，噢！」說到這裡，胸針忽然彈開，王后慌忙抓住，想把它扣回去。

「小心！」愛麗絲叫道，「您抓歪了！」正想抓住胸針，可是已經太晚，胸針一滑，刺進了王后的手指**8**。

「你看，手指流血就是這樣來的，」她笑著對愛麗絲說，「現在你知

道這裡的事情怎麼發生了。」

「可是您現在為什麼又不叫呢？」愛麗絲問，雙手放在耳邊準備隨時摀起來。

「我剛才已經叫過了，」王后說，「再叫有什麼用？」

這時天空漸漸亮了起來。「我想烏鴉一定飛走了，」愛麗絲說，「真高興牠走了，不然還以為是天黑了呢！」

「我真希望高興得起來！」王后說，「可是老記不住規則。你一定很快樂，住在這樹林裡，想高興隨時可以高興！」

「可是在這裡很寂寞！」愛麗絲悲哀地說，想到自己這麼孤單，忍不住流了兩顆大眼淚。

「啊，不要哭！」可憐的王后急得直搓手。「想想你有多好，想想你今天走了多少路，想想現在幾點鐘了。想什麼都可以，就是不要哭！」

愛麗絲聽了忍不住笑了起來，眼裡還含著淚：「想別的事情就能不哭嗎？」

「事情就是這樣，」王后非常有把握地說，「沒有人能同時做兩件事，你知道。先從你的年齡想起——你多大了？」

9. *《奇境》中只透露愛麗絲的生日是5月4日，並未說明年齡。《鏡中》故事發生的日期設在11月4日，因此推斷愛麗絲在《奇境》中的年齡是7歲。

10. *愛麗絲說的是'exactly'，王后卻解成'exactually'。'exactually'是'exactly'和'actually'的混合，用以強調事情正確無誤。

11. *根據Wakeling 1992:79計算，紅王后和白王后都是101歲又5個月零1天，兩人加起來的日數是74088天（其中有25個閏年），剛好是42x42x42（42是卡洛爾最喜歡的數字），而兩位王后的生日是1758年6月3日。不過這種算法有點牽強，假如不考慮歲數，直接用6月3日來查，可以發現這天是卡洛爾第一次為愛麗絲拍照的日子（1856年）。

12. *這時白王后向前移到c5，愛麗絲隨白王后向前移到d5，見右頁棋譜3B, 4A。

「剛好七歲半 **9** 。」

王后說：「你說『鋼』也好、『鐵』也好**10**，我都會相信。現在讓我說一件事讓你相信看看。我才一百零一歲又五個月零一天**11**。」

「我不相信！」愛麗絲說。

「你不相信？」王后同情地說，「再試一遍，大力吸一口氣，閉上眼睛。」

愛麗絲笑著說：「試也沒用，不可能的事是相信不起來的。」

「我敢說這是你練習得不夠，」王后說，「我像你這樣大，每天都要練習半小時。真的，有時候起床還沒吃早餐就能相信六件不可能的事——披肩又飛走啦！」

胸針在她說話的時候又鬆開了，這時突然刮起一陣風，把披肩吹過小溪。王后再次張開雙臂，飛快地追著跑，這回她自己把披肩抓住了。「我抓到了！」王后得意地叫道，「看吧，我自己把它扣好，我自己做的！」

「現在您的手指好些了吧？」愛麗絲很有禮貌地說，跟著王后跳過小溪**12**。

* * * * *

* * * *

* * * * *

「好多了！」王后叫著回答，聲音越來越尖：「好多啦！好多嘿！好多咩！」最後一個字拖得好長，像是羊叫，把愛麗絲嚇了一跳。

她看看王后，只見她忽然間好像裹在一團羊毛裡。愛麗絲揉揉眼睛，仔細看了看，不明白到底發生什麼事。難道她在一間小店**13**裡嗎？難道真的是——真的是一隻綿羊坐在櫃台裡嗎？她再揉了揉眼睛，看到的還是同樣的情景：她正在一間昏暗的小店裡，兩手放在櫃台上，櫃台後面有隻老綿羊，坐在安樂椅裡打著毛線，不時停下手，透過一副大眼鏡看看她。

「你想買什麼東西？」綿羊停下手

13. *牛津真的有這麼一間小鋪，現在叫做「愛麗絲小店」（Alice's Shop），專門出售愛麗絲相關書籍和物品，是遊客必到之處。小店位於湯姆方院的對面，地址是聖阿爾達特街83號（83 Saint Aldate's），距離愛麗絲家不遠，據說她小時候常來這裡買麥芽糖。插圖按照小店的實況畫出，但左右相反。

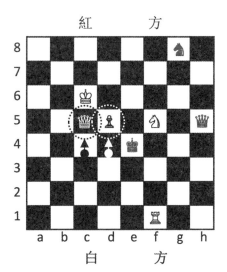

3B. 白后進c5（變羊）
4A. 愛麗絲進d5（小店、小河）

14. 陀螺骰子（teetotum）是一種方形陀螺，四面寫上文字或數字，陀螺停下來後，轉者便要依照朝天那一面的文字或數字去做。過去的陀螺骰子，其中一面有個T（tee）字，代表拉丁文'totum'，亦即「全贏」之意，所以名為'teetotum'。

來，看了好一會才問。

「我還不知道，」愛麗絲禮貌地說，「可以的話，我想先四面看看。」

「要是你喜歡，你可以往前看，也可以左右看，」綿羊說，「可是沒辦法四面看，除非你腦袋後面長了眼睛。」

愛麗絲腦袋後面剛好沒長眼睛，只好轉著身一個個貨架看。

小店好像放滿了奇奇怪怪的東西，但最奇怪的，還是每當她盯著一個貨架，想看清楚上面有什麼東西，那個貨架總是空的，旁邊的貨架卻堆得滿是東西。

「這裡的東西真會溜！」愛麗絲抱怨地說。她花了好幾分鐘追著一個又大又亮的東西看，卻一直看不清楚：它有時像洋娃娃，有時又像針線盒，不管她看著哪一格，它總像在上面一格。「這個東西最氣人——可是我有辦法——」她突然想起一個主意：「一直盯著它到最上面一層，把它逼到天花板，看它往哪裡逃！」

但是，這計畫也失敗了。那「東西」一聲不響就穿過天花板，好像經常這樣做似的。

「你到底是小孩還是陀螺骰子**14**？」那隻綿羊問，一面又取出一對編針：

「再這樣轉下去，我頭會昏掉。」她現在用十四對針同時編織毛線，愛麗絲驚訝地睜大眼睛看。

「她怎麼有辦法用那麼多針來編？」小女孩迷惑地想，「她越來越像隻豪豬了！」

「你會划船嗎？」綿羊問，一面說一面遞給她一對編針。

「會一點——不過不在地上——也不是用編針划——」愛麗絲說時，手裡的編針忽然變成船槳，又發覺自己和綿羊同在一艘小船，在河岸中間緩緩移動。於是她不再說話，努力划船。

「撇槳15！」綿羊叫道，又拿出一對編針。

這句話不像問話，所以愛麗絲沒有理牠，只管划船。這水真怪，她想，因為不時會黏住船槳，很難拔出來。

「撇槳！撇槳！」綿羊又叫道，再拿出一堆編

15. 撇槳（feather），划船術語，指划完要把槳面擺平，以免拖在水裡。愛麗絲誤聽為「別講」。《奇境》的序詩中「小小的技巧」，「撇槳」應該是其中之一。

針。「你快抓螃蟹16了！」

「可愛的小螃蟹！」愛麗絲想，「能抓到多好。」

「你沒聽到我喊『撇槳』嗎？」綿羊生氣地叫道，又拿起一大把編針。

「聽到了，」愛麗絲說，「你說了好多遍——而且好大聲。請問螃蟹在哪裡？」

「當然在水裡，」綿羊說，把一些編針插到頭髮裡，因為手裡已經滿了。「我說撇槳！」

「你為什麼老叫我『別講』？」愛麗絲不耐煩，問道，「我又沒說話。」

「我說的不是『別講』，」綿羊說，「我說你是呆瓜。」

愛麗絲聽了有點不高興，兩個人好一會沒說話。小船輕輕漂著，有時滑進水草叢（水草纏住船槳，更難拔出來），有時滑過樹下，但始終離不開兩旁高高的河岸，彷彿在盯著她們看。

「啊，拜託！那裡有好多香燈心草17！」愛麗絲突然快樂地叫道，「那麼多——又那麼好看！」

「你用不著為燈心草對我『拜託』，」綿羊打著毛線，頭也不抬地說，「那不是我種的，我也不會把它們拿走。」

16. 抓螃蟹（catch a crab）是划船的術語，指船槳困在水裡拔不出來，這時船身若繼續向前，船槳柄被帶到後方，就會把划船人打倒。

17. *燈心草（rush），株高0.4－1.5公尺，常生於溪渠邊。燈心草在古代是蠟燭的廉價替代品，泡油可作燈芯用，故得名。

「我的意思是說：拜託，我們可以等一下嗎？」愛麗絲哀求說：「停下船來讓我採一些回去。」

「我哪有辦法叫船停下來？」綿羊說。「你不划，船不就停了。」

於是小船在河中隨波漂流，輕輕滑進不停搖擺的燈心草叢裡。愛麗絲小心地捲起小小**18**的袖子，小小手臂齊肘伸到水裡，抓住燈心草的根拔出來，一時之間完全忘了綿羊和毛線的事。她俯著身子探過船舷，蓬鬆的髮尖輕點著水面，睜著閃亮的眼睛，認真地把散發著幽香的燈心草一把把抓上來。

「希望不會把船弄翻了！」她對自己說，「呀！那株真漂亮！可惜碰不到。」這確實有點氣人（「好像是故意的，」愛麗絲想），雖然她順著水流已經採了不少美麗的燈心草，可是還看到更漂亮的，就是撈不到。

「最好看的老在最遠！」最後她說，為這些長得老遠的燈心草嘆了一口氣，帶著酡紅的臉頰、濕淋淋的頭髮和雙手坐回座位，開始整理新收集來的寶貝。

燈心草一摘下來起就開始枯萎，失去原有的香氣和美麗，可是愛麗絲一點也不在乎。你知道，就算是真的燈心

18. 卡洛爾的觀念有點混亂。頁245插圖中，愛麗絲穿的是短袖衣服，沒有袖子可捲，而且這時是冬天，把手伸到水裡會不會太冷？這裡連續兩個「小小」（little），似乎在呼應《奇境》序詩中的三個「小小」，有諧音愛麗絲姓氏（Liddell）的意思。

草，香氣也只能維持很短的時間，何況這是夢中的燈心草，堆在她腳下就像雪一般很快就融掉了。可是愛麗絲都沒注意到，因為還有許多別的怪事吸引她。

她們沒划多遠，一隻槳黏在水裡，「不肯」出來了（愛麗絲後來這樣解釋），槳柄打到她的下巴，可憐的愛麗絲「唉！唉！唉！」地叫，從座位上跌到燈心草堆裡。

不過她一點都沒受傷，很快就爬了起來。綿羊一直打著毛線，好像什麼事都沒發生。「你抓了個大螃蟹！」牠說。愛麗絲坐回座位，慶幸人還在船上。

「真的？我沒看到，」愛麗絲說，小心地探過船舷，看著深色的水，「別讓牠跑掉了——真希望能帶隻可愛的小螃蟹回家！」綿羊只是冷冷一笑，繼續打牠的毛線。

「這裡有很多螃蟹嗎？」愛麗絲問。

「有，什麼都有，」綿羊說：「隨你挑，可是你得打定主意。你到底想買什麼東西？」

「買東西？」愛麗絲跟著說了一遍，又驚訝又害怕，因為船啊、槳啊、小河啊一下子通通都不見了，她還是在

昏暗的小店裡。

「我想買一個雞蛋，」她怯怯地說，「怎麼賣？」

「一個五便士，兩個兩便士。」綿羊回答。

「兩個比一個便宜嗎？」愛麗絲驚訝地問，一面拿出錢包。

「可是你買兩個，就得把兩個都吃下去！」綿羊說。

「那我買一個好了，」愛麗絲說，把錢放在櫃台上，因為她想，「蛋不一定都是好的[19]。」

綿羊收了錢，放到一個盒子裡，說：「我從來不把東西放到人家的手裡，這樣做不行。你自己過去拿吧。」說著走到店鋪後面，把蛋立著放在貨架上[20]。

「不知道為什麼這樣做不行？」愛麗絲想，在桌子和椅子中間摸索著走，因為越到後面越黑。「好像我越往前走，蛋就離得越遠。這是椅子嗎？還長著樹枝呐！真的，這裡然有樹！而且還有小溪！從來沒見過這麼奇怪的店！」

＊　＊　＊　＊　＊

＊　＊　＊　＊

＊　＊　＊　＊　＊

她一直往前走，越走越驚訝。每件

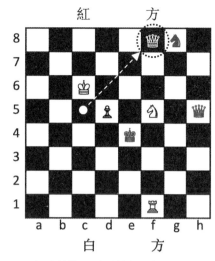

4B. 白后斜進f8（蛋放架上）

19. 卡洛爾在日記中說：基督堂學院的學生在早餐時叫一個煮蛋，餐廳往往會送上兩個，其中一個是壞的。見 Gardner 2000:206。

20. *這時白后斜進到f8，就在紅騎士旁邊。見棋譜4B。

東西在她走近的時候，都變成了樹，她
想那雞蛋也同樣會變成一棵樹。

第6章
圓圓滾滾

不過，那蛋越變越大，而且越來越像人。愛麗絲走到離它沒幾公尺遠的地方，看到蛋上面有鼻子眼睛嘴巴；再走近一看，分明就是「圓圓滾滾」[1]。「不可能是別人！」她對自己說，「一看就知道是他，整張臉就像寫滿了名字一樣[2]！」

這張大臉真的大得可以輕輕鬆鬆寫上一百個名字。圓圓滾滾像土耳其人般盤著腿坐在高牆頂上（那牆好窄[3]，愛麗絲不知道他怎能坐得穩）眼睛一動也不動地盯著別的地方，完全不管愛麗絲，所以她認定是個填充玩具。

「樣子真像一個蛋！」愛麗絲大聲地說，伸出手準備去接，擔心他隨時會摔下來。

「氣死人，」圓圓滾滾過了好久才說話，看都不看愛麗絲：「被人家叫做蛋，真的氣死人！」

「我只說您樣子像蛋，先生，」愛麗絲輕聲解釋，「有些蛋是很漂亮的，您知道。」她又加了一句，希望把剛才

1. *'Humpty Dumpty'的中譯變化多端。他是謎語的主角，本書仿中文謎語暗示形狀的用法，譯為「圓圓滾滾」。

2. *這時愛麗絲來到d6，見下頁棋譜5A，但圓圓滾滾的位置未顯示。

3. [插圖]畫家在右邊刻意畫出牆的橫側面，顯示牆頂果然很窄，但圓圓滾滾沒有盤腿坐。見下頁。

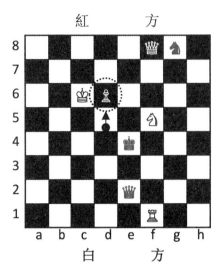

紅　　　方

8
7
6
5
4
3
2
1

a b c d e f g h

白　　　方

5A. 愛麗絲進d6（圓圓滾滾）

4. *此詩的原文是：

'Humpty Dumpty sat on a wall:
Humpty Dumpty had a great fall.
All the King's horses and all the
　King's men
Couldn't put Humpty Dumpty in
　his place again.'

這是一首古老的謎語詩，謎底是蛋，所以圓圓滾滾不承認自己是蛋。中譯「蛋形人」、「蛋人」之類，也有洩露謎底之虞。

這首詩最後一行"Couldn't put Humpty Dumpty in his place again."在原來的童謠版本中是"Cannot put Humpty Dumpty together again."

"All the King's Men"一詞因《鏡中》引用而甚為有名。

的話圓過來。

「有些人，」圓圓滾滾說，還是沒正眼看愛麗絲，「懂的還不如嬰孩多！」

愛麗絲不知道該怎麼回答。她想，這根本不像交談，因為他始終沒對她說過話。事實上，他剛才那句話分明是對著一棵樹說的。愛麗絲於是站著輕聲對自己背起一首詩：

「圓圓滾滾坐在高牆頭，
圓圓滾滾摔個大跟斗，
國王所有的人和馬，
都沒辦法把圓圓滾滾救回原頭**4**。」

「最後一行太長了，不配這首詩。」愛麗絲說得大聲了些，忘了圓圓滾滾會聽到。

「不要這樣自說自話，」圓圓滾滾這次才看著愛麗絲說：「告訴我，你叫什麼名字，做什麼工作？」

「我叫愛麗絲，不過……」

「多笨的名字！」圓圓滾滾不耐煩地打斷她的話，「它是什麼意思？」

「名字一定要有意思嗎？」愛麗絲懷疑地問。

「當然有啦，」圓圓滾滾笑了一聲說，「我的名字就和我的形狀一樣 **5**，而且是很漂亮的形狀。像你的名字，幾乎什麼形狀都可以。」

「您為什麼一個人坐在這裡？」愛麗絲說，不想和他爭辯。

「因為沒有人和我坐在一起！」圓圓滾滾大聲說，「以為我猜不出來嗎？再問一個！」

「您不覺得在地上安全些嗎？」愛麗絲接著說。她不想出謎題，只是好意為這怪東西擔心，「這道牆實在太窄了！」

「你的謎題太簡單了！」圓圓滾滾叫了起來：「我當然不覺得！要是我真的摔下來──這根本不可能──可是要

華倫（Robert Penn Warren）在1946年以《國王的人馬》（*All the King's Men*）一書獲得普立茲獎；《華盛頓郵報》記者伍德華（Bob Wood-ward）與伯因斯坦（Carl Bernstein）共同撰書報導美國水門事件，書名為《總統的人馬》（*All the President's Men*, 1976），也是改自此句。美國歷史學家韋德（Doug Wead）在2004年則以《總統的兒女》（*All the Presidents" Children*）為書名，敘述美國第一家庭的悲劇與輝煌。假如採用中文的寫法，這首詩可能會是這樣：

一個東西圓圓滾滾，
放在高牆坐不穩；
啪噠一聲摔下地，
國王人馬救不起。
（打一物）

5. 由於這是一首謎語詩，所以主角的名字必須有暗示形狀的功用，和一般人隨意命名不同。英語中許多以'-ump'結尾的字，都代表圓形的東西，如clump, rump, lump, bump, mumps, plum; hump, stump, chump等，見Richard Lederer 1990。

6. 卡洛爾有時會把諺語編在故事中。圓圓滾滾多次使用「驕傲」一詞，便是呼應英文「驕者必敗」（pride goes before a fall）這種說法，為他後來從高牆摔下留伏筆。

是我真的──」他嘟著嘴，樣子又鄭重又嚴肅，愛麗絲幾乎笑了出來。「要是我真的摔下來，」他繼續說，「國王答應過我──你的臉想變白也沒辦法！你一定想不到我會這樣說吧？國王答應過我──親口答應過──要──要──」

「要派出他所有的人和馬。」愛麗絲沒多想，插嘴說。

「太過份了！」圓圓滾滾叫道，突然激動起來：「你一定在偷聽！不是躲在門後，就是躲在樹後，還是躲在煙囪裡，要不然不可能知道這件事！」

「我沒有，真的！」愛麗絲輕聲說，「我在一本書上看到的。」

「好吧！他們想在書上寫就讓他們寫，」圓圓滾滾的聲調平靜了些，「這就是你們說的英國歷史，事情就是這樣。現在仔細看著我！我是和國王說過話的人，真的，說不定你以後不會再遇到這樣的人。為了表示我不驕傲 **6**，你可以握我的手！」他張大嘴巴笑了起來，嘴角幾乎裂到耳邊，俯下身子（差點就從牆上摔下來），把手伸給愛麗絲。愛麗絲握住他的手，有點擔心地看著他。「要是他笑得再大一點，兩個嘴角在腦後碰在一起，」她想：「那時候不知道會怎麼樣！頭不就掉下來了！」

圓圓滾滾繼續說，「沒錯，國王的全班人馬，馬上就會把我救起來，他們一定會來！不過，我們談得有點太遠了，還是回到最後第二個話題吧。」

　　「我有點記不起來了。」愛麗絲很禮貌地回答。

　　「不記得就從頭來！」圓圓滾滾說，「這回該我出題目，」（「他說話像在玩遊戲一樣！」愛麗絲想。）「現在我問你，剛才你說你多大了？」

　　愛麗絲算了一下，說：「七歲六個月。」

　　「錯！」圓圓滾滾得意地叫了起來，「你沒說過這樣的話！」

　　「我還以為您在問『你幾歲了？』」愛麗絲解釋道。

　　「如果我是這個意思，我會這樣說。」圓圓滾滾說。

　　愛麗絲不想再和他爭論，就不說話。

　　「七歲六個月！」圓圓滾滾一面想，一面說，「多不舒服的年齡。如果你先前問過我的意見，我會說：『停在七歲別動』，不過現在已太晚了。」

　　「我從來不會為長大的事問人家的意見。」愛麗絲生氣地說。

　　「太驕傲不願意問嗎？」

愛麗絲聽他這樣講更生氣，說：
「我認為一個人沒辦法不長大。」

　　「一個人或許沒辦法，」圓圓滾滾
說，「兩個人就有辦法。有人幫忙，就
可以停在七歲不動。」

　　「您的腰帶多漂亮呀！」愛麗絲
突然說（她想，年齡的事已談得夠多，
要是照規矩輪流選話題，這回該論到她
了）「還是，」她想想不對，又趕緊改
正：「領結──不對，我的意思是腰帶
──對不起！」愛麗絲慌張地說，因為
看來這話得罪了圓圓滾滾。她想真不應
該選這個話題的。愛麗絲想，「要是我
分得出來哪是脖子、哪是腰就好了！」

　　圓圓滾滾顯然非常生氣，不過沒說
話。他停了一、兩分鐘才開口，聲音沉
得像低吼：

　　「真的──氣──死──我了，」
他說，「領結、腰帶都分不清楚！」

　　「我知道我很沒知識。」愛麗絲低
聲下氣地說，圓圓滾滾氣消了些。

　　「這是領結，小孩。而且就像你說
的，是一條漂亮的領結。白國王和王后
送給我的禮物。知道了吧！」

　　「真的嗎？」愛麗絲說，十分高興
原來她找到的是個好話題。

　　「他們送給我，」圓圓滾滾一面

想一面說，兩腿相疊，兩手抱著膝蓋，「給我當非生日 **7** 禮物。」

「對不起？」愛麗絲有點不懂。

「我又沒生氣。」圓圓滾滾說。

「我的意思是，什麼叫非生日禮物？」

「當然就是在不是生日時送的禮物。」

愛麗絲想了想，最後說：「我最喜歡生日禮物。」

「你根本不知道你在說什麼！」圓圓滾滾高聲說，「一年有多少天？」

「三百六十五天。」愛麗絲說。

「你一年有幾個生日？」

「一個。」

「三百六十五減掉一，還剩多少？」

「當然是三百六十四。」

圓圓滾滾好像不相信，「用紙筆算給我看。」他說。

愛麗絲不禁微笑，拿出筆記本，寫下算式：

$$\begin{array}{r} 365 \\ \underline{-1} \\ 364 \end{array}$$

7. 非生日（unbirthday）：這也是卡洛爾新創的字。在單字前面加前綴詞是英文造新字的方式之一。前綴‘un-’代表相反的意義，但一般只加在形容詞前，例如‘happy/unhappy’（快樂／不快樂）或動詞前，例如‘load/unload’（裝貨／卸貨），很少加在如‘birthday’這種名詞之前。

圓圓滾滾接過本子，仔細地看，才說：「好像算得沒錯⋯⋯」

　　愛麗絲插嘴說：「您把本子拿倒了！」

　　「說的也是！」等愛麗絲把本子轉過來，圓圓滾滾很高興地說，「怪不得看來有點怪，所以我說嘛：『好像』算得沒錯。我現在沒時間看完，不過看來有三百六十四天可以收到非生日禮物⋯⋯」

　　「沒錯。」愛麗絲說。

　　「而且只有一天收到生日禮物。你被光榮了！」

　　「我不懂『光榮』是什麼意思。」愛麗絲說。

　　圓圓滾滾輕蔑地笑了起來。「你當然不懂，我話還沒說完。我的意思是『你被完全駁倒了。』」

　　「但是『光榮』並沒有『完全駁倒』的意思呀。」愛麗絲反駁說。

　　「我用一個詞，」圓圓滾滾說，口氣非常傲慢，「就代表我想說的意思，不多也不少。」

　　「問題是，」愛麗絲說，「您怎麼有辦法使那些詞包含許多不同的意思。」

　　「問題是，」圓圓滾滾說，「誰是

主人，就這麼簡單。」

　　愛麗絲又糊塗了，說不出話來。
過了一會，圓圓滾滾又說：「這些詞有
的很有個性，特別是動詞，它們最驕
傲。形容詞隨你怎麼用都可以，動詞可
不行，不過我都管得服服貼貼！滴水不
漏！我說！」

　　「請告訴我這是什麼意思好嗎？」
愛麗絲說。

　　「你現在說話像懂事的孩子了，」
圓圓滾滾說，看起來十分開心。「『滴
水不漏』的意思是說：這話題已經談得
夠多，你想做別的事不妨說出來，因為
我想你不會一輩子停在這裡不做別的
事。」

　　「一個詞就有這麼多意思呀。」愛
麗絲想著說。

　　「要一個詞做這麼多工作，」圓圓
滾滾說，「我常得多給工錢。」

　　「噢！」愛麗絲又糊塗了，說不出
話來。

　　「你星期六晚上來，就會看到它們
圍著我，」圓圓滾滾說，一面認真地晃
著頭，「它們是來要工錢的。」

　　（愛麗絲不敢追問他用什麼來當工
錢，所以我也沒法告訴你。）

　　「您好像很會解釋字詞，先生，」

愛麗絲說，「您願意幫我解釋《扎勃沃記》這首詩的意思嗎？」

「唸出來聽聽看，」圓圓滾滾說。「已經寫出來的詩我都能解釋，還沒寫出來的詩我也大都能解釋。」

聽起來很有希望，於是愛麗絲開始背第一節：

「劈烈時光，滑活的螺嘴獾
在圍邊陀轉錐鑽，
布洛鴿最為醜弱，
迷家的猜豬哨哮。」

「開頭這樣就夠了，」圓圓滾滾打斷她說：「這裡就有許多新詞。『劈烈』8是下午四點鐘，劈柴生火準備做晚餐的時候。」

「您解得真好，」愛麗絲說，「那麼『滑活』呢？」

「『滑活』9就是『滑溜』和『靈活』，『靈活』又有

『敏捷動個不停』的意思。你看，把幾個詞合併起來，像皮箱合攏一樣，就叫『皮箱詞』10。」

「現在我懂了，」愛麗絲想著說，「那麼『螺嘴獾』是什麼呢？」

「『螺嘴獾』11就是獾一類的動物，有點像蜥蜴，又有點像螺旋鑽。」

「樣子一定很古怪了。」

「是的，」圓圓滾滾說，「牠們在日晷儀下面做窩，吃的是乳酪。」

「那麼為什麼叫『陀轉』12和『錐鑽』13呢？」

「『陀轉』就是像陀螺儀那樣旋轉，『錐鑽』就像手錐那樣鑽洞。」

「那『圍邊』14一定是日晷儀周圍的草地了，我想？」愛麗絲說，為自己的聰明暗暗驚奇。

「當然是的，草地遠遠圍在前面，也遠遠圍在後面──」

「還遠遠圍在兩邊。」愛麗絲補充說。

「對極了。至於『醜弱』15，就是又『醜』又『弱』（又是一個「皮箱詞」）。『布洛鴿』16是一種又瘦又醜的鳥，像落湯雞，又有點像活拖把。」

「還有『迷家的猜豬』呢？」愛麗絲說，「不好意思，給您添好多麻煩。」

10. 皮箱詞（portmanteau words）一詞是卡洛爾首創，中譯也稱「混成詞」，是新造詞（neologisms）的一種。常見的皮箱詞，例如「早午餐」（brunch＝breakfast＋lunch），根據牛津詞典，最早出現於1896的《笨拙》雜誌。許多電腦術語也採用這種方式造字，例如「網際網路」（Internet＝international＋network）、「數據機」（modem＝modulator＋demodulator）等。

11. 螺嘴獾（stove）：卡洛爾自創。

12. 陀轉（gyre）：像陀螺儀（gyroscope）般旋轉。陀螺儀是在1852年由法國物理學家里昂‧傅科（Léon Foucault）發明。

13. 錐鑽（gymble）：像木工手錐（gimblet）般鑽洞。

14. 圍邊（wabe）：周圍四邊（way before＋way behind）。愛麗絲馬上推論說還可以包括way beyond（外邊）。

15. 醜弱（mimsy＝flimsy＋miserable）：又醜又弱。

16. 布洛鴿（borogorve）：卡洛爾自創。

18. 迷家（mome＝[fro]m＋
[h]ome快讀）：中譯仿現在
的「世說新語」，把「可愛」
解成「可憐沒人愛」。

19. 哨哮（outgribe）：注意
詩中用過去式outgrabe，卡洛
爾設定的現在式是outgribe。

20. *這首詩每兩句押韻，共
20對，有點像學生做押韻練
習。趙元任的中譯全詩兩兩
押韻，把第一對譯為：「在
冬天，正是滿地白，／我唱
這歌儿是為你來。」本書也
全程押韻。

「沒關係。『猜豬』17是一種青綠
色的豬；『迷家』18我不很確定，我想是
『迷路回不了家』的意思。」

「那麼『哨哮』的意思呢？」

「『哨哮』19介於『吹口哨』和『咆
哮』之間，中間還夾著像是噴嚏的聲
音。你在不遠的森林裡也許會聽得到，
聽起來很舒服。這麼難懂的詩，是誰唸
給你聽的？」

「我在一本書裡看到的，」愛麗絲
說，「我還聽過一些容易得多的詩，是
──哈啦叮唸的，我想是他。」

「談到詩，」圓圓滾滾說，伸出一
隻大手，「我會背得和別人一樣好，說
到背詩……」

「噯，我不要您背詩！」愛麗絲急
忙說，希望把他攔住。

「我要背的詩，」他繼續說，不理
會愛麗絲的話，「完全是為招待你而寫
的。」

愛麗絲覺得這樣一來非聽不可，就
無可奈何地說了聲「謝謝」坐下來。

「冬天到了山野白20，

我唱個歌儿你開懷──」

「不過我沒唱。」他補充說。

「看得出您沒在唱。」愛麗絲說。

「如果你看了就知道我有沒有在唱，眼力就比別人強多了。」圓圓滾滾嚴厲地說。愛麗絲不作聲。

「春天到了樹葉青，
　我說心事給你聽。」

「謝謝您。」愛麗絲說。

「夏天到了白天長，
　仔細聽好不要忙。

　秋天到了樹葉黃，
　請你寫下不要忘。」

「如果記得住，我會寫下來。」愛麗絲答道。

「你不必一直回答，」圓圓滾滾說，「這種話沒什麼意思，反倒把我弄亂了。」

「我發一個訊息，
　希望小魚辦理。

　小魚住在大海，
　把話傳了回來。

21. *原文"The little fishes'
answer was/ 'We cannot do it,
Sir, because—'" ，第二句用
'because'押韻，變成話只說了
一半，因為'because'後面必須
跟著完整的句子，怪不得愛
麗絲沒聽懂。

小魚話這麼回：
『我們沒法，因為21───』」

「我聽不懂。」愛麗絲說。
「後面容易多了。」圓圓滾滾說。

「我又再次叮嚀，
『你們一定要聽！』

魚兒笑大了嘴，
『你在兌什麼鬼！』

我說一遍兩遍，
牠們裝沒聽見。

我找一個水壺，
正好執行任務。

這時心跳氣喘，
汲水把壺灌滿。

有人過來告密，
『小魚已經休息。』

我話說得明白，
『去叫牠們醒來。』

我在耳邊大叫，
他被嚇了一跳。」

圓圓滾滾聲音越來越高，幾
乎成了尖叫。愛麗絲愣了一下，想
道：「給我再大的好處，我都不會
去當這個傳話人！」

「這人又硬又傲，
說我聲音太高！

這人又傲又硬，
說他去不一定**22**——

我拿一把螺錐，
想叫牠們別睡。

發現門已上鎖，
只好又踹又跺。

大門還是不開，
抓住把手想來**23**——」

接著是一陣好長的沉默。
「完了嗎？」愛麗絲怯怯地問。
「完了，」圓圓滾滾說，「再見
啦。」

22. *原文"And he was very
proud and stiff/ He said 'I'd go
and wake them if--"，第二句
和上句押韻，但話也是只說
了一半。

23. *原文"And when I found
thee door was shut,/ I tried to
turn the handle, but--"，第二
句和上句押韻，但話還是只
說了一半。

24. 維多利亞時代的貴族與人握手時，對身分較低者經常伸出兩個手指，只伸出一個手指是加倍傲慢。

25. *原文是'unsatisfactory'（令人無法滿意的），愛麗絲又用了一個超齡詞彙，「乏善可陳」同樣是老氣橫秋的成語。

愛麗絲覺得好突然，可是話已說得這麼明白，再留下來就失禮了。於是她站起來，伸出手說：「下次再見！」她盡量裝出高興的口氣。

「就算我們真的再見面，我也不會認得你，」圓圓滾滾不滿地說，隨便伸出一個手指**24**和她握手。「你和別人都是一個樣子。」

「大家不都是看臉認人的嗎？」愛麗絲想了想才回答。

「這正是我不滿意的地方，」圓圓滾滾說，「你的臉和別人一個樣子，眼睛長在這裡——」（他用大拇指在空中比了比位置）「鼻子在中間、嘴巴在底下，全都一樣。要是你兩個眼睛長在鼻子同一邊，或者嘴巴長在頭頂上，也許好認些。」

「那樣會很難看。」愛麗絲可不同意，但是圓圓滾滾只閉著眼睛說：「你試試看再說吧。」

愛麗絲等了一會，看他還要說什麼。可是圓圓滾滾只是閉著眼睛，再也不理她，愛麗絲又說了聲「再見！」看看沒有反應，只好悄悄走開，一面走，一面忍不住對自己說：「像這種乏善可陳的**25**……」（她覺得這句話很有學問，又高聲說了一遍）「像這種乏善可陳的

人，從來沒有⋯⋯」話還沒說完，忽然後面傳來叭噠一聲重物落地的破碎聲**26**，整座樹林都震動起來。

26. *卡洛爾採用劇場的暗場手法，表示圓圓滾滾終於摔下地。

第7章
獅子與獨角獸

1. *卡洛爾的章節安排，前6章都很規則，愛麗絲到d6便是第6章，但到了第7章，愛麗絲並未跨過小溪，所以仍在d6。

不一會兒，只見好多士兵跑步穿過樹林。前面是三人、兩人一組，接著十人、二十人一起來，最後來了一大群，好像把整個樹林都擠滿了。愛麗絲怕被撞倒，躲在樹後面看**1**。

愛麗絲從來沒見過腳步這麼輕浮的士兵，不時絆到東西跌倒，而且只要一個倒下，就有好幾個跟著壓在他身上，所以地上很快就疊了東一堆、西一堆的人。

接著來的是騎兵，馬有四條腿，所以走起路比步兵穩得多，但也會不時絆倒，而且好像有個規矩，只要馬一絆倒，騎士就摔下來。情況越來越混亂，愛麗絲跑到樹林外的空地，鬆了一口氣，看到白國王坐在地上，正忙著在記事本上寫東西。

「我把人和馬全都

派出去了！」國王見到愛麗絲，高興地說。「親愛的，你走過樹林，有看到士兵嗎？」

「看到了，」愛麗絲回答。「有好幾千人吧，我想！」

「正確的數目是四千二百零七個 **2** ，」國王看著記事本說。「我不能把所有馬都派出去，你知道，要留兩匹參加棋賽，還有兩名信差也沒派去，他們都到城裡去了。你看看路上有哪個信差回來了？」

「我看路上沒人。」愛麗絲說。

「真希望像你有這麼好的眼力，」國王煩惱地說，「連『沒人』都看得到！而且還隔得這麼遠！像這種光線，我只能看見普通人！」

愛麗絲沒在聽國王說話，一隻手遮在眼上，專心地看著路。「有人來了！」過了一會她叫起來：「走得好慢，姿勢又好奇怪！」（那信差走路時一蹦一跳，還像鰻魚一般扭動，兩隻大手向兩旁張開，好像兩把扇子。）

「這沒什麼奇怪，」國王說，「他是盎格魯撒克遜人，這就是所謂盎格魯撒克遜姿勢 **3** 。他心情好的時候才會擺出這姿勢。他叫海爾。」（他把「海爾」讀成「海爺」 **4** 。）

2. *Gardmer 2000:120注1解釋，4207是因為7是42的因數。但筆者認為，4200人可理解為代表人數眾多的「兵棋」（pawns），而42是卡洛爾喜歡的數字；另外，「主棋」（piece）只有8個，扣除國王便剩下7個。

3. 所謂「盎格魯撒克遜姿勢」（Anglo-Saxon Attitudes）是指盎格魯撒克遜時代畫作中常見的姿勢，這個名詞是卡洛爾所創，後來成為英國諷刺作家安格斯·威爾遜（Angus Wilson）1956年的小說書名，1992年拍成同名電視電影。其後許多報刊，如《經濟學人》（*Economist*）2008年3月27日的專文、時尚雜誌《Vogue》英國版1993年12月號專刊等，也常使用這個詞作標題，代表「英國看法」或是「英國風」等。

4. 原文說明海爾（Haigha）的發音和'Mayor'同韻，即讀如Hare（兔子），暗示海爾就是《奇境》中的三月兔。

5. *字母接龍遊戲是維多利亞時期流行的團體遊戲，在《塊肉餘生記》（*David Copperfield*）第22章也出現過。Gardner 2000:224說明，公式是：

I love my love with an A
　　because he's ＿＿＿＿＿.
I hate him because he's
　　＿＿＿＿＿.
He took me to the Sign of the
　　＿＿＿＿＿.
And treated me with
　　＿＿＿＿＿.
His name's ＿＿＿＿＿.
And he lives at ＿＿＿＿＿.

第一位玩著從A開始，第二位則填以B開頭的字，依此類推。愛麗絲想到的字母是H，後來她的先生姓氏是Hargreaves，正好是H開頭。卡洛爾似乎做了預告。加德納沒提到這一點。

6. *國王想到的字是'the Hill'（山莊），不能算是正式地名，其實並不高明，中譯也用普通名詞「海邊」。

愛麗絲一時興起，玩起字母接龍遊戲5來：「我愛我的『海』，因為他走路像航『海』；我恨我的『海』，因為他常常要出『海』。我用……用……『海』草給他做三明治，他的名字叫『海』爾，他家住在……」

愛麗絲正在想有「海」字的地名，國王順口接了下來，「他家住在『海』邊6。」無意中加入愛麗絲的遊戲。「另一個信差叫海他。我需要兩個信差，一個來、一個去。」

「對不起？」愛麗絲說。

「沒事說什麼對不起？」國王說。

「我只是不懂，為什麼要一個來、一個去？」愛麗絲問。

「不是告訴過你嗎，」國王不耐煩地再說一遍。「我需要兩個人，收文和送文。一個把文收過來，一個把文送出去。」

這時信差到了，喘得一個字都說不出來，雙手一陣亂舞，衝著可憐的國王露出非常猙獰的表情。

「這位年輕小姐喜歡你的『海』字，」國王說，想利用介紹愛麗絲的機會，轉移信差對他的注意力，但是沒有用。盎格魯撒克遜表情越來越誇張，大眼睛骨碌碌地滾來滾去。

　　「你嚇壞我了！」
國王說，「頭好暈，給
我一塊三明治！」

　　信差聽了，打開
掛在脖子上的袋子，
愛麗絲很感興趣地看
著。他拿出一塊三明
治給國王，國王就貪
婪地吃了起來。

　　「再來一塊！」
國王說。

　　「沒有了，只剩下海草。」信差看
看袋裡說。

　　「那就海草吧。」國王有氣無力地
低聲說。

　　國王吃了海草，精神好多了，愛麗
絲看了很高興。「頭暈的時候，沒有東
西比得上海草。」國王一面嚼著，一面
對愛麗絲說。

　　「我覺得潑冷水更好，」愛麗絲建
議說，「或者聞嗅鹽。」

　　「我沒說沒有東西比它更好，我是
說沒有東西比得上它。」國王回答說，
愛麗絲不敢反駁。

　　「你在路上有遇到人嗎？」國王繼
續問，伸手向信差又要了些海草。

　　「沒人。」信差說。

7.　*這首童謠據說17世紀初便出現了，應該與英格蘭在1707年與蘇格蘭、威爾斯合併為大不列顛王國的歷史有關。

「對了，」國王說：「這位小姐也看到他，當然『沒人』走得比你慢。」

「我已經盡快走了，」信差不高興地說，「我敢說沒人走得比我快！」

「他不會比你快的，」國王說，「要不然他會比你先到。好了，現在氣喘過來了，說說城裡的事吧。」

「我要小聲講。」信差說，把手放在嘴邊做成喇叭狀，彎腰湊近國王的耳朵。愛麗絲有點不甘心，因為她也想知道。可是，信差並沒有小聲講，反而敞開喉嚨大聲喊：「他們又打起來了！」

「這哪叫小聲講？」可憐的國王叫道，跳起來渾身發抖。「再這樣做，我就給你塗牛油！吼得我頭腦轟隆轟隆響，像地震一樣！」

「這地震未免太小了！」愛麗絲想，「誰又在打架啦？」她大著膽問。

「還有誰，當然是獅子和獨角獸。」國王說。

「為了爭王冠嗎？」

「一點不錯，」國王說，「最好笑的是，王冠從頭到尾都是我的！我們快點過去看吧。」於是他們開步跑，愛麗絲一面跑，一面小聲背誦那首古老的歌7：

「獅子和獨角獸在爭王冠，

獅子把獨角獸趕得滿城轉。

有人給白麵包、有人給黑麵包、

有人給葡萄餅，打鼓把牠們趕跑。」

「是──不是──哪個──贏了──就得到──王冠？」愛麗絲一面跑一面問，上氣不接下氣。

「不可能！」國王說，「哪有這回事！」

「能不能──請你──」愛麗絲又跑了一小段路，喘著氣說：「停一分鐘──喘口氣──好嗎？」

「我很想停下來，」國王說，「可是沒辦法。你看，一分鐘過得多快，叫一分鐘停下來，就像攔住邦德斯納獸 8 一樣難！」

愛麗絲喘得說不出話來，他們就這樣靜靜地跑，直到看見一大群人才停下腳步。獅子和獨角獸正在人群中間打鬥，打得滿天塵土，愛麗絲一時分不出誰是誰，但很快就靠獨角獸的角認出來。

另一個信差海他 9，一手拿茶杯，一手拿著奶油麵包，也在看打鬥。他

8. 邦德斯納獸是第1章〈扎勃沃記〉詩中出現的怪物。

9. 海他（Hatta）就是《奇境》中的帽匠（Hatter），'Hatta'和'Hatter'的英式英語發音相近。

10. *典故出自美國開國元老班傑明‧富蘭克林（Benjamin Franklin）的詩句：

A shell for him, a shell for thee,
The middle is the lawyer's fee.

他拿一片殼，你拿一片殼，
中間（的肉）歸律師所得。

故事是兩個乞丐同時撿到一個牡蠣，兩人相持不下，請律師主持公道。律師把牡蠣剝開，一人分一片殼，中間的肉則當作律師費。見Hunt 2009:285。

們一行人走到他身旁。

「海他剛從監獄裡放出來，被關的時候茶才喝一半。」海爾低聲告訴愛麗絲，「監獄裡只給他吃牡蠣殼**10**，看他一副又渴又餓的樣子。你好嗎，小兄弟？」海爾說著，一隻手親熱地摟著海他的脖子。

海他回過頭來看了一眼，點點頭，繼續吃奶油麵包。

「你在牢裡快樂嗎，小兄弟？」海爾問。

海他又回頭看了一下，這回臉上掛著一、兩滴眼淚，還是不說話。

「說呀，幹嘛不說話！」海爾不耐煩地叫道，但是海他只是不停地嚼著麵包喝著茶。

「快說話！」國王高聲說：「牠們打得怎樣？」

海他費了好大的勁吞下一大塊奶油麵包。「打得很順利，」他噎著聲音說，「兩邊都大概倒地八十七次。」

「我想就快有人拿白麵包和黑麵包來了？」愛麗絲大膽插嘴說。

「就等牠們來吃，」海他說。「我吃的這塊就是。」

這時獅子和獨角獸剛好停手，坐在地上喘氣，國王大聲宣布：「休息十分

鐘吃點心！」海爾和海他馬上忙了起來，端上盛著白麵包和黑麵包的盤子。愛麗絲拿了一塊嘗嘗，覺得又乾又淡，沒有味道[11]。

「我想牠們今天不會再打了，」國王對海他說：「傳令打鼓吧。」海他領命後像蚱蜢般跳著走開了。

愛麗絲靜靜地看著海他，突然間眼睛一亮。「看，看！」她熱心指著說，「白王后在那邊跑過去！她從樹林裡出來[12]，像飛一樣。王后都很會跑！」

「一定有敵人在追，」國王說，頭也不轉一下，「樹林裡到處都是敵人。」

「您不跑過去幫她嗎？」愛麗絲見他像沒事人一樣，覺得很奇怪。

「沒用，沒用！」國王說，「她跑得太快，想追上她就像攔住邦德斯納獸一樣難！不過，如果你要，我會把她記在記事本裡──她是個可愛的好女人，」他喃喃地念著，一面打開記事本。「『愛』字怎麼寫？」

這時獨角獸踱著方步走過他們身邊，兩手插在口袋裡。「這次我贏了吧？」牠走過國王身邊時，瞄了他一眼說。

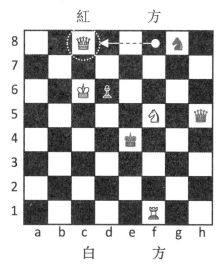

5B. 白后平c8（逃離紅騎士）

11. *麵包的'dry'是指沒塗奶油或其他醬料，見《麥克米倫英語字典》（*MacMillan English Dictionary*）的 "dry" 詞條。

12. *白王后（f8）正從紅騎士旁向左移向c8，剛好在愛麗絲和白國王面前經過。其實紅騎士不但威脅不到她，反而該逃走才對。見棋譜5B。

13. ＊國王說的應是拳擊規則。按規定，選手不得以拳頭以外的部位傷害對方，例如以頭撞擊（head butting），用角頂撞當然更加不行。英國在1867年出版的《昆斯伯里侯爵規則》（*Marquess of Queensberry rules*）所制定的規定，直接影響現代拳擊規則。插圖中獅子未戴手套，顯然打的是傳統的徒手拳擊（bare knuckle boxing）。

14. ＊原文It's as large as life, and twice as natural.前半句常用於蠟像館廣告，後半句似是卡洛爾由and quite as natural（而且相當自然）改來。

「一點點、一點點，」國王緊張地回答，「你不該用角捅牠的**13**，你知道。」

「又沒傷到牠。」獨角獸不在乎地說，正要走開，眼光無意中落在愛麗絲身上，馬上轉過身來，對她看了好一陣子，露出非常噁心的表情。

「這是──什麼──東西？」牠看了一會說。

「這是小孩！」海爾熱心地回答，走到愛麗絲前面，張開雙手對著愛麗絲比了一個安格魯撒克遜姿勢。「我們今天才發現的。和真人一樣大，比自然還自然兩倍**14**。」

「我一直以為人是神話裡的怪物！」獨角獸說，「她是活的嗎？」

「她會說話。」海爾嚴肅地說。

獨角獸好奇地看著愛麗絲，說：「說話，小孩。」

愛麗絲禁不住抿起嘴笑起來，說：「你知道嗎，我也一直把獨角獸當作神話裡的怪物！我從沒見過活的獨角獸！」

「好吧，既然我們已經認識了，」獨角獸說，「你相信我，我就相信你。這樣公平吧？」

「好的，就照您的意思。」愛麗絲說。

「老頭子，拿水果蛋糕15出來！」獨角獸接著轉向國王說，「不要你的黑麵包！」

「當然、當然！」國王喃喃地說，低聲吩咐海爾：「打開袋子！快！不是那個，裡頭全是海草！」

海爾從袋裡拿出一個大蛋糕，叫愛麗絲拿著，又拿出刀和盤。愛麗絲不知道從袋子裡怎麼拿得出這麼多東西，像變魔術一樣，她想。

就在他們忙著拿蛋糕的時候，獅子也加了進來。牠看起來又累又睏，眼睛半閉著。「這是什麼東西！」牠眨著眼看著愛麗絲說，聲音低沉而空洞，像是巨鐘迴響16。

「你問這是什麼嗎？」獨角獸起勁地喊起來，「你怎麼猜都猜不著！我也沒猜著。」

獅子無精打采地望著愛麗絲：「你是動物、植物，還是礦物17？」牠說，每說兩個字就打一個呵欠。

「這是神話裡的怪物！」獨角獸大聲說，沒等愛麗絲回答。

「來分蛋糕吧，怪物，」獅子說著趴下來，下巴擱在前腳上。「你們都坐下，」（牠對國王和獨角獸說）：「分蛋糕要公平，知道嗎！」

15. *英文'plum-cake'字面意義為「梅子蛋糕」，其實含有大量水果，18世紀之前稱為「水果蛋糕」（fruit cake），曾因口味過於豐美（"sinfully rich"）而遭禁。1837到1901年間在英國非常流行，是下午茶的必備糕點，維多利亞女王據說只會在生日時吃一次，以表節制、謙遜和品味。水果蛋糕也用作結婚蛋糕和節日蛋糕。

16. 獅子的聲音低沉空洞，若有回響，據說是基督堂學院大鐘樓（Tom Tower）的鐘聲。見謝金玄2001:252－253。

17. 這是維多利亞時代流行的室內遊戲，也在《奇境》第9章出現，參加者常會從「動物、植物、礦物」（animal, vegetable, mineral）問起，見Gardner 2000:92。

18. 這段似乎還保留1896年版之前的角色設定。獅子是紅城堡（相當於象棋的「車」），可以沿橫直兩向走無限格，威力無窮；獨角獸是白騎士（相當於象棋的「馬」），只能夠走L字形，但步法迷離難測，的確有機會攻擊獅子。

19. [插圖]英國國徽以獅子代表英格蘭、獨角獸代表蘇格蘭。田尼爾畫的獨角獸是班傑明·迪斯雷利，獅子則是威廉·尤爾特·格萊斯頓（William Ewart Gladstone），兩人是當時的政黨死對頭。《鏡中》插圖裡兩隻動物的相對位置和英國國徽（如下圖）相反。

國王坐在兩隻大動物中間，顯得很不自在，但找不到別的地方可坐。

「我們再為王冠打一架怎麼樣？」獨角獸說，奸詐地看著王冠。可憐的國王嚇得渾身發抖，頭上的王冠差點抖得掉下來。

「贏你還不容易。」獅子說。

「那倒不一定**18**，」獨角獸說。

「哼，我還不是把你趕得滿城轉，膽小鬼！」獅子生氣地說，說著挺起上半身。

這時國王插嘴進來，想叫牠們別再爭吵。他緊張得聲音發抖：「滿城轉？那要跑多遠呀！你們走舊橋還是走市場？舊橋風景最好。」

「我根本不知道，」獅子吼著說，又躺了下來。「灰塵太大了，什麼也看不見。怪物切蛋糕怎麼那麼久！」

愛麗絲坐在小溪旁，大盤子放在膝蓋上，正在努力切蛋糕。「真氣人！」她回答獅子的話說（她已經習慣被叫做「怪物」了）：「已經切好幾片，切了又合起來！」

「你不知道怎樣分鏡中世界的蛋糕，」獨角獸說，「要先分再切。」

這話聽起來很荒唐，可是愛麗絲非常聽話地站起身來，端著盤子繞了一

圈**19**，蛋糕就自動分成三片。「現在可以切了。」獅子等她拿著空盤子回到原位時說。

愛麗絲拿著刀子，正不知道該怎麼下手，這時獨角獸喊道，「我說，這樣不公平！怪物分給獅子的份有我的兩份大**20**！」

「可是她一點都沒留給自己，」獅子說，「你喜歡水果蛋糕嗎，怪物？」

愛麗絲還來不及回答，鼓聲響了。

她弄不清楚鼓聲從哪裡來，好像四面八方都有，一陣陣灌進她的腦袋，耳朵都快震聾了。她在慌張中站了起來，跳過小溪**21**。

20. *這就是所謂的「獅子佔大份」（the lion's share），典出《伊索寓言》：獅子、狐狸、胡狼和狼一起去獵食，獵到一隻牡赤鹿，獅子吩咐分成四份，然後宣佈自己應得第一份，因為牠是百獸之王；又說牠也應得第二份，因為牠是仲裁者；第三份應該也歸牠所有，因為牠參加獵殺；至於最後一份，就看誰有膽來分。英國紐卡索（Newcastle）大學名譽教授波特（Bernard Porter）曾以《獅子的份額》（*The Lion's Share*）為書名，討論英國帝國主義版圖的演變。

21. *愛麗絲進d7，見棋譜6A。

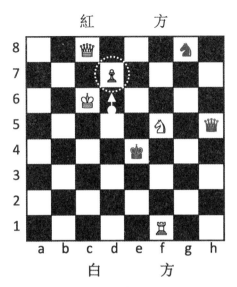

6A. 愛麗絲進d7（樹林）

＊　＊　＊　＊　＊
　＊　＊　＊　＊
＊　＊　＊　＊　＊

　　她匆忙中還瞥見獅子和獨角
獸站了起來，為用餐被打斷而生
氣，接著她跪下來，捂著耳朵，
想擋住可怕的鼓聲，可是沒用。

　　「要是這樣還不能『把牠們
趕跑』，」愛麗絲想：「就沒別
的辦法了！」

第8章
「這是我的發明」

過了一會兒，鼓聲逐漸變小，最後一片寂靜。愛麗絲有點害怕，抬起頭來，周圍一個人影都沒有。她起初還以為剛才是在夢中見到獅子、獨角獸和古怪的盎格魯撒克遜信差，但是看到用來切蛋糕的大盤子還在腳邊。「看來又不是夢，」她對自己說，「除非——除非我們都在同一個夢裡。不過希望這是我的夢，不是紅國王的夢！我不喜歡在別人的夢裡，」她有點憤憤不平地繼續說，「真的很想回去叫醒國王，看看會發生什麼事！」

她正在想，忽然聽到有人高聲喊道：「啊喝！啊喝！將軍！」一位穿著紅色盔甲的騎士[1]策馬朝愛麗絲衝過來，手裡揮著一根大棒槌，馬來到她面前，突然停住：「你是我的俘虜！」

騎士喊著，從馬上摔下來。

愛麗絲雖然意外，卻更為騎士擔心，焦急地看著他。騎士爬回馬背剛坐穩，又喊：「你是我的……」這時傳來

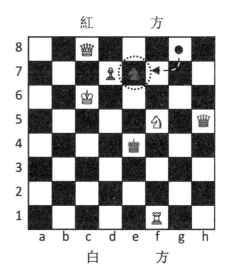

6B. 紅騎士退e7（將軍）

1. *這時紅騎士從g8移到e7，雖然朝愛麗絲衝過來，威脅的卻是她背後的白國王（c6）和白王后（c8），所以喊「將軍」。這是雙殺的高招，類似象棋的「將軍抽車」，這時除非白方犧牲王后，否則就要輸棋。但紅騎士沒注意到自己已進入白騎士（f5）的攻擊範圍。見棋譜6B。

2. *白騎士從f5移到e7，見棋譜7A。他喊「將軍」是錯的，因為白國王和白王后是自己人。

3. *潘趣和朱蒂（Punch and Judy）是英國著名的布偶戲主角，常見於遊客眾多的海灘。左頁插圖中的騎士也像布偶戲偶一般用雙手抱著武器。

另一個叫聲：「啊喝！啊喝！將軍！」愛麗絲吃驚地轉頭看新來的敵人。

來的是一位白騎士 2。他衝到愛麗絲身旁，和紅騎士一樣摔落下來，然後重新上馬。兩人坐在馬上，我看你、你看我，好一會不說話。愛麗絲看看這個，又看看那個，有點不知所措。

「她是我的俘虜，你知道！」還是紅騎士先開口。

「是又怎樣，我是來救她的！」白騎士回答。

「好，看來我們要為她打一仗了。」紅騎士說著，拿起頭盔（頭盔有點像馬頭，掛在馬鞍上）戴在頭上。

「你會遵守打仗的規矩嗎？」白騎士說，也戴上頭盔。

「我向來守規矩。」紅騎士說完，兩人就打了起來。愛麗絲看他們打得激烈，怕被打到，就躲到樹後。

「不知道他們打仗的規矩是什麼？」愛麗絲從藏身的地方膽怯地偷看，一面對自己說，「好像有一條規矩，如果打中對方，對方就要跌下馬，打不中，自己就得滾下馬。另一條規矩好像是，棒槌得用雙手抱著，就像布偶戲裡的潘趣和朱蒂 3 一樣。他們跌下馬的聲音真大！嘩啦啦

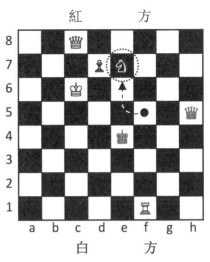

7A. 白騎士進e7擊退紅騎士

就像整副壁爐工具 **4** 掉在鐵爐檔
上一樣！兩匹馬倒也真乖，隨他
們上上下下，安靜得像桌子一樣！」

　　還有一條比武規矩愛麗絲沒有注意
到：他們摔下馬時一定頭先著地。兩人
最後一起摔下馬，並排躺在地上，結束
了這場戰爭。他們爬起來，握握手，紅
騎士上馬快步離開 **5**。

　　「這是一場輝煌的勝利，對嗎？」
白騎士喘著氣走過來說。

　　「我不知道，」愛麗絲疑惑地說，
「我不要做誰的俘虜，我要做王后。」

　　「再過一條小溪，你就變成王后
了，」白騎士說，「我會把你安全護送
出樹林，然後就要回頭。你知道，我的
行程到那裡為止。」

　　「真謝謝您，」愛麗絲說，「要幫

4. 一整套壁爐工具（fire
irons）連架子一共有5件，都
是鑄鐵製造的：撥火棒、火
鉗、鏟子、刷子和支架。

5. *白騎士戰勝紅騎士。占
住e7的位置，見棋譜7A。

6. *卡洛爾很少描寫人物，許多學者認為他把白騎士當成自己的投射。

7. 隨身盒（deal box）是杉木或松木做的小盒子，用來放隨身物品。

您把頭盔脫掉嗎？」他看來沒辦法自己脫頭盔，愛麗絲也花了一番功夫才把他從頭盔裡抖出來。

「現在呼吸順暢多了。」騎士說，雙手理一理蓬鬆的頭髮，轉過他斯文的臉，用溫柔的大眼睛看著愛麗絲。愛麗絲想，從來沒見過樣子這麼奇怪的騎士[6]。

他穿著一套鐵片做的盔甲，看起來很不合身；肩上掛了一個奇特的小隨身盒[7]，底部朝上，盒蓋打開懸在那裡，愛麗絲好奇地看著。

「我注意到你在欣賞我的盒子，」騎士友善地說，「這是我的發明，用來放衣服和三明治。我把它倒著掛，雨水就進不去了。」

「可是東西會掉出來的，」愛麗絲輕聲說，「您知不知道盒蓋沒關好？」

「我不知道，」騎士說，露出一絲懊惱的神情，「裡頭的東西一定掉光了！沒有東西，盒子就沒有用了。」說著他解下盒子，準備扔到樹叢裡去，忽然好像想到一個主意，又把盒子小心地掛在樹上。「猜得到我為什麼這樣做嗎？」他問愛麗絲。

愛麗絲搖搖頭。

「希望蜜蜂來做窩，這樣我就有蜂

蜜可以採。」

「可是您的馬鞍上已經綁了一個蜂
窩，或者像蜂窩一樣的東西。」愛麗絲
說。

「是的，這是很好的蜂窩，」騎士
不滿意地說，「最好的一種，只是一隻
蜜蜂都沒靠近過。我還有一個老鼠籠，
我想不是老鼠把蜜蜂嚇跑、就是蜜蜂把
老鼠嚇跑，不知道到底誰嚇跑誰。」

「老鼠籠有什麼用？」愛麗絲說，
「老鼠又不會跑上馬背。」

「或許不會，」騎士說，「不過，
要是老鼠真的來了，我不想讓牠們到處
跑。」

「你知道，」停了一會，他又說，
「什麼事情都要有個準備。我給馬的四
腳都戴上刺鐲，就是這個緣故。」

「刺鐲有什麼用？」愛麗絲非常好
奇地問。

「提防鯊魚咬牠，」騎士回答。
「這是我的發明。現在請幫我上馬，我
陪你走到樹林的盡頭。那盤子做什麼用
的？」

「盛水果蛋糕用的。」愛麗絲說。

「最好帶著，」騎士說，「如果我
們看到水果蛋糕，就有盤子裝了。幫我
把它放進袋子裡。」

8. *這是《鏡中》三大棘手雙關語的第二個。原文是"as strong as soup"。'Strong'可作「強」解，也可作「濃」解，卡洛爾把'Strong'當雙關語用，變成「強得像濃湯一樣」。趙元任的譯法是：「你知道這兒風的力量大極了。跟──跟參湯一樣大的力量！」中文也有類似的玩法，例如「扯得比扯鈴還扯」、「打折打到骨折」。

這件事花了很長的時間才做好，雖然愛麗絲很小心地拉開袋口，但是騎士笨手笨腳，前兩、三次還連人跌進袋子裡去。「你看，袋子有點緊，」把盤子裝好後，他說，「裡面的蠟燭太多了。」他把袋子掛在馬鞍旁，而馬鞍上已經放了幾捆胡蘿蔔、壁爐工具和許多雜七雜八的東西。

「頭髮綁牢了沒？」他出發時說。

「只是和平常一樣。」愛麗絲笑著說。

「那樣不夠，」騎士擔心地說，「你看，這裡的風很強，和補藥一樣強 **8** 。」

「您能不能發明一個方法，不讓頭髮吹亂？」愛麗絲問。

「現在還發明不出來，」騎士回答，「不過我有個辦法可以讓頭髮不往下垂。」

「好呀，說來聽聽看。」

「先在頭上豎根棍子，」騎士說，「讓頭髮順著棍子往上爬，就像果樹一樣。頭髮會亂是因為它垂了下來，你知道，往上垂就不會亂了。這是我的發明，喜歡的話可以試試看。」

愛麗絲覺得這不會是舒服的方法，所以有好幾分鐘不說話，一面走一面想

這個方法，還要不時停下來幫可憐的騎士。他的騎術確實很不高明。

馬只要一停（這馬愛停就停），他就向前摔[9]；馬一走（馬兒說走就走），他就往後倒，要不然，他還算騎得不錯，假如他不時向兩邊跌的習慣不算的話。由於他大都朝愛麗絲這邊摔倒，愛麗絲很快就知道，最好的方法就是不要走得太靠近馬。

「您騎馬好像練習得不夠。」愛麗絲第五次扶他上馬時，大著膽子說。

騎士聽了這話，有點意外，也有點不高興。「你怎會這麼說？」他七手八腳爬回到馬上，抓住愛麗絲的頭髮，免得從另一邊摔下去。

「練得夠多的人，不會像這樣老是摔下馬。」

「我練得很多，」騎士很鄭重地說，「練得很多！」

愛麗絲想不出別的話，只說：「真的嗎？」盡量裝出高興的口氣。

9. *白騎士頻頻摔馬，似乎暗指當時剛開始流行的腳踏車。1870年（《鏡中》出版的前一年），大小輪腳踏車（Penny-farthing bicycles）問世，前輪直徑最大達160公分，騎者坐在高輪頂端的軸心附近，重心不穩，只要碰到石頭、車轍或急煞車，就很容易往前摔下來，而且經常是頭上腳下，當時有個說法是 "taking a header"（摔個倒栽蔥），簡稱'header'（倒栽蔥），和騎士向前摔馬的情形相同。兩輪同樣大小的安全腳踏車要到1884年才上市。

10. *有輪子的木馬（wooden horse on wheels）有雙關之意，最早期的腳踏車是木頭做的，用雙腳推進，就叫做木馬，也可能指兒童玩的木馬。如把前文白騎士摔馬的形象解為騎大小輪腳踏車，則愛麗絲勸他改騎更原始的有輪木馬，便有連貫的意義。

他們默默地走了一小段路。騎士閉著眼睛喃喃說話，愛麗絲擔心看著，提防他再摔馬。

「騎馬的祕訣，」騎士突然大聲說，揮著右手，「就是保持……」話突然斷了，就和他開口說一樣突然，因為他的頭朝下重重摔了下來，正落在愛麗絲走路這一邊。這回愛麗絲很害怕，扶著他起來，著急地問：「骨頭沒摔斷吧？」

「小事情，」騎士說，好像摔斷兩、三根骨頭也沒關係似的，「我正要說，騎馬的祕訣就是──保持適當的平衡，你看，就像這樣……」

他放開韁繩，張開雙手做給愛麗絲看。這回他摔個面朝天，正好躺在馬肚底下。

「多練習！」愛麗絲把扶他起來時，他還不停說：「多練習！」

「這太誇張了！」愛麗絲再也忍不住，大聲說，「您應該去騎有輪子的木馬10，真的！」

「這種馬跑起來安穩嗎？」騎士很有興趣地問，雙手緊抱著馬脖子，總算沒再摔下來。

「比活馬穩得多了。」愛麗絲雖然盡量忍著，還是小聲笑了出來。

「那我要一匹，」騎士想著說，

「一匹或兩匹──要好幾匹。」

騎士靜默了一會兒又說：「我很會發明東西[11]，剛才你扶我起來的時候，一定注意到我在想事情！」

「您的表情的確有點嚴肅。」愛麗絲說。

「對，那時我正在想一個過柵門的新方法，你想聽嗎？」

「我真的很想聽。」愛麗絲禮貌地回答。

「我告訴你我怎麼會想到這方法，」騎士說，「你知道，我對自己說，『問題出在腳，因為頭已經比柵門高。』所以，我先把頭放到柵門頂，這樣頭夠高了；再做個倒立，這樣腳也夠高了，人不就過了柵門嗎？」

「我想這樣一定過得了柵門，」愛麗絲想了想說，「不過您不覺得這樣做有點難嗎？」

「我還沒試過，」騎士認真地說，「所以還不確定，不過怕是有點難。」

騎士好像對這問題很煩惱，愛麗絲趕快轉換話題：「您的頭盔多特別呀！」愛麗絲興致勃勃地說。「也是您的發明嗎？」

騎士得意地看著掛在馬鞍上的頭盔：「是的，」他說，「不過我還發明過一

11. 卡洛爾很會發明。他的發明包括旅行用西洋棋、黑暗中可以協助寫字的板、「奇境郵票夾」（見《奇境》第6章），還有其他數學規則等。

12. ＊維多利亞時代沒有砂糖，糖塊做成尖錐狀出售，使用時再敲碎。糖錐（sugar cone）在〈假髮黃蜂〉裡也有提到。

13. ＊這是《鏡中》三大棘手雙關語的第三個。原文"I was as fast as lightning"（字面意思是「快得像閃電一樣快」）。'fast' 有兩解，可解作「快」，也可解作「牢」。趙元任的譯法是：「我在裡頭長得牢得像虎那麼牢了。」

個比這頂更好的，形狀像糖錐12。以前我常戴著它的時候，每次跌下馬，頭盔總會先碰到地面，這樣摔的距離就短得多。不過也有個危險，人會跌到頭盔裡頭去。有一次我果真跌進去，糟糕的是我還來不及爬出來，另一個白騎士路過，撿起來就戴上去，還以為是他的頭盔。」

騎士說得很正經，愛麗絲不敢笑出來。「他一定被弄痛了，」愛麗絲顫著聲說，「因為您在他頭頂上。」

「當然，我只好踢他，」騎士說得很認真，「他把頭盔脫下來，可是花了好幾小時才把我從頭盔裡拉出來。你知道，我牢得像……像牢騷一樣牢13。」

「這個『牢』和那個『牢』不一樣。」愛麗絲反駁說。

騎士搖搖頭：「那一次什麼樣的『牢』法都有，我可以保證！」他說，激動得舉起雙手，卻馬上就從鞍上滾下來，一頭栽進深溝裡。

愛麗絲趕緊跑到溝邊去找他。她對這次摔跤感到很意外，因為他已經有一陣子騎得很好，這次恐怕真會受傷了。可是她雖然只能看到騎士的鞋底，卻仍能聽到他像沒事人一樣說話，就放了心。他又說了一次：「什麼樣的『牢』

法都有。不過這騎士未免也太粗心，戴了別人的頭盔，居然還連人帶帽一起戴上去。」

「您頭上腳下，怎麼說話還能像沒事人一樣？」愛麗絲問，一面抓著他的腳把他拉出來，放在溝邊堆成一團。

騎士對這問題像是感到很奇怪。「這跟身體擺什麼姿勢有什麼關係？」他說，「頭腦還不是照樣在動。事實上，我的頭位置越低、越會發明新東西。」

「我發明過的東西，」他停了一下又說：「最高明的是在吃肉盤14時發明的新式布丁。」

「剛好做下一道點心？」愛麗絲

14. 肉盤（meat course）指禽獸等肉類，是主菜，接下來是甜點。

15. *英國傳統布丁不一定是
甜的，例如「聖誕節布丁」
（Christmas pudding）是將
作料拌勻後放入布袋中懸吊
靜置一個月，食用前還要放
進滾水煮五小時才可上桌，
烹煮時間較長。

16. *吸墨紙是用鬆軟的紙張
製成，寫字後用以吸乾多餘
的墨水，現已不多見。

說。「動作還真快15！」

「不，不是下一道吃，」騎士一面
想，一面慢慢說，「不，當然不是下一
道吃的。」

「要不然就是第二天。我想您不會
一餐吃兩道布丁吧？」

「不，也不是第二天吃，」騎士
還是慢吞吞地又說了一次：「不是第二
天吃。事實上，」他繼續說，頭低了下
來，聲音也越來越低，「我想那種布丁
不曾有人做過！事實上，我也不相信將
來會有人做！不過那還是最高明的布
丁。」

「您那布丁用什麼做的？」愛麗絲
問道，想讓騎士精神好些，因為他對這
件事似乎很沮喪。

「先放些吸墨紙16。」騎士悶聲回
答。

「恐怕不怎麼好吃……」

「光是吸墨紙當然不好吃，」騎士
打斷她的話，相當認真，「還要加些別
的東西，像是火藥和火漆，味道就完全
不一樣。我要和你告別了。」這時他們
已走到樹林盡頭。

愛麗絲一臉茫然，因為她還在想布
丁的事。

「你好像很傷心，」騎士擔心地

說，「我唱首歌來安慰你吧。」

「很長嗎？」愛麗絲問，因為這一天她已經聽了許多首歌。

「長是長，」騎士說，「不過非常非常好聽。聽了我唱歌的人，不是流淚，就是……」

「就是怎樣？」愛麗絲問，因為騎士說到一半忽然間停了下來。

「就是不流淚，你知道。歌名叫〈黑線鱈的眼睛〉。」

「哦，那是歌的名字嗎？」愛麗絲問，盡量擺出很感興趣的樣子。

「不，你不明白，」騎士說，有點不耐煩。「那是歌名的名字，真正的名稱是〈一個老老老頭〉。」

「那麼我可以說『那是歌的名稱』囉？」愛麗絲自己改正過來。

「不，不能這麼說，完全兩回事！這首歌叫〈方法和手段〉，不過也只是名字的名字，你知道！」

「那麼這歌到底叫什麼？」愛麗絲完全弄糊塗了。

「我正要說，」騎士說。「這歌真正的名稱是〈坐在柵門上〉，曲是我寫的。」

說到這裡，他勒住馬，放下韁繩，一隻手慢慢地打拍子，斯文而愚蠢的臉

17. *這是《鏡中》第二次描寫白騎士。

18. *書中的歌名是〈一切都給了你、我毫無保留〉（*I give thee all, I can no more*），其實是湯瑪斯・摩爾（Thomas Moore）詩作〈我心與魯特琴〉（My Heart and Lute）的首句。中譯改用著名的義大利歌謠〈歸來吧！蘇蘭多〉（*Torna a Surriento*），不但曲調憂鬱，歌詞中的騎士剛好和情境相合，節奏與行數也與原詩相符。原中譯的歌詞如下：

聽這海韻和諧呼吸，
向那癡情騎士嘆息，
你的笑語以及歌聲，
永遠留在我夢裡。
看朝露孤寂的園林，
橙子香引誘我心扉，
沒有跳動我的心啊，
像那芬芳雀金花。

而今你定要說別離，
在這美麗可愛的地方，
別了你呵我心破碎，
你是否將永不回？
歸來吧，歸來，
請不要把我拋棄，
回蘇蘭多來吧，
或我將死去！」

露出淡淡的微笑，一副沉醉在歌聲中的樣子，就這麼唱了起來。

愛麗絲進到鏡子裡後，遇到不少怪事，這是她記得最清楚的一次。許多年後，她還記得當時的情景，好像昨天才發生一樣：騎士溫柔的藍色眼睛和和藹的笑容**17**；一抹斜陽，照在他頭頂上，又照在他的盔甲上，閃閃發光，使她眼睛睜都睜不開。隨意走動的馬兒，脖子上掛著韁繩，安靜地啃食腳邊的青草，襯著遠處黑鴉鴉的樹林，在她印象中就像一幅畫。愛麗絲一隻手遮在眼上，背靠著樹，看著眼前奇異的人和馬，半夢半醒地聽著那憂鬱的歌聲。

「曲子不是騎士創作的，那是〈歸來吧〉**18**的曲調。」愛麗絲對自己說。她站著專心地聽，但沒有掉淚。

「聽我給你說個故事，
　　雖然沒有多少意思。
看見有個老老老頭，
　　坐在柵門上發愁。
我問『你叫什麼名字？
　　做些什麼生意過日？』
他的回答像流水呀，
　　穿過篩子兜不住。
他說『我常去麥田裡，

趁著蝴蝶還在休息，
　　抓來做成羊肉饅頭，
　　　　拿到大街去兜售。
饅頭呀、饅頭，
　　　　賣給出海的水手，
這種零碎生意，
　　　　請您別嫌棄！』

可是我沒用心在聽，
　　　　自己想把鬍子染青，
再用一把超大扇子，
　　　　時刻把鬍子蓋住。
他的故事我沒聽到，
　　　　不知怎麼回答才好，
就說『還不說出來呀！』
　　　　一拳打在他的頭。

老頭柔聲話說從頭，
　　　　『為了生活到處奔走。
山上找到一條小河，
　　　　放火把河燒焦涸。
火燒呀、火燒，
　　　　做成洛蘭生髮油19。
但我得到只是
　　　　兩塊半便士！』

我邊聽邊想新法子，

19. *洛蘭生髮油（Rowland's Macassar-Oil）：維多利亞時代流行的男女通用髮油，每瓶售價2.5便士，和詩中的價格相同。

把那麵糊當三餐吃，
　這樣一日又過一日，
　　定會養得胖嘟嘟。
我把老頭一陣搖晃，
　　搖得他的臉色變藍，
逼他『還不快說呀，
　　到底日子怎麼過！』

他說『我去石楠叢林，
　　採集黑線鱈的眼睛，
　　趁著夜靜沒人時候，
　做成背心的鈕扣。
鈕扣呀、鈕扣，
　　不要金鎊不要銀，
銅半便士一個，
　　就賣你九顆！

『有時我挖奶油蛋捲，
　　又用黏膠樹枝**20**抓蟹，
有時到那山上草墩，
　　去找韓森馬車**21**輪。』
老頭說時對我眨眼，
　　那是他發財的經驗，
還說舉杯要祝賀呀，
　　祝我健康又快樂。

這回聽懂他的故事，

20. 黏膠樹枝（limed twigs）：用樹枝塗以粘鳥膠或其他黏液用來捕鳥。

21. *韓森馬車（Hansom-cabs）：一種有蓬的二輪單馬計程馬車，特點是車伕坐在車廂後方的高處，由於車子靈活，很受歡迎，是現代計程車的前身。發明人是約克建築師韓森（Joseph Hansom），故名。

因為我也已經想出，
不讓美奈鐵橋**22**生鏽，
　　就要煮在葡萄酒。
謝謝你、謝謝，
　　說出發財的祕訣，
其實我謝的是，
　　給我的祝福！

每當手指誤插漿糊，
　　右腳在左鞋裡卡住，
搬個箱子砸到腳趾，
　　都會想到老相識。
這個可愛的老頭子，
　　說話慢來面容祥慈，
頭髮白得像雪花呀，
　　相貌長得像烏鴉。

眼睛熠熠有如火星，
　　表情總像心事百斤。
身體前後搖晃不停，
　　說話咕噥聽不清。
嘴巴像黏糊，
　　打起鼾來像隻豬。
多年前夏夜裡，
　　坐在柵門上！」

騎士唱完，提起韁繩，把馬頭調向

22. 美奈鐵橋（the Menai Bridge）：北威爾斯跨越美奈海峽的大橋，1826年通車，是世界上第一座鋼製吊橋，目前還在。卡洛爾小時候與家人出遊時曾經過。

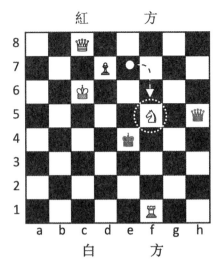

紅　　　方

7B. 白騎士退f5

23. *應是指騎士走L字形時的轉彎。這時愛麗絲在d7，白騎士回到原位f5。見棋譜7B。

回程的方向。他說：「再走幾步路，下了小丘，跨過小溪，你就變成王后了。你願意先送我走嗎？」愛麗絲以殷切的眼光看著騎士所指的前方，騎士又說：「那要不了多少時間。在我轉彎**23**時向我揮揮手帕！這樣我就很開心了。」

「我當然願意，」愛麗絲說，「謝謝您陪我走了這麼遠。還有那首歌，我很喜歡。」

「希望你會喜歡，」騎士有點不解地說，「可是，你哭得沒我想的那麼多。」

於是他們握了手，騎士策馬慢慢走進森林。「希望不要等得太久，」愛麗絲看著騎士走時說，「他又摔跤了！還是一樣頭朝下！還好他爬上馬很容易，因為馬身掛滿了東西……」她一面自說自話，一面看著馬悠閒地走著，騎士左摔右摔，摔了四、五次才到轉彎的地方。愛麗絲向他揮揮手帕，直到騎士的身影消失。

「希望這樣會讓他開心。」愛麗絲說著轉身跑下小丘，「現在是最後一道小溪，我就要變成王后了！聽起來多了不起呀！」她又走了幾步，來到溪邊**24**。「終於到第八格了！」她喊著跳過

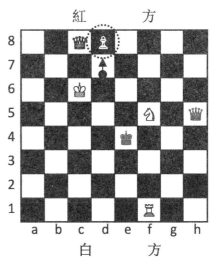

8A. 愛麗絲進d8（加冕）

小溪，

　　　*　*　*　*　*

　　　　*　*　*　*

　　*　*　*　*　*

發現躺在一片又細又軟的草地上，到處綴著點點小花。「噢！真高興終於到了這裡！頭上是什麼東西呀？」她驚訝地喊了起來，用手去摸，發現有個沉甸甸的東西緊套在頭上。

　　「怎麼不知不覺就來到頭上了？」她一面自言自語，一面把東西摘下來放在膝上，看看是什麼。

　　原來是一頂金光閃閃的王冠[25]。

24. 這裡原本有一長段（英文約1400字）關於「假髮黃蜂」（A Wasp in a Wig）的故事，但出版時刪除。這段故事的版樣於1974年7月3日出現在蘇富比拍賣場，1977年由北美卡洛爾學會刊出。

25. *依照西洋棋規則，兵棋進到第8格，可以「升變」成騎士（馬）、主教（象）、城堡（車）或后，但不能變王也不能不變。因為后的威力最大，所以一般升變為后。愛麗絲現在已進到d8，有資格當王后了。見棋譜8A。

第9章
愛麗絲王后

1. *卡洛爾寫《鏡中》時料想不到實際的愛麗絲後來差點成了王室的一份子。維多利亞女王的幼子理奧普王子（Prince Leopold）於1872年到基督堂學院就讀，不久便和愛麗絲相愛，後來因愛麗絲的平民身份而無法成婚。兩人分別結婚後，理奧普為一個女兒命名愛麗絲，愛麗絲則是把第二個兒子命名為理奧普。見Hinde 1991: 81。

2. *紅王后從h5移到e8，和白王后（c8）正好把愛麗絲（d8）夾在中間。這時候紅后同時威脅白國王（c6）和愛麗絲，見棋譜8B。

3. *「人家先跟你說話，你才可以說話！」另一個說法是 "Children should be seen but not heard"，類似台語的「囡仔人有耳無嘴」，明顯是針對小孩設下的規定，所以並非要「大家」都照這個規矩行事。維多利亞時代對小孩的管教很嚴，愛麗絲這時還犯了「不得和大人頂嘴」（Never talk back to older people）的戒條。

「啊！真神氣！」愛麗絲說，「想不到這麼快就變成王后[1]。王后陛下，我對您說，」她接著說，口氣很嚴肅（她常常喜歡責備自己），「在草地上這樣躺來躺去太不像樣，做王后要端莊！」

於是她站起來走動，剛開始很不自在，擔心王冠會掉下來，後來心想沒有人看到，就放心多了。「要是我真正做了王后，」她又坐了下，說：「不要多久就會做得很好。」

忽然間，她發現紅王后和白王后一人一邊緊挨著她坐在身旁[2]。她怪事見多了，一點也不覺驚訝，很想問她們是怎樣來的，可是又怕不禮貌。不過她想，問問棋局完了沒應該可以吧。「可不可以請您告訴我……」她膽怯地看著紅王后問。

話還沒說完，就被紅王后兇巴巴地打斷：「人家先跟你說話，你才可以開口[3]！」

「但是，要是大家都照這個規矩

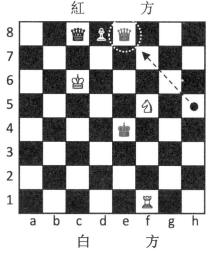

8B. 紅后斜進e8（考試）

做，」愛麗絲總喜歡找些小事和人家辯論，「等別人先說話才能說話，別人也一直在等你先說話，大家不就都不用說話了。這樣一來……」

「放肆！」紅王后喊道，「難道你不知道，小孩……」她皺著眉頭停下來，想了想，忽然改換話題：「你說『要是我真正做了王后』是什麼意思？你有什麼資格自己這麼稱呼？沒通過王后考試，就還不是王后，知道嗎？而且越早考越好。」

「我只是說『要是』！」愛麗絲可憐巴巴地辯解。

兩位王后互相看了一眼，紅王后有點發抖地說：「她『說』她只是說『要是』……」

「她說的不只這樣！」白王后搓著手著急地說，「她說的話可多了！」

「你知道，你的確說了許多話，」紅王后對愛麗絲說。「永遠要說老實話、要想過再說、說完要寫下來。」

「我真的沒有意思要……」愛麗絲話還沒說完，就被紅王后不耐煩地打斷：

「我最不喜歡的就是這樣！話說出來怎麼可以沒有意思！想想看，沒有意思的小孩有什麼用？連笑話都有意思，何況小孩子比笑話重要得多。不要辯了，就算你用兩隻手來辯也辯不了。」

「我從來不用手來辯。」愛麗絲反駁說。

「沒人說你這樣做過，」紅王后說，「我是說，就算你想做也做不到。」

「她心裡是這麼想，」白王后說，「她想要辯，只是不知道要辯什麼！」

「真是頑劣成性。」紅王后說，接下來有一、兩分鐘大家都不說話，氣氛非常尷尬。

過了一陣子，還是紅王后先開口，對白王后說，「我邀請您參加下午愛麗絲的宴會。」

白王后淺淺一笑，說：「我也邀請您。」

「我根本不知道我有宴會，」愛麗

絲說，「要是有的話，我想應該讓我來邀請客人。」

「就算給你機會邀請客人，」紅王后說，「我敢說你也沒上過多少禮儀課 **4**。」

「禮儀不是靠上課學的，」愛麗絲說，「上課是教加減這一類的東西。」

「那你會做加法嗎？」白王后問。「一加一加一加一加一加一加一加一加一加一是多少？」

「我不知道，」愛麗絲說，「我來不及數。」

「她不會做加法，」紅王后沒等她說完就說，「你會做減法嗎？八減九是多少？」

「八減九我不會算，你知道，」愛麗絲很有把握地回答，「不過……」

「她不會做減法，」白王后說，「你會做除法嗎？用刀分麵包，答案是什麼？」

「我想……」愛麗絲剛開口，紅王后就搶著幫她回答：「當然是奶油麵包。再做減法：狗減去肉骨頭，還剩什麼？」

愛麗絲想了一下說：「如果是我把骨頭拿走，骨頭當然不見了，狗也不見了，牠會追過來咬我，所以我也不見了！」

4. *列邀請名單是禮儀課裡很重要的課題。

「你是說沒有東西剩下來？」紅王后問。

「我想答案就是這樣。」

「又錯了，」紅王后說，「剩下狗的脾氣。」

「我不明白，怎麼會……」

「你想一想！」紅王后叫道，「狗會忍不住發脾氣 **5**，對吧？」

「或許是的。」愛麗絲小心地回答。

「狗發過脾氣後跑掉，脾氣不就留下了嗎？」紅王后得意地說。

愛麗絲裝出很認真的樣子說：「狗和脾氣也許會各走各的路。」卻又忍不住想：「我們在談些什麼無聊話呀！」

「她一點算術都不會做！」兩位王后一起說，口氣很誇張。

「您會做算術嗎？」愛麗絲突然對白王后說，不甘心讓人家一直找毛病。

白王后倒抽一口氣，閉上眼睛。「我會做加法，」她說：「要是時間夠長的話，可是減法一點都不會。」

「你應該會背字母吧？」紅王后問。

「當然會。」愛麗絲答。

「我也會，」白王后低聲說，「以後我們一起背好嗎？告訴你一個祕密，

我會讀一個字母的單字耶！很了不起對不對？別洩氣，不久你也會的。」

這時紅王后又說話了：「你會回答常識的問題嗎？麵包是怎麼做的？」

「我知道！」愛麗絲急切地回答：「先拿麵粉……」

「麵粉去哪裡採 **6**？」白王后問，「花園裡還是樹叢裡？」

「麵粉不是採的，」愛麗絲解釋說。「是磨出來的……」

「磨坊 **7** 要多大？」白王后說，「說話不要丟三落四。」

「給她搧搧風！」紅王后焦急地插話。「她想得太多，要發燒了。」於是她們拿一大把樹葉給她搧風，直到愛麗絲求饒才停下來，因為她的頭髮已經搧得一團糟了。

「她現在好回來了，」紅王后說。「你會法語嗎？『嘰哩咕嚕』**8** 法語怎麼說？」

「『嘰哩咕嚕』沒有什麼意思。」愛麗絲認真地回答。

「誰說沒有意思？」紅王后說。

愛麗絲想出一個解圍的方法。「如果你告訴我『嘰哩咕嚕』是什麼意思，我就告訴你法語怎麼說。」她得意地說。

6. *麵粉的原文'flour'和花的原文'flower'諧音。

7. *原文ground既有「磨」的意思，也可以是「土地」的意思。

8. *原文'fiddle-de-dee'是模仿拉提琴的聲音，用來表達生氣或不耐煩的情緒，插畫家沃特·克藍（Walter Crane）在1878年以其為歌名譜成兒歌。

9. 西洋棋和象棋一樣，有所謂「舉手不回」（you cannot take back a move）的規矩。

紅王后挺直了身子說：「王后從來不容許討價還價。」

「我倒希望王后永遠不要提問題。」愛麗絲想。

「不要吵了，」白王后著急地說，「閃電的原因是什麼？」

「閃電的原因，」愛麗絲馬上接口，覺得很有把握：「是因為打雷……不，不對！」她趕快改正，「我的意思是反過來，先有閃電。」

「來不及了，」紅王后說，「話一出口就不能收回來，後果自己承擔**9**。」

「談到打雷，我想起來，」白王后說，雙手緊張地握了放、放了又握，低著頭說：「上星期二那場雷雨好大。我是說上個星期二其中一天。」

愛麗絲覺得很奇怪，「在我們那裡，一天就是一天！」她說。

紅王后說：「那樣的日子過得太單薄、太可憐了。我們這裡一天起碼有兩、三個白天晚上。我們有時在冬天裡把五個晚上併在一起，這樣暖和些。」

「五個晚上會比一個晚上暖和嗎？」愛麗絲大膽地問。

「當然，五倍暖和。」

「同樣的道理，也會五倍寒冷……」

「正是這樣！」紅王后叫了起來，

「五倍暖和，也五倍寒冷，正像我五倍比你有錢，也五倍比你聰明一樣！」

愛麗絲嘆了口氣，不再說話。「這些話正像沒有謎底的謎一樣。」她想。

「圓圓滾滾也看到那場雷雨，」白王后接下來低聲地說，好像在對自己說話：「他來到門口，手裡拿著螺錐……」

「他想幹什麼？」紅王后問。

「他說他一定要進來，」白王后繼續說，「為的是想找河馬，不巧那天早上剛好沒有河馬。」

「這裡平時有河馬嗎？」愛麗絲驚訝地問。

「哦，只星期四才有。」白王后說。

「我知道他為什麼來了，」愛麗絲說，「他要處罰那些魚，因為……」

這時，白王后又再說話。「那天的雷雨好大，大得你想都想不到！」（紅王后插嘴說：「她從來不會想。」）「有些房子的屋頂被吹走，許多雷跑了進來，大團大團糾在一起，在屋子裡滾來滾去，把桌子和別的東西都打翻了，我嚇得連名字都忘了！」

愛麗絲心想：「我才不會在發生事情的時候想自己的名字！那有什麼用？」但是她沒有說出來，怕可憐的王后聽了難過。

10. *紙捲是維多利亞時代用來捲繞頭髮的工具。

11. *原文催眠曲戲仿自童謠：

Hush-a-by Baby, on the tree top,
When the wind blows, the cradle
    will rock;
When the bough breaks, the cradle
    will fall,
Down tumbles baby, cradle, and
    all.

中譯採用德國作曲家布拉姆斯（Johannes Brahms）的〈搖籃曲〉（*Lullaby*），其中一種中譯如下：

寶寶睡啊快睡，
外面天黑又風吹。
寶寶睡啊快快睡，
媽媽唱個催眠曲。
唱一聲寶貝兒，
長大娶個仙女，
唱一聲寶貝兒，
快閉上眼睛睡。

「請王后陛下一定要原諒她，」紅王后對愛麗絲說，抓起白王后一隻手，放在自己手上輕輕摸，「她沒什麼壞心眼，不過常會忍不住說些不得體的話。」

白王后怯怯地看看愛麗絲，愛麗絲覺得應該說些話來安慰她，可是一時想不出來。

「她從小沒受過好教養，」紅王后繼續說。「但是她的脾氣好得驚人！要是你拍拍她的頭，她會很高興！」可是愛麗絲沒有膽量這樣做。

「對她說些好話、用紙捲幫她捲頭髮10，可以讓她高興得不得了……」

白王后深深嘆了一口氣，把頭靠在愛麗絲肩上。「我好想睡覺！」她喃喃地說。

「她累了，可憐的小東西！」紅王后說，「幫她順一順頭髮，把睡帽借給她，再給她唱催眠曲。」

「我沒有睡帽，」愛麗絲聽話做了第一件事，「也不會唱催眠曲。」

「那只好我來唱了。」紅王后說著就唱了起來11：

「寶寶睡，快快睡，睡在愛麗絲膝上！
趁晚宴，還沒開，時間還早先小息。

晚宴後，有舞會，大家一起狂歡！
紅王后、白王后、愛麗絲和大家來。」

「現在你知道歌詞了，」紅王后說，
把頭靠在愛麗絲另一邊肩上，「唱一遍
給我聽，我也想睡。」一會兒，兩位王
后都睡著了，發出響亮的鼾聲。

「我該怎麼辦？」兩個圓滾滾的頭，
一個接一個從她肩上滑下來，壓在她腿
上，像兩團重甸甸的東西。愛麗絲左看
右看，覺得十分為難。「我想從來不曾
發生過這樣的事，同時照顧兩個王后睡
覺！整本英國歷史都找不到。那不可
能，因為一個時期只有一位王后。醒醒
吧！你們好重！」她不耐煩地說，但是
除了輕輕的鼾聲外，沒聽到任何回答。

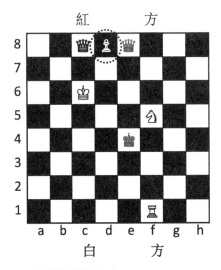

8
7
6
5
4
3
2
1

a b c d e f g h

白　　方

9A. 愛麗絲升變王后

12. [插圖] 牛津基督堂南面的草坪大樓（Meadows Building）有一道精雕細琢的大門，稱為草坪大門（Meadow Gate），有人把圖中的大門和這大門相比擬。稱為「愛麗絲王后大門」（Queen Alice door）。注意插圖中的「愛麗絲王后」（QUEEN ALICE）字樣不是鏡中的反體字。

13. 愛麗絲此時已升變為王后，見棋譜9A。

14. 實際上沒有所謂「賓客鈴」「佣人鈴」，愛麗絲是主人，當然不需要特別的門鈴。

鼾聲越來越清楚，而且越來越像曲調，最後甚至還聽得出歌詞來。她聽得入神，連兩個大腦袋忽然消失都沒感覺。

她站在一座拱門**12**前，門拱上刻著「愛麗絲王后」幾個大字**13**，門兩旁各有一個門鈴拉手，一個寫著「賓客鈴」另一個寫著「佣人鈴」**14**。「等他們唱完再拉鈴，」愛麗絲想，「我該拉——拉——拉哪個鈴？」她被拉手上的字難住了，「我不是賓客，也不是佣人，應該有個『王后鈴』才對……」

這時，大門打開一道小縫，一隻長喙動物伸出頭來說：「謝絕賓客，下下星期請早！」砰一聲又把門關上。

愛麗絲又是敲門、又是拉鈴，好久都沒人開門。後來，一隻坐在樹下、很老的青蛙站了起來，一拐一拐地慢慢走到她面前。牠身穿亮黃色的衣服，腳著超大號的鞋子。

「又有什麼事啦？」青蛙的聲音又低又啞。

愛麗絲轉過身來，正想找人出氣：「應門的在哪裡？」她生氣地問。

「哪個門？」青蛙問。

愛麗絲被他懶洋洋的腔調氣得想跺

脚：「當然是這個門。」

青蛙用無神的大眼睛看了大門好一會兒，走近用大拇指在門上大力地擦，好像在檢查門上的漆會不會脫落，然後轉頭看著愛麗絲。

「應門？」他說，「門叫了誰啦，要人應？」青蛙的聲音好啞，愛麗絲幾乎聽不清楚。

「我不知道你在說什麼。」她說。

「我講的又不是外國話，還是你聾了？」青蛙繼續說：「門叫了誰啦？」

「它誰也沒叫，」愛麗絲不耐煩地說，「是我在敲門！」

「不能敲啊、不能敲，」青蛙口齒不清地說。「它會『傷』15氣的，你知道，」他向前用大腳把門踢了一下，「你不煩它，」又一拐一拐地走回樹下，喘著氣說，「它也不煩你。」

15. 青蛙的教育顯然不很好，不但基本文法錯誤（I speaks English, doesn't I?），還把vex（生氣）讀成wex，這是倫敦東部考克尼（Cockney）區土音（也稱倫敦腔），習慣把w和v互換。

16. 原歌仿自司各特（Sir Walter Scott）1830年《德佛蓋爾的命運》（*The Doom of Devorgoil, A Melodrama*）一劇裡的〈邦尼・丹迪〉（*Bonny Dundee*）。原詩第一句：

To the Lords of Convention 'twas Claver'se who spoke,

和本詩第一句很像：

To the Looking-Glass world it was Alice that said,

譯文仿自〈歌聲滿行囊〉，原歌歌詞第一段是：

我來輕輕唱，你來拍拍掌，
我們歡聚在一堂。
你也輕輕唱，我也拍拍掌，
歡樂歌聲最悠揚。
今朝我們相聚時雖短，友情似水長，
明朝我們一起奔向四方，歌聲滿行囊。

這時，門猛然打開，傳出一陣尖銳的歌聲[16]：

「我來輕輕講，你來拍拍手，鏡中民眾都聽好；
我手拿權杖，我頭戴王冠，聽我愛麗絲宣告。
今晚邀請鏡子國民眾，歡迎大家來聚餐，
紅王后白王后和我齊來，歌聲滿殿堂！

接著是近百人的合唱聲：

「我來拿杯子，你來拿飲料，快把杯子都斟滿；
你來撒紐扣，我來撒米糠，桌面不要留空檔。
貓兒放進咖啡杯子裡，老鼠也放進茶杯，
歡迎愛麗絲王后來蒞臨，三十乘三倍！」

隨之而來的是一陣嘈雜的喝彩聲。愛麗絲想：「三十乘三是九十，不知道有誰在數數？」嘈雜聲一下子靜下來，尖銳的聲音又唱起另外一段：

「我來輕輕說，你來拍拍掌，鏡中
　　民眾快圍繞，
你來仔細聽，你來仔細瞧，見到王
　　后是榮耀。
今晚邀請鏡子國民眾，一起和王后
　　聚餐，
紅王后白王后和我齊來，歡樂滿殿
　　堂！」

接著又是合唱：

「我來倒糖漿，你來倒墨水，什麼
　　都可倒進杯；
只要你喜歡，只要我喜歡，喝來口
　　味一樣美。
羊毛可以拌進葡萄酒，沙子摻進蘋
　　果汁，
歡迎愛麗絲王后來蒞臨，九十乘九
　　次。」

「九十乘九次！」愛麗絲著急地
說。「那要等多久啊！不行，我得快點
進去……」於是走進王宮。她一出現，
整個大廳**17**一下子蕭靜下來。

　　愛麗絲往裡頭走，緊張地沿著餐
桌看過去，客人大約有五十位，什麼樣
的生物都有：有的是鳥、有的是獸，甚

17. 大廳取景自基督堂的大
餐廳（The Great Hall），也
是《哈利波特》電影中魔
法學員與巫師教授用餐的場
景。餐廳位於湯姆方庭的二
樓，可容納300人，四周牆
上掛滿歷任院長和重要人物
的畫像。卡洛爾的畫像掛在
進門右側，愛麗絲的畫像則
做成彩繪玻璃，嵌在進門左
側第五個窗。

18. 這時二位王后「入堡」（castling），見棋譜9B。其實「入堡」的規矩只適用於國王，也稱「王車易位」，是一種特別的著法，在某些條件下，王與城堡可同時移動。

19. 愛麗絲「入堡」，見棋譜10A。

20. *正式西餐有五道菜，依序是開胃菜、湯、沙拉、魚盤、肉盤、點心。愛麗絲到時只剩下肉盤和點心兩道菜。

21. 「切」（cut）是禮儀用語，也即故意忽略或冷落認識的人。

至還有幾朵花。「還好他們不用邀請都來啦，」她想，「我真不知道該請誰才對！」

主位上放著三張椅子，紅、白王后分坐兩旁18，中間一張空著，愛麗絲坐了下來19。大廳裡一點聲音都沒有，她感到很不自在，希望有人說說話。

過了一會兒，還是紅王后先開口，「你來晚了，湯和魚已經上過20，」她說：「上羊腿！」侍者端來一隻羊腿，放在愛麗絲面前。愛麗絲很著急，因為她從沒切過肉塊。

「看來你有些害羞，我來給你們介紹，」紅王后說。「愛麗絲、羊腿；羊腿、愛麗絲。」羊腿從盤子裡站起來，向愛麗絲微微鞠躬。愛麗絲還了禮，分不出是害怕還是好玩。

「我給兩位切一片好嗎？」愛麗絲說，拿起刀叉，看著兩位王后。

「當然不行，」紅王后堅決地說：「太沒禮貌了，剛介紹過就『切』21人家不合規矩。把肉撤下去！」侍者把羊腿端走，換上一大盤葡萄乾布丁22。

「拜託不要介紹布丁了，」

愛麗絲趕緊說，「要不然我就沒東西吃了。我切些布丁給兩位好嗎？」

但是紅王后繃著臉、沉著聲音說：「布丁、愛麗絲；愛麗絲、布丁。撤布丁！」侍者很快把布丁端走，愛麗絲連還禮都來不及。

愛麗絲心想，為什麼只有紅王后可以下命令，所以也喊了一聲試試看：「把布丁端回來！」布丁便像變魔術般，馬上又出現在面前。那布丁好大，使她有點害羞，就像剛才上羊腿時一樣。她費了好大的勁，才把害羞的感覺壓下來，切了一片給紅王后。

「你好過份！」布丁說，「如果我從你身上割一片下來，你會有什麼感覺？你這人類！」

布丁的聲音又油膩**23**又低沉，愛麗絲不知怎麼回答好，張大嘴巴呆看著它。

「說話呀，」紅王后說：「只有布丁說話，不是很奇怪嗎！」

「您知道，我今天聽到好多詩，」愛麗絲說話了，發現只要她一開口，周圍就一片死寂，所有眼睛都盯著她，使她有些恐慌：「而且我覺得好奇

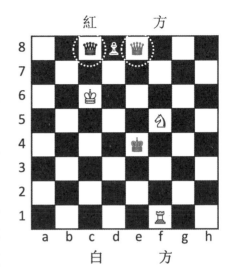

9B. 二位王后入堡

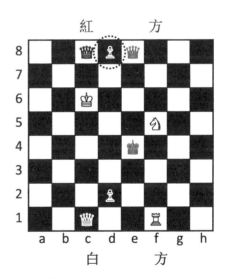

10A. 愛麗絲入堡

22. 葡萄乾布丁是聖誕節傳統食物，也稱「聖誕節布丁」（Christmas pudding），名稱首見於安東尼·特洛勒普（Anthony Trollope）在1858年出版的小說。這種布丁硬度似糕餅，以蒸或煮做成，可灑上白蘭地點火炙燒或搭配甜醬汁食用。英文'plum-pudding'的字面意義為「梅子布丁」，但其實不含梅子，而是葡萄乾，原來在17世紀，'plum'是指葡萄乾或其他水果，因而造成混淆。

23. 油膩（suety）：「葡萄乾布丁」作料中除了葡萄乾，還含有脂肪油或稱板油（suet），故又稱「板油布丁」（Suet Pudding）。

24. 原詩採押韻的對話體，中譯採用整齊的押韻詩謎方式。

25. 牡蠣生吃，只要洗乾淨即可，不需要煮過。

怪：每一首詩都和水裡的動物有關。您知道為什麼大家這麼喜歡水裡的動物嗎？」

她對紅王后說話，但紅王后沒回答她的問題：「說到水裡的動物，」紅王后把嘴湊到愛麗絲耳邊，一個字一個字鄭重地說：「白王后陛下知道一個好玩的謎語，也和水裡的動物有關，寫成一首詩，請她背出來好嗎？」

「多謝紅王后陛下提到這件事，」白王后在愛麗絲的另一耳邊低聲說，像鴿子咕咕叫，「唸起來很好聽，要我唸嗎？」

「有請！」愛麗絲很禮貌地說。

白王后笑著摸了摸愛麗絲的臉，開始念：

一種水裡動物24，

奶娃都抓得住；

市場價錢不貴，

一個便士買回。

煮法非常輕鬆，

不用花一分鐘25；

裝盤沒有問題，

因為已在盤裡。

煮好當作晚餐，

上菜還不簡單；

但想揭開盤蓋，

就怕沒這能耐。

盤子蓋子緊黏，

佳餚還在裡面。

蓋子沒法揭開，

謎題同樣難猜。

　　「先想一分鐘再猜**26**，」紅王后說。「趁你想的時候，我們為你乾杯。祝愛麗絲王后身體健康！」她高聲尖叫，所有的客人都舉杯喝酒。他們喝酒的方式非常奇怪：有的把酒杯當滅燭鐘般倒放在頭頂，讓酒流到臉上再舔；有的把酒瓶打翻，等酒流到桌邊再接；還有三隻動物（樣子像袋鼠），爬進羊肉盤裡，貪婪地舐起肉汁來。「吃相簡直像豬！」愛麗絲心想。

　　「你應該簡單說幾句話，感謝大家！」紅王后皺著眉頭對愛麗絲說。

　　愛麗絲聽話地站起來準備說話，卻有點膽怯，白王后低聲說，「我們一定支持你。」

　　「謝謝您，」愛麗絲低聲回答，「沒有支持我也可以講得很好。」

26. 謎底是牡蠣。根據《路易斯・卡洛爾手冊》，1962年版謎底刊登在1878年的《趣味》（*Fun*）期刊上，格律和原詩一樣，謎底由一位匿名作者提供，事先經過卡洛爾過目並做了一些小修正。見 Gardner 2000:264。謎底的原文如下：

Get an oyster-knife strong
Insert it "twixt over and dish in
*　　the middle;*
Then you shall before long
Un-dish-cover the OYSTER-dish-
*　　cover the riddle!*

意譯出來是：

拿來蚵刀一撬，
祕密馬上揭曉。
盤裡是個牡蠣，
揭蓋也揭謎底。

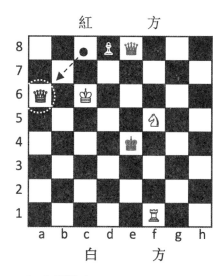

紅　　方

10B. 白后退a6

27. *這時白王后退到a6，見棋譜10B。

「那怎麼行。」紅王后斷然說，愛麗絲只好優雅地行禮接受。

（「她們拱得好厲害！」後來愛麗絲給姐姐講宴會的情景時說。「好像想把我擠扁一樣！」）

事實上，愛麗絲在講話的時候根本沒辦法站穩。兩位王后一人一邊用力拱，幾乎把她拱到空中。愛麗絲才說，「謝謝各位的支持……」竟然真的被「支持」起來，離地好幾公分。還好她抓住桌邊，總算勉強站回地面。

「當心！」白王后兩手抓住愛麗絲的頭髮尖叫道，「要發生事情了！」

接著（就像愛麗絲後來描述的），好多事情同時發生了。蠟燭忽然間一起往上伸，像一大片點著煙火的燈心草；酒瓶各自拿了兩個盤子，急急裝在身上當翅膀，再裝上叉子當腳，到處亂撲。「看起來還真像鳥。」愛麗絲在一片混亂中居然還有心情想。

這時，她聽到身旁一陣嘶啞的笑聲，她轉過頭想看看白王后是怎麼回事，王后卻不見了，她位子上坐的是那個羊腿。「我在這裡！」有個聲音從湯盤裡發出來。愛麗絲轉頭過去，剛好看到白王后寬闊慈厚的臉在湯盤邊上對著

她笑，不一會就消失在湯裡**27**。

時間越來越緊迫。有好幾位客人都
躺倒在盤子裡，湯勺在餐桌上向愛麗絲
走來，不耐煩地向她揮手，要她讓路。

「我再也受不了啦！」愛麗絲喊道，

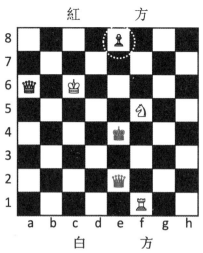

紅　　方

白　　方

11A. 愛麗絲抓住紅后勝

28. *這時愛麗絲橫移到e8，抓住紅后，同時將軍紅王，見棋譜11A。但紅王全場都在睡覺，假如不知移動，也算輸棋。

跳了起來，雙手抓住桌布用力一拉，肉盤、湯盤、客人、蠟燭滾下地，跌碎成一堆。

「至於你，」愛麗絲轉過身來厲聲對紅王后說，因為她認為這一切都是紅王后搞的鬼，可是紅王后沒坐在她身旁，而是變成洋娃娃大小，在桌上追著自己背後飄揚的圍巾圈圈轉，玩得正高興。

換成別的時候，愛麗絲看到這情景會大驚小怪，可是現在她已經刺激過度，對什麼事情都不感到驚奇了。「至於你，」愛麗絲又說了一句，一個酒瓶降落在桌上，小東西正要跳過去，愛麗絲趁機把她捉住**28**，「我要把你搖搖搖，搖成一隻小貓！」

第10章
搖搖搖

愛麗絲說著，把牠從桌上抓起來，使盡全身的力量來回搖晃。

　　紅王后沒有掙扎，只是臉越變越小，眼睛越來越大、越來越綠。愛麗絲繼續搖，紅王后越變越矮、越變越胖……越變越軟……越變越圓……終於──

第11章
醒 來

────變成一隻小貓。

第12章
是誰做的夢？

「王后陛下打呼嚕不應該這麼大聲！」愛麗絲揉著眼睛說。她口頭上雖然稱呼得很尊敬，口氣卻有點嚴厲。「我夢做得正甜，就讓你吵醒了！凱蒂，你和我一起去過──去過鏡中世界。知道嗎，親愛的？」

貓咪們有一個很不合作的習慣（愛麗絲有一次說過），不管對牠們說什麼，都只會打呼嚕。她說過，「要是牠們把打呼嚕當『是』，把咪咪叫當『不是』，或者別的什麼規則，就可以和牠們聊天了！老是打呼嚕，怎能聊呀？」

但小貓咪還是只管打呼嚕，根本猜不出到底說「是」還是「不是」。

於是，愛麗絲就從桌上的西洋棋裡找出紅王后，跪在地毯上，把小貓和紅王后面對面擺著。「好啦，凱蒂！」她拍著手，得意地叫道，「招了吧，你變的就是這個樣子！」

（「不過小貓不願意看棋子，」後來愛麗絲對她姐姐解釋說，「牠把頭轉開，假裝沒看見，但樣子有點不好意

思，所以我想牠一定做過紅王后。」）

「坐直一點，親愛的！」愛麗絲開心地笑著說。「一面行屈膝禮，一面想該怎麼──怎麼叫。記住，這樣可以節省時間！」她說著把貓抱起來，吻了一下，「慶祝你當過紅王后。」

「小雪點，我的寶貝！」她轉過頭來看見小白貓。牠正耐心地讓媽媽幫牠洗臉。「黛娜什麼時候才給白王后陛下您打扮好？怪不得我在夢理看到你老是那麼邋遢。黛娜！你好大的膽

子！你知不知道你擦的是白王后陛下的臉？」

「不知道黛娜又變成什麼？」愛麗絲繼續自言自語，一面舒服地趴下來，用手支在地毯上，托著下巴，看著這些貓咪。「告訴我，黛娜，你是不是變成圓圓滾滾？我想你變過，不過先不要告訴你的朋友，因為我還沒確定。

「還有，凱蒂，如果只有你真的和我去過夢裡玩，有一件事你很一定很喜歡。我聽人家念了許多詩，全都和水裡的動物有關！明天早上你真的會享受到一頓全魚大餐。在你用餐的時候，我會給你念〈海象和木匠〉那首詩，就可以假裝在吃牡蠣了，親愛的！

「現在，凱蒂，讓我們想想到底是誰夢到這些？這是一個很重要的問題，親愛的，不要老是舔爪子，好像黛娜今早沒有給你洗過臉似的！凱蒂，做夢的不是我就是紅國王。他跑到我的夢裡來，我也跑到他的夢裡去。凱蒂，你知道這是紅國王做的夢嗎？你做過他的王后，應該知道。凱蒂，先幫我解決問題，等一下再舔爪子好嗎！」但是氣人的小貓咪只是換了一隻爪子來舔，假裝沒聽到愛麗絲的話。

你覺得，到底是誰做的夢呢？

1. 這首詩是卡洛爾傑作之一，原詩各行第一個字母串起來是愛麗絲的全名Alice Plesance Liddell。本譯試就趙譯修改為內藏「愛麗絲漫遊奇境」七字的藏頭詩。趙元任以北京話譯成中文，譯家林以亮許以「翻譯絕唱」的最高榮譽，見林以亮1975:113。趙先生原譯如下：

斜陽照著小划船儿，
慢慢儿飄著慢慢儿玩儿，
在一個七月晚半天儿。

小孩儿三個靠著枕，
眼睛願意耳朵肯，
想聽故事想得很——

那年晚霞早已散：
聲兒模糊影兒亂：
秋風到了景況換。

但在另外一個天，
阿麗思這小孩儿仙，
老像還在我心邊。

還有小孩儿也會想，
眼睛願意耳朵癢，
也該擠著聽人講。

本來都是夢裡遊，
夢裡開心夢裡愁，
夢裡歲月夢裡流。

順著水流和著過——
戀著斜陽看著落——
人生如夢是不錯。

愛聽故事的人兒在一船，
慢慢漂著慢慢玩，
在七月天的傍晚——

麗人兒三個靠著枕，
眼睛願意耳朵肯，
想聽故事想得很——

絲絲秋意景況換，
聲音模糊影兒淡，
那年晚霞早已散。

漫想另外一個天，
愛麗絲教人懷念，
老像還在我心邊。

遊船的小孩還在想，
眼睛願意耳朵癢，
總要擠著聽人講。

奇境只在夢裡遊，
夢裡開心夢裡憂，
夢裡歲月夢裡流。

境裡境外流水過，
戀著斜陽看著落——
人生如夢是不錯[1]。

假髮黃蜂

　　Collingwood 1899:146 說明《鏡中》原來有13章，出版時只有12章，被刪除的一章就是〈假髮黃蜂〉。書中還附了田尼爾在1870年6月1日寫給卡洛爾的信函影本，說明他覺得〈黃蜂〉這章毫無趣味可言，也無法想像如何畫插圖。他勸告卡洛爾說，「假如你想縮短本書，我會毫不猶豫地想起這一章，這是你的機會。」1874年，這故事的校樣在拍賣場出現，1977年北美卡洛爾學會以小冊形式出版這個故事，後來加德納獲得授權附在注釋版中出版。筆者注釋的《棋緣》原來並未包含本章，本次補入，全文如下：

　　……她正要跳過小溪，忽然聽到一聲深深的嘆息，好像從後面的樹林傳來。

　　「有人很不開心，」她想，焦急地回頭看看有什麼事，只見一個像是非常老的人（不過臉長得像黃蜂）靠著樹坐在地上，蜷縮成一團在瑟瑟發抖，好像非常冷。

　　愛麗絲第一個念頭是：「我想我幫不了忙，」正要轉身跳過河，又想：「還是問問他什麼事，一跳過溪想幫都沒辦法了。」於是停下了腳步。

　　她走回黃蜂身邊，相當不甘心，因為她急著做女王。

1. *原文'worrit'，是卡洛爾當時的俚語，意思是擔憂、煩惱，原是名詞，中譯「惡劣」音義雙兼，用以表示其特殊用法。

2. *Gardner 2000:294說明有報紙的黃蜂應屬「社群胡蜂」（social wasp），其實並不準確，會利用紙漿築窩的屬於紙胡蜂（paper wasp）。

「唉唷，我這身老骨頭，我的老骨頭呀！」愛麗絲走到他身邊，聽到他在呻吟。

「我想是風濕病，」愛麗絲自言自語，彎下身子，非常和氣地說，「希望不會很痛吧？」

黃蜂只是搖著肩膀，轉過頭自顧自說：「唉唷天哪！」。

「需要我幫什麼忙嗎？」愛麗絲繼續說，「您在這裡不會冷嗎？」

「到底有完沒完！」黃蜂暴躁地說。「惡劣**1**，惡劣！沒見過這樣的小孩！」

愛麗絲聽了很生氣，幾乎想掉頭就走，可是回頭一想，「也許他太疼了，心情不好。」於是又再說一遍：「要不要讓我幫您搬到樹後面？那邊風比較小。」

黃蜂搭著她的手臂，讓她扶到樹後面，可是一坐好還是照樣說：「惡劣、惡劣！不要煩我行不行？」

「要我給您讀一段新聞嗎？」愛麗絲看到他腳邊有一份報紙**2**，就撿起來說。

「你願意的話，可以讀一讀，」黃蜂板著臉說。「我看不出有誰會攔你。」

於是愛麗絲在他身邊坐下，把報紙攤開放在膝蓋上，開始唸：「最新消息：搜尋隊再次巡視食品室 **3**，又發現五塊碩大的白糖 **4**，品質完好。回程時——」

「有黑糖 **5** 嗎？」黃蜂插嘴說。

愛麗絲匆匆看了一遍，說：「沒有。沒提到黑糖。」

「連黑糖都找不到！」黃蜂抱怨道。「算什麼搜尋隊！」

「回程時，」愛麗絲繼續讀下去，「搜尋隊發現一個糖漿湖，湖岸是藍白色，類似瓷器 **6**。搜尋隊在測試糖漿時發生意外，兩名隊員不幸滅頂。」

「不幸什麼？」黃蜂用非常生氣的聲音問道。

「不—幸—滅—頂 **7**，」愛麗絲一個字一個字說。

「沒人這樣說！」黃蜂說。

「報紙上這樣寫的。」愛麗絲有點心虛地說。

「別唸了！」黃蜂說，煩躁地把臉別開。

愛麗絲放下報紙。「我想您身體不太好，」她用安慰的語氣說。「我能為您做點什麼嗎？」

「其實一路都是 **8** 假髮的事，」黃蜂

3. *食品室（pantry）：專門儲藏乾的食材或餐具的地方，和廚房分開，以免受潮。一般家庭只有食品櫃，大戶人家的食品室大到可以容許管家在這裡辦公。

4. 維多利亞時代沒有生產砂糖，白糖做成大得像尖帽的糖錐（第7章白騎士提到像糖錐的頭盔），以整個或小塊秤重出售，使用時再以專用工具夾碎、磨成砂狀。

5. 維多利亞時代的白糖很昂貴，所以出現了價格較低的黑糖（brown sugar），黑糖摻了糖蜜（molasses，製作食糖時產生的副產品），顏色較深。

6. *藍白色的糖漿湖是指青花瓷做的糖漿罐（treacle jar），腹寬口底窄，呈亞字形，一般連蓋高約35公分（14英寸）、腹寬約18公分（7英寸），附可以旋緊的螺紋瓷蓋，上網用'treacle jar'可以查到。搜尋隊找到糖漿湖，表示有人沒把蓋子蓋好。

7. *「滅頂」的原文是en-gulph-ed，現在寫為engulfed（吞噬），對愛麗絲是超齡的生字，正確的發音只有兩個音節en-gulphed [ɪnˈɡʌlft]，她卻讀成三個音節：en-gulph-ed [ɪnˈɡʌlfed]。中譯用「滅頂」，表示她把「滅頂」讀錯了，「滅頂」同樣是兒童所接觸不到的詞。

8. *「一路都是」（all along of）意思是「都因為」，是當時低階層人物的用語。

9. *教育程度不高而長期戴著假髮，暗示他是看門跟車的侍衛（footman），這角色在《奇境》第6章開頭出現過。

10. 'Worrit'意思是擔憂、煩惱，原是名詞，當動詞用是低俗的用法。

11. *黃蜂的整段話都不合文法：

"You'd be cross too, if you'd a wig like mine," the Wasp went on. "They jokes at one. And they worrits one. And then I gets cross. And I gets cold. And I gets under a tree. And I gets a yellow handkerchief. And I ties up my face—as at the present."

的口氣溫和得多了。

「一路都是假髮的事？」愛麗絲聽不懂，跟著說了一遍，很高興他脾氣慢慢恢復正常。

「你戴著像我這樣的假髮9，心情也會不好的，」黃蜂繼續說道。「他們玩笑人，他們惡劣10人，然後我生氣，然後我怕冷，然後我坐在樹下，然後他們給我一條黃包巾，然後我把臉包起來——就像現在一樣11。」

愛麗絲憐憫地看著他。「把臉包起來對牙痛很有好處12，」她說。

「這對自負13很有好處。」黃蜂補充道。

愛麗絲沒聽懂。「那是一種牙痛嗎？」她問。

黃蜂考慮了一下。「嗯，不是，」他說：「就是仰著臉不用彎脖子。」

「哦，您是說落枕。」愛麗絲說。

黃蜂說：「這名字稱好新奇。在我那個年代，他們叫做自負。」

「自負根本不是病。」愛麗絲說。

「自負是病，」黃蜂說，「你得了就會知道。得了這病，只要用黃色包巾包住臉，馬上見效！」

他邊說邊解開包巾，愛麗絲驚訝地看著他的假髮。它和包巾一樣是亮黃

色，但亂得像一團海藻。「您可以讓假髮更整齊，」她說，「塗一點蜂膠14就好多了。」

「你是蜜蜂？」黃蜂一聽有了興趣，看著她說；「你有蜂膠，蜂蜜多嗎？」

「不是那種蜂膠，」愛麗絲連忙解釋道。「是梳頭髮用的——您的假髮太亂了，您知道。」

「我會告訴你我怎會戴假髮，」黃蜂說。「當我年輕的時候，你知道，捲髮蓬鬆爬滿頭——」

愛麗絲忽然想起了一個怪念頭。她遇到的人幾乎都給她朗誦詩歌，她想知道黃蜂會不會也這樣做。「您可以用押韻的方式說出來嗎？」她很有禮貌地問。

「我沒這習慣，」黃蜂說，「不過讓我試試看；稍等一會兒，」他靜默了一會兒，然後開始：

「當我年輕的時候，
　捲髮蓬鬆爬滿頭，
他們叫我把髮剃掉，
　戴頂黃色假髮來遮醜。

我二話不說把頭剃光，

12. *在維多利亞時代，牙痛時流行在臉上貼膏藥，再用頭巾包起來，漫畫上現在還看得到。'Handkerchief 一般譯為「手帕」，但大到可以包住頭臉的handkerchief，稱為「包巾」比較妥當。

13. *自負的原文是'conceit'，對愛麗絲也是超齡的字彙。

14. 原文是'comb'，意思是梳子，也是蜂房。

他們看了心裡慌：
說我模樣太糟糕，
　　和他們原來想的不相當。

又說假髮不相配，
　　模樣越看越不對：
這下後悔來不及，
　　捲髮剃了再也長不回。

現在人老氣色差，
　　頭上只剩短髮渣，
他們搶走黃假髮，
　　像這種垃圾不戴也罷。

現在只要看到我，
　　就會罵我醜豬玀，
他們所以這樣做，
　　因為我黃色假髮沒有脫。」

「我很為您感到難過，」愛麗絲由衷
地說，「而且我想，如果您的假髮再貼合
一點，他們就不會這麼取笑您了。」

「你的假髮倒很貼合，」黃蜂喃喃
道，一臉欣賞的看著她：「和你的頭型
配得很好。　不過，下巴形狀不太好──
我想你咬不起來？」

愛麗絲忍不住笑出聲，趕快假裝成

咳嗽，再很嚴肅地說：「我什麼東西都咬得住。」

「你的嘴巴太小，」黃蜂堅持道。「打架的時候，你咬得住人家的後頸嗎？」

「恐怕不行。」愛麗絲說。

「嗯，那是因為你的下巴太短了，」黃蜂繼續說，「但是你的頭頂很好，很圓，」說著摘下自己的假髮，一隻爪子伸向愛麗絲，似乎想把她的頭髮摘也下來，但她躲開了，假裝不懂牠的意思。黃蜂繼續批評：

「還有你的眼睛長得太前面、太靠近了。靠得這麼近，一個和兩個其實沒兩樣──」

愛麗絲不喜歡別人批評她的長相，黃蜂已經恢復了精神，話越說越多，她覺得自己可以放心離開了。「我想我該繼續趕路了，」她說。「再見。」

「再見，夏夏你[15]，」黃蜂說。愛麗絲跑下小坡，很高興走回頭花幾分鐘安慰了這個可憐的老人。

15. *thank-ye=thank you.

附錄：
（下載連結）

附錄一：基本資料

1.1 本書引用書目

1.2 張華《愛麗絲》研究相關著作

1.3 卡洛爾族譜及年表

1.4 愛麗絲族譜及年表

1.5 卡洛爾著作年表

1.6 卡洛爾研究相關學會

附錄二：注釋類參考資料

2.1 《愛麗絲》注釋本

2.2 傳記類延伸閱讀書目

2.3 愛麗絲故事背景資料

2.4 卡洛爾其他作品及評介

附錄三：翻譯類參考資料

3.1 譯本語言

3.2 中譯版本

3.3 翻譯類延伸閱讀書目

3.4 華文世界論文、評介及報導

3.5 大學學位論文

附錄四：中譯及原文對照

4.1 雙關語翻譯

4.2 詩歌翻譯（非戲仿部分）

4.3 戲仿翻譯

4.4 藏頭詩翻譯

解讀愛麗絲

英國奇幻經典《漫遊奇境》與《鏡中奇遇》最新全譯注釋本，
從全知角度看懂故事與角色

The Chinese Annotated ALICE:
Alice's Adventures in Wonderland & Through the Looking-Glass and What Alice Found There

作　　　者	路易斯‧卡洛爾 Lewis Carroll
譯　　　注	張華
封 面 設 計	萬勝安
內 頁 排 版	高巧怡
行 銷 企 劃	蕭浩仰、江紫涓
行 銷 統 籌	駱漢琦
業 務 發 行	邱紹溢
營 運 顧 問	郭其彬
責 任 編 輯	林淑雅
總 編 輯	李亞南
出　　　版	漫遊者文化事業股份有限公司
地　　　址	台北市103大同區重慶北路二段88號2樓之6
電　　　話	(02) 2715-2022
傳　　　真	(02) 2715-2021
服 務 信 箱	service@azothbooks.com
網 路 書 店	www.azothbooks.com
臉　　　書	www.facebook.com/azothbooks.read
發　　　行	大雁出版基地
地　　　址	新北市231新店區北新路三段207-3號5樓
電　　　話	(02) 8913-1005
訂 單 傳 真	(02) 8913-1056
初 版 一 刷	2024年3月
定　　　價	台幣550元

ISBN　978-986-489-899-2

國家圖書館出版品預行編目 (CIP) 資料

解讀愛麗絲：英國奇幻經典《漫遊奇境》與《鏡中奇
遇》最新全譯注釋本, 從全知角度看懂故事與角色/ 路
易斯. 卡洛爾(Lewis Carroll) 原作 ; 張華譯注. -- 初版.
-- 臺北市 : 漫遊者文化事業股份有限公司出版 ; 新北
市 : 大雁出版基地發行, 2024.03
336 面 ; 17x23 公分
譯自 : Alice's Adventures in Wonderland &
Through the Looking-Glass and What Alice Found
There

ISBN 978-986-489-899-2(平裝)
873.596　　　　　　　　　　　　　　　113000536

漫遊，一種新的路上觀察學
www.azothbooks.com
漫遊者文化

大人的素養課，通往自由學習之路
www.ontheroad.today
遍路文化‧線上課程